U0953317

译文纪实

A FALSE REPORT

A True Story of Rape in America

T. Christian Miller Ken Armstrong

[美] T. 克里斯汀 · 米勒　肯 · 阿姆斯特朗 著
邓南君 译

谎报

一件发生在美国的真实性侵案

上海译文出版社

致我的父亲

唐纳德·H.米勒，

他的力量、奉献和责任感是我一生的灵感来源。

我期待着更多来自您的指引，爸爸。

——T.克里斯汀·米勒

——

致我的母亲

朱迪·阿姆斯特朗，

众所周知，她需要兼顾三家书友会，

但她仍然执着于精装书籍。

“我喜欢翻动书页的感觉。”她说。

此言深得我心。

——肯·阿姆斯特朗

目 录

丹佛市及其周边

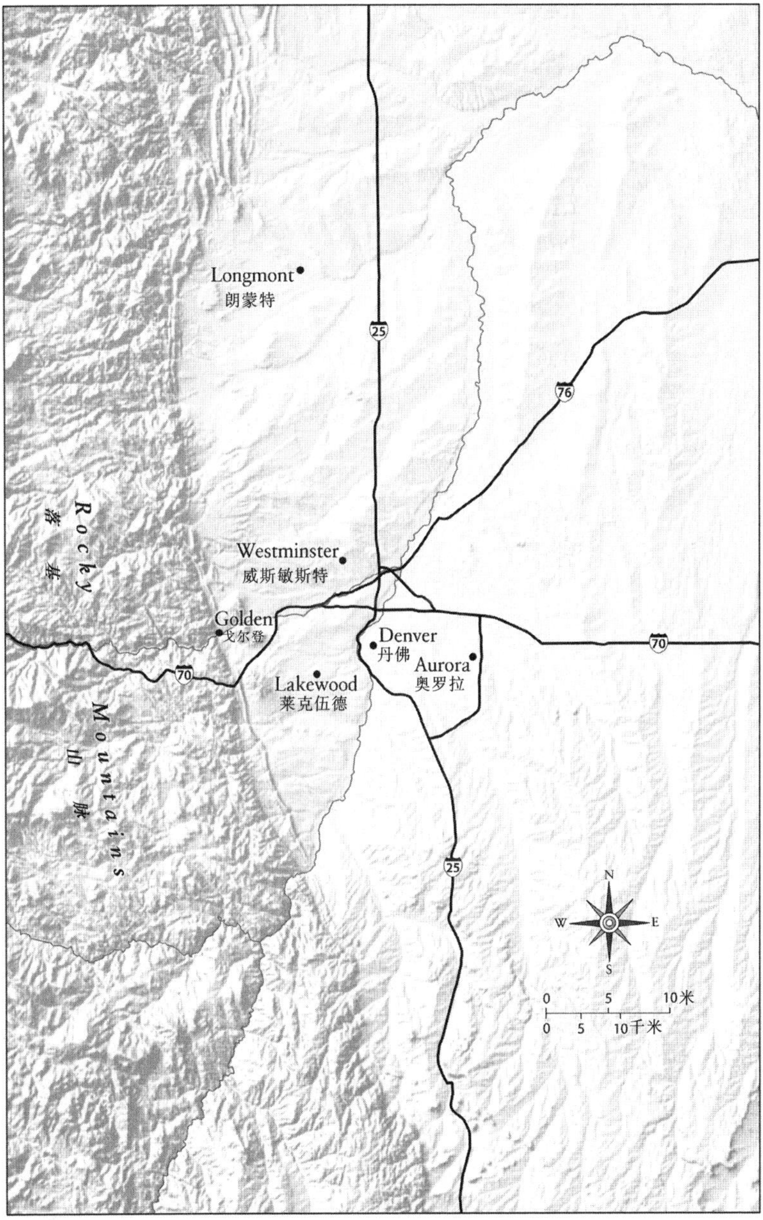

Longmont
朗蒙特
25
76
Rocky
落基
Westminster
威斯敏斯特
Golden
戈尔登
Denver
丹佛
70
Aurora
奥罗拉
Lakewood
莱克伍德
Mountains
山脉
N
W
E
S
0 5 10米
0 5 10千米

西雅图市及其周边

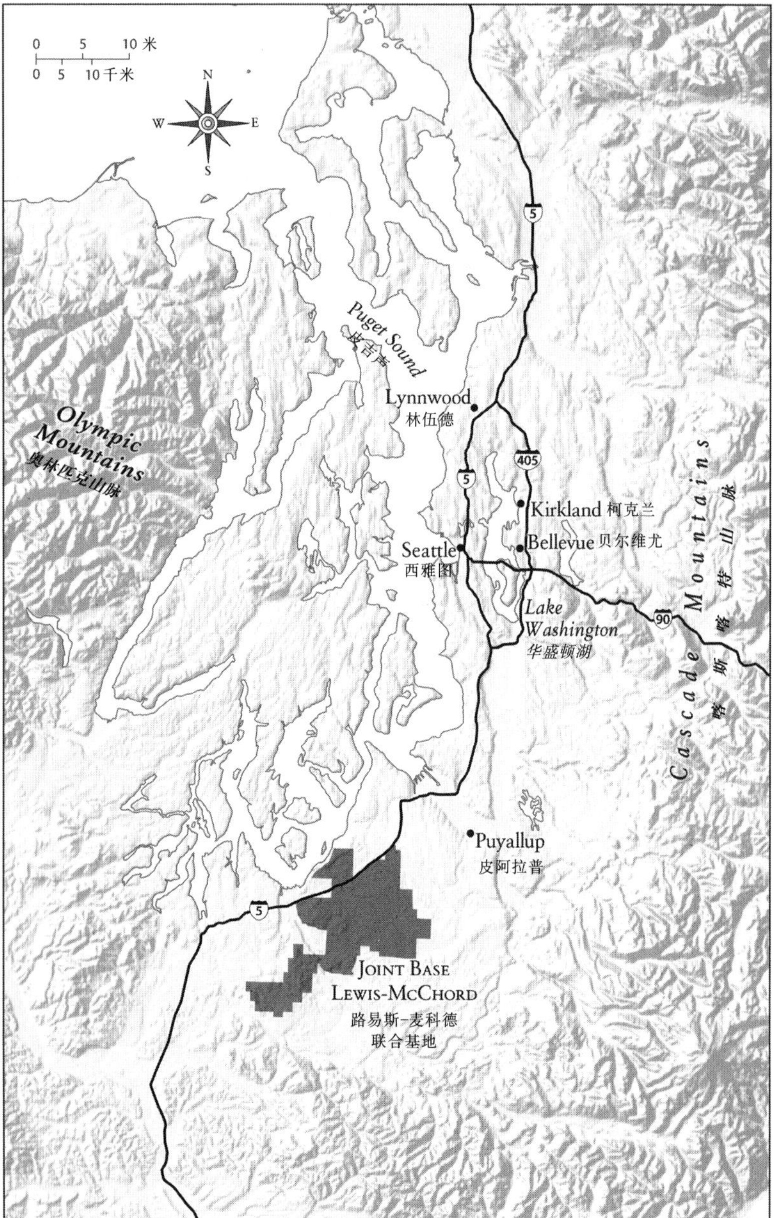

0 5 10 米
0 5 10 千米
N
W
E
S
Puget Sound
皮吉声
Olympic Mountains
奥林匹克山脉
Lynnwood
林伍德
405
5
Kirkland 柯克兰
Bellevue 贝尔维尤
Seattle
西雅图
Lake Washington
华盛顿湖
90
Cascade Mountains
喀斯特山脉
Puyallup
皮阿拉普
Joint Base Lewis-McChord
路易斯-麦科德
联合基地

1 桥

2008年8月18日，星期一

华盛顿州林伍德市

玛丽（Marie）离开询问室，在一名探员和一名警司的陪同下走下警察局的楼梯。她已停止哭泣。警方把她交给了在楼下等候的两个人。他们是玛丽所在支援项目的经理。该项目为年龄即将超出寄养规定的青少年提供援助，帮助他们脱离寄养。玛丽是项目帮扶对象之一。

其中一人问道。

那么，你究竟有没有被强奸？

玛丽年方十八，有着淡褐色的眼睛，波浪卷发，戴着牙套。一周前，她报案称，有一名陌生人持刀闯入她的公寓，蒙上她的眼睛，把她绑了起来，并塞住她的嘴巴，然后强奸了她。一周以来，玛丽已经将案发情形向警方讲述了至少5遍。她告诉他们：罪犯是名瘦小的白人，身高只有1米68。身穿蓝色牛仔裤，一件灰色或是白色的连帽衫。眼睛——可能是蓝色的。但是她的讲述有时不尽相同。另外，警方也从玛丽的熟人那里听取到一些怀疑。当警察就这些疑虑质询玛丽时，她动摇了，然后反口说强奸案是她编造的——因为她的养母不接她的电话，因为她失恋了，因为她不习惯独自生活。

因为她想引起关注。

她向警探们讲述了自己的成长经历。据她所说，她曾辗转于20多个不同的寄养家庭。她告诉警方，她在7岁时曾被强奸。她还说，第一次独自生活令她感到害怕。她对警方说，她被闯入者强奸的故事“演变成一件本不应该发生的大事”。

今天，她考验了警方的耐心底线。她回到警察局再次推翻了之前的说辞，声称她第一次讲的才是实话，即她的的确确被强奸了。然而，当她在询问室遭到追问时，却又一次改口——再次承认她关于强奸的说法是个谎言。

不。玛丽对等在楼底的项目经理说。

我没有被强奸。

两位经理，亚娜和韦恩，服务于一项名为“阶梯计划”（Project Ladder）的非营利项目，它旨在帮助寄养儿童顺利过渡，实现自立生活。“阶梯计划”向青少年们——大多18岁——传授成年生活所需的日常技能，包括如何购买生活用品以及如何管理信用卡等。该项目提供的最大支持是财力方面的。它为每位青少年提供一间一居室公寓，令他们在租金昂贵的西雅图能够有个落脚点。韦恩是玛丽的个案经理，亚娜是项目主管。

若是如此，两位经理对玛丽说，如果你没有被强奸，那么有些事情是你必须得做的。

玛丽很担心接下来会发生什么。在她回答问题时，她已经从他们脸上看出来了。他们没有动容。他们并不吃惊。他们以前也怀疑过她，就像其他人一样。玛丽意识到，从今以后人们会认为她有精神疾病。她自己也怀疑自己是否出了问题，是否需要接受治疗。玛丽意识到自己已经变得多么脆弱。她害怕自己所剩无几的东西也终将失去。一周之前，她还拥有朋友、第一份工作以及第一个属于自己的住处，来去自由，生命的意义正在徐徐展开。然而现在，那份工作和乐观的情绪都已消失。她的住处与自由也岌岌可危。而她可以求助的朋友呢？只剩下一位。

她的事确实闹得很大。前一周，相关的电视新闻可谓铺天盖地。有一则新闻播报称："华盛顿州西部的一位女性已经承认她报了假案。"美国广播公司（ABC）、美国全国广播公司（NBC）和哥伦比亚广播公司（CBS）在西雅图的分支机构都报道了此事。NBC旗下的KING 5频道拍摄了玛丽所住公寓大楼的画面——镜头推近沿楼梯而上，定格于一扇敞开的窗户——西雅图最受欢迎的女主播珍·艾纳森则告诉观众："林伍德市警方目前表示，一名女性谎称遭到陌生人性侵犯……探员们不知道她为什么编造这个故事。她或许将面临虚假报案的指控。"

电视台记者们围堵在她家门口，试图让她在镜头前回答为什么要撒谎的问题。为了逃避，她脸蒙一件运动衫偷偷溜了出去。

她的故事经由互联网大肆传播。专门关注不实指控的博客"虚假强奸社团"（False Rape Society）就林伍德市案件两次发表文章："没完没了的虚假强奸指控如今又添一例。这一次原告依然很年轻——一个十几岁的孩子……为了强调这种特殊类型谎言的严重性，需要加大对不实强奸指控的判决力度。要更严厉许多才行。只有如此才能吓退说谎者。"有个伦敦人编撰了一份可追溯至1674年的"不实强奸指控国际年表"，将林伍德市一案列为第1 188条。之前2条分别关于一名佐治亚州青少年

“与另一名学生自愿发生性关系之后却假想出一名驾驶绿色雪佛兰的男子作为侵害者”，以及一名英国青少年“在给性伴侣发送短信表达欣喜之情后，又反口说自己并非出于自愿”。编撰者写道：“从这个数据库中可以看出，有些女性一言不合就哭诉被强奸，或者更常见的是在脱掉内裤后才反悔。”

在华盛顿州及其他地方，玛丽的故事成为围绕强奸指控可信度之争的又一例证。这场争论已持续了好几个世纪。

新闻报道并没有提及她的姓名，然而玛丽身边的人都知道。一个10年级时的朋友在电话里对她说：“你怎么能在这样的事情上撒谎呢？”这也正是电视台记者们想问的问题。无论玛丽走到哪里，她都被问及相同的问题。她没有回答她的朋友，只是默默地听着，然后挂断了电话——又一段友谊告吹。之前玛丽曾将她的笔记本电脑（那种老式的黑色IBM）借给另一位朋友。现在此人拒绝归还。当玛丽质问她时，对方却振振有词：如果你能撒谎，我就可以偷窃。同样是这位朋友——或者说曾经的朋友——还给玛丽打电话，威胁她，告诉她她应该去死。人们认为，正是由于玛丽的谎报，真正的强奸受害者才很难取信于人。人们称呼她婊子和妓女。

“阶梯计划”的经理告知玛丽她必须完成哪些事，并告诉她，如果不这样做，她将被逐出这个项目。她会失去有租金补贴的公寓，变得无家可归。

两位经理把玛丽带回了她的公寓楼，并召集了“阶梯计划”资助的其余青少年——大约10位，以女孩子居多。他们都是玛丽的同龄人，成长经历也非常类似。大家在靠近游泳池的前厅围成一圈坐下。只有玛丽站着。她站着告诉大家，告诉所有人，包括一周前帮忙拨打911报案的楼上邻居，一切都是谎言，大家无需担心：没有在逃强奸犯需要他们警惕，没有强奸犯需要警察去追捕。

她一边哭一边忏悔，四周尴尬的沉默更突显了她的声音。如果说她在房间里能感受到任何同情，它只来自一个人，就是坐在她右边的一个女孩。从其余人的眼里她看到了同样的问题——**你为什么要这么做**？——以及相应的判断：**真是一团糟**。

在未来的几周和几个月里，玛丽撤销报案的行为将产生更多影响。但是对她而言，没有比眼下更糟糕的时刻了。

她只剩下一位可以求助的朋友了，所以会议结束后她就前往艾希莉（Ashley）家。由于没有驾照，只有一张学车许可证，所以她只得步行前往。半路上她经过一座横跨5号州际公路的桥梁。这条南北向的高速公路是州内最繁忙的公路，各种轿车和重型货车川流不息。

玛丽在桥上考虑了一下自己有多想往下跳。

她拿出手机给艾希莉打电话说，请过来接我，我怕我会做傻事。

然后她把手机扔到了一边。

2 狩猎者

2011年1月5日
科罗拉多州戈尔登市

2011年1月5日，星期三，下午1点刚过，探员史黛西·加尔布雷斯（Stacy Galbraith）走向沿着小山丘散落而下的一长排无名公寓楼。地面斑驳，覆盖着肮脏的半融化的成片积雪。在这座三层楼建筑群的橙色和橄榄色外墙的映衬下，冬日里光秃秃的树木显得灰蒙蒙的。寒风凛冽，寒气刺骨，加尔布雷斯就在这样的天气里去那里调查一起强奸案。

一楼的一间公寓里挤满了穿制服的。巡警们挨家挨户敲着邻居们的门。犯罪现场分析人员正在拍照片。医护人员已乘坐救护车抵达。在混乱的场面中，加尔布雷斯显得十分突出，因为她是处于男人漩涡中的一名女性。她的脸很窄，一头金色的披肩直发。她拥有长跑运动员一样的体格，身材清瘦，袅袅婷婷。眼睛是蓝色的。

她走到一名警员面前。他示意她看向站在公寓外面、沐浴着冬日稀薄阳光的一位女性。她穿着一件棕色长大衣，手里抓着一袋自己的私人物品。加尔布雷斯目测她20多岁，身高大概1米68。身材纤细，一头黑发。她看上去冷静从容。

她就是受害人。

加尔布雷斯走上前去做了自我介绍，并问道，想到我车里谈吗？车里更暖和，更安全。女子同意了。她们坐进车的前排，加尔布雷斯把暖气调得很大。

女子名叫安珀（Amber），是当地一所大学的研究生。正值寒假，她的室友已经回家度假了。而她一直呆在公寓里尽情享受独处时光，晚上熬夜白天补觉。她的男朋友曾经从外地开车来看她。不过案发前一晚她是独自度过的。吃完自己煮的晚餐之后，她就蜷缩在床上追剧，看《绝望主妇》和《生活大爆炸》。当她迷迷糊糊睡去时，天都快亮了，已经能听到大楼里其他住户准备出门上班的动静。

她刚刚睡着，就突然惊醒了。在半明半暗的晨曦中，她隐约看见一个身影笼罩在她上方。她开始意识到发生了什么：**她的卧室里有个男人。**此人戴着一张黑色面罩，穿着一件灰色连帽衫，下面是运动裤，鞋子是黑色的。他手里握着一把枪，枪口直直对着她。

“不许尖叫。不许呼救。否则我就一枪打死你。”他告诉她。

她感到体内肾上腺素飙升。她的眼睛紧紧盯着那把枪。她会记住它是银光闪闪的，还有黑色的痕迹。

她哀求道，不要伤害我，不要打我。

她提出把公寓里的现金给他。

“去你妈的。”他说。

她被吓坏了。他要伤害她。他会杀了她。所以她下定决心：她不会反抗。她选择忍耐。他让她做什么，她就做什么。

男子把一个绿黑色相间的背包甩到地板上。里面有他需要的一切。他把装备塞在透明的三明治塑料袋里。袋子上贴着整齐的印刷体标签：塞口物。避孕套。氛围。垃圾。

他命令她脱掉保暖睡衣。安珀看着他从包里拿出一双白色长筒丝袜帮她穿上，把它们一直撸到她的大腿上。他又问她有没有高跟鞋。得到否定回答后，他从包里拿出一双透明的塑料高跟鞋，把鞋子上的粉色系带缠到了她的小腿上。他再次伸手从包里拿出粉红色的发夹，把她的头发梳成了马尾辫。他问她化妆品在哪里，她从梳妆台上取来了化妆包。他的指示很明确。首先涂眼影。然后是口红。他还要求她选择颜色更粉嫩的唇彩。最后，他命令她躺在床上。他从包里拿出一条黑色的缎带。把手背到身后，他说。然后他用缎带松松地绑住她的两个手腕。

安珀震惊地认出这条缎带是她和男友一起买的。他们已经找了它好几个星期，却一直没有找到。安珀以为是自己放错了地方。现在她很困惑，强奸犯是如何得到她的缎带的。

在接下来的4个小时里，这名男子对安珀多次实施强奸。他累了就会休息，只穿着他的衬衫，喝自带的瓶装水。当她抱怨太疼时，他给她抹润滑油。当她说太冷时，他就为她盖上她的粉绿相间的被子。他告诉她该做什么以及怎么做。他说她是个“乖女孩”。他没有使用避孕套。

他带了一台粉色的数码相机。他让她在床上摆好姿势，并命令她，这样动，那样扭。当一切都合他心意，他就开始拍照。他还会在强奸过程中停下来拍照。受害人告诉加尔布雷斯，她不知道自己被拍了多少照片。有时，他会一口气拍上20分钟。他告诉她，这些照片会让警方相信他们是出于双方自愿发生关系。他还说会把照片发布到色情网站上，让所有人都能看到——她的父母，她的朋友，她的男朋友。

安珀决心尽可能多地表现出人情味以换取生存机会。每当男子停下来休息，她都会问他一些问题。有时，他什么也不说。但是有时他们会聊上20分钟。男子详细地讲述了他是如何猎取她的。他看起来几乎是放松的。

男子说，从8月份开始他就一直透过她公寓的窗户偷窥她。他知晓她的全名。他知道她的生日，她的护照号码，以及她的车牌号。他知道她在学什么课程以及在哪里上课。他还知道，每晚上床前她都会对着浴室镜子自言自语。

安珀告诉加尔布雷斯，男子透露的所有关于她的信息都是准确的。他并非虚张声势。

安珀还问起男子的背景。他说自己会说三门外语，拉丁语、西班牙语和俄语，去过世界上很多地方，例如韩国、泰国和菲律宾。他上过大学，免费的。他还说他在军队服役。他说他认识许多警察。

他告诉安珀，他的世界“很复杂”，每个男人不是狼就是亡命徒。亡命徒从不伤害妇女儿童，但狼却可以为所欲为。

他是一匹狼。

安珀告诉加尔布雷斯，她始终没有见到强奸犯的脸，但她努力尽可能多地记住罪犯的身体特征。他是白人，金色的短发，浅褐色的眼睛。她估计他的身高有1米88，体重大约82公斤。他的灰色运动裤的膝盖位置有洞。他黑色的鞋子上有阿迪达斯的标志。他剃了阴毛。他有点胖。

安珀还说，罪犯身上有个很明显的特征，他的小腿上有一块褐色胎记。

当他结束时已经临近中午。他用湿纸巾给安珀擦干净脸，并要求她到浴室去刷牙。他还命令她去冲洗淋浴，看着她擦肥皂，告诉她要擦洗身体的哪些部位。当她洗完后，他要求她在浴室里再呆10分钟。

在离开之前，男子告诉她，自己是如何从屋子后面的玻璃推拉门潜入她公寓的。他让她在门底的轨道插入一根木销，以确保门无法从外面打开。他说这样就安全得多，能防止像他这样的人闯入。

然后他关上门离去。

走出浴室后，她发现强奸犯洗劫了她的卧室，带走了她的床单和她的蓝色丝质内衣。他把她的粉绿色被子堆放在床脚的地板上。

她找出手机打电话告诉男友，自己被强奸了。他催促她立刻报警。开始她不愿意，但最终被男友说服了。两人结束通话后安珀就拨打了911。

当时时间为下午12点31分。

受害人的讲述令加尔布雷斯暗暗心惊。跟踪。面罩。装满强奸工具的背包。这场袭击是如此令人发指，罪犯是如此老练。不能再浪费任何时间。必须立刻展开调查，就从这辆巡逻车的前座开始。

加尔布雷斯清楚，每一起强奸案都涉及三个独立的犯罪现场：袭击地点、罪犯的身体以及受害人的身体。它们每一个都能提供许多有价值的线索。本案犯人已经竭尽所能地试图消灭他留在安珀身体上的证据。加尔布雷斯询问安珀，是否同意她用又长又细的无菌棉签采集DNA证据。当她用棉签擦拭安珀的脸时，加尔布雷斯只希望案犯或许百密一疏，能留下少许DNA证据。

加尔布雷斯又提出一大请求：安珀是否愿意回到她的公寓，

指证强奸犯可能碰触过的一切东西？安珀再次答应了。在公寓里，她们俩一起梳理了案件过程。安珀指给加尔布雷斯看袭击者从她床上拽到地上的被子，还给她看了案犯在折磨她的过程中曾多次使用的浴室。整个过程中加尔布雷斯都关注着细节：面罩是什么样的？安珀说不是滑雪面罩，更像是一条围巾。他用安全别针把它紧紧地包裹在头上。还记得关于那瓶水的任何细节吗？是箭牌的。那块胎记什么样子？安珀比划了一个鸡蛋大小的圆形。

当安珀回忆罪犯给她盖被子的细节时，将其称为"温柔"。

这让加尔布雷斯困惑不已。怎么会有人在经历了如此残酷的折磨之后，用"温柔"来形容侵犯她的人？她感到很担心。或许是这家伙表现得很正常，又或许他是个警察。她对自己说："要找出此人不容易"。

离开案发现场后，加尔布雷斯驾车送安珀前往大约30分钟车程外的圣安东尼北医院，那是距离案发现场最近的一家能够提供专业性侵害检验的医院。受过专门培训的医护人员会检查安珀身体的每一寸肌肤，以寻找线索。在检查之前，安珀告诉加尔布雷斯，袭击者曾说过这是他第一次作案，但安珀认为他在撒谎。

"我觉得他是个惯犯。"她说。

在返回案发现场的路上，加尔布雷斯的大脑飞速运转。安珀的故事听起来似乎令人难以置信。一名一身黑衣的强奸犯？背包里塞满强奸所需的一切用具？而且敢于在大白天滞留在一栋繁忙的公寓楼，花上4个小时强奸折磨一个女人？

这完全不同于她处理过的大多数强奸案。通常情况下，强奸犯往往是受害人认识的或者至少是遇见过的人：男朋友，旧情人，或是在夜店认识的人之类。办理强奸案通常并非侦探故事，而是要弄清到底发生了什么，女方是否同意发生性行为。一项全美范围的政府调查显示，2014年美国约有15万名男性和女性报案称被强奸或性侵犯，这个数字相当于佛罗里达州劳德代尔堡的人口。其中大约85%系熟人作案。

加尔布雷斯知道她面对的是一桩相对罕见的案件：陌生人强奸。此类案件比较容易审理，因为它们往往涉及检察官所谓的"正义的受害者"。例如，一位女性在大街上被一名持有武器的陌生人抓住，她挣扎尖叫，然而最后别无选择只能屈服。又或者是一位母亲或女儿，来自一个爱意满满的家庭。她拥有一个漂亮的家，一份稳定的工作。她穿着得体。没有酗酒。也没有在城市某个肮脏的角落游荡。这些在检察官看来都是最容易起诉的强奸案，因为它们满足了陪审团对受侵犯妇女的所有期望。

安珀符合这些要求中的一部分——但并非全部。不符合的部分包括：她一直很冷静镇定。她曾和强奸她的人交谈过，并称其为"温柔的"。她在报警前和男友通过电话。

但这些都不会干扰加尔布雷斯。她认为，遭受性侵的女性与所有女性并无不同。受害人可能是母亲、青少年、性工作者。她们或许住豪宅，或许住廉价旅馆。她们可能无家可归，也可能患有精神分裂症。她们可能是黑人、白人或亚裔。既有醉倒不省人事的受害人，也有完全清醒的。她们可能对性侵犯做出各式各样的反应，有可能歇斯底里，也有可能克制隐忍。遭受侵害后，有人选择告诉朋友，也有人将秘密深埋心底。有的受害人或许会立刻报警，也有的可能会等上一个星期，一个月，甚至好几年。

警察们会运用不同的方法调查强奸案。尽管强奸是最常见的暴力犯罪形式之一，然而并没有放之四海而皆准的最佳破案方式。有些警探推崇怀疑主义。的确存在一些女性谎称被强奸的现象。就每一件性侵指控展开仔细调查是警方的职责。某主流警察手册针对这一问题告诫称，“并非每次性侵指控都站得住脚，罪名并不一定成立”。另一些调查员，包括一些对警察粗暴对待强奸受害人的行为表示担忧的律师，则认为信任才是关键。某大型警察培训团体举办过一次致力于改进性侵调查方法的活动，其口号即为“从相信开始”。

双方争论的核心是信任问题。在大多数暴力犯罪中，警察面对的都是明显受伤的受害人。但是在性犯罪中，伤痕往往不那么明显。在法医检验中，自愿发生性行为的女性身上有可能出现与一名在枪口胁迫下被强奸的女性一样的伤痕。在性侵害案件中，被害人的可信度经常和嫌犯的可信度同样受到质疑。

加尔布雷斯在处理强奸案时有自己的原则：倾听与核实。“很多时候人们会说，‘相信你的受害人、相信你的受害人’，”加尔布雷思说，“但我认为这种观点并不正确。我认为应该倾听被害人的讲述，然后依据事情的进展来证实或反驳。”

等加尔布雷斯回到公寓楼时，案发现场还挤满十几名警官和技术人员。她与马库斯·威廉姆斯（Marcus Williams）警探、马特·科尔（Matt Cole）警探以及犯罪现场技术员卡莉·吉普森（Kali Gipson）彻底勘查了现场。威廉姆斯采集了指纹和DNA样本。吉普森和她的同事们拍摄了403张现场照片，包括每一个电灯开关，每一面墙，以及每一件衣物。

警察们在公寓外面也拍了照片，并在垃圾桶里翻找线索。他们在公寓外发现了烟头，但安珀并不吸烟。因此，迈克尔·古奇（Michael Gutke）和弗兰克·巴尔（Frank Barr）两位警官在现场附近搜寻所有能找到的废弃烟头：在隔壁公寓外的烟灰缸里找到一个，在两辆停放的汽车之间也找到一个，还在停车场发现了几个。他们把这些烟头全部收集起来，装入证据袋，准备带回警察局。

其余警员在附近街区仔细排查。在两天时间内，戈尔登市的警员们敲开了公寓楼里全部60家住户，并给29人做了笔录。就像学术研究人员进行调研那样，警员们也采用了统一的问询模版：你在这一带见到过可疑人员吗？有没有人带着背包或其他奇怪物品？附近是否出现过异常车辆？

丹妮丝·梅纳特（Denise Mehnert）警官在三栋大楼里从顶楼逐层往下共走访了30户。有一位住客告诉她，他曾在几天前的晚上见过一名“矮壮的”男子，戴着头灯穿过公寓楼。另一栋楼的邻居想起，圣诞节期间，公寓楼外的街边曾停过一辆房车。还有一名男子称，他认为自己见过房车主人——是个戴着一顶宽檐帽的“中年人”。没人记得见过符合强奸犯具体特征的人。

有位巡警在安珀公寓外面的后天井发现了脚印。其中有一个很清晰：印在一片松脆雪地上的单独的脚印。吉普森试图用雪蜡复制这个脚印。雪蜡是一种滑溜溜的喷剂，可以在不融化雪的情况下采集雪地上的脚印。但雪蜡并不显眼。于是她又在脚印上喷洒橙色荧光颜料，让脚印纹路在白色背景上一下子闪烁起来，就像宇航员在月球表面留下的印迹。闪光虽然不算太明显，但已足够。

加尔布雷斯不断推动着现场调查工作。当天晚些时候，一位警官建议让大家休息片刻。

“继续工作！”加尔布雷斯坚持道。

当她离开现场时，天早已黑透了。

加尔布雷斯成长于得克萨斯州达拉斯市郊外的阿灵顿。她的父亲经营过餐馆，后来当了电脑程序员。母亲在一家石油公司从事工程分析工作。在加尔布雷斯3岁时，她的父母离了婚。后来她母亲嫁给了一位瓷砖安装工。加尔布雷斯与她的亲生父母以及他们各自的重组家庭都挺亲近。

中学时，她是个和捣蛋分子混在一起的聪明孩子。自认为具有反权威精神。作为篮球队的一员，她曾经因为被发现与几个朋友一道抽烟而被停赛几场。她当时毫不掩饰，穿着队服在校体育馆外抽烟，被校长用望远镜逮个正着。

毕业后，加尔布雷斯进入北得克萨斯州大学，并转过好几个学院。她尝试过新闻专业，尽管她并不认为自己在这一行有什么前途。她喜欢心理学课程。杀人犯、强奸犯、连环杀手——他们让她着迷。“我喜欢研究人们的心理及其对行为的影响。”她说。最后，一位大学辅导员建议她考虑从事刑事司法工作。她开始参加执法类课程。她结交了一些警察。她喜欢自己了解到的一切。归根结底，警务工作的核心是帮助他人。这引起了她的共鸣：“这是个笼统的答案，但我真的喜欢帮助他人。我也喜欢让那些做坏事的人承担责任。”

尽管如此，她并没有在大学毕业后直接进入执法部门。她觉得自己不太适合，她太叛逆，太独立。甚至可能不够优秀。她说：“我想当警察，但我有种感觉就好像‘天哪，我大概办不到’。”

“我低估了自己。”

她结了婚，并跟随丈夫搬到科罗拉多州，他在那里的汽车修理厂找到一份工作，而她在当地监狱里获得一个职位。其他狱警告诉她，他们很喜欢这份工作。其中一个说："这是我做过最棒的工作，因为你什么都不用做。"然而，恰恰是无所事事让加尔布雷斯讨厌这份工作。她负责值大夜班，在睡觉时间统计囚犯人数，这让她感到无比的无聊。"这工作不适合我。"她告诉自己，"我想做事。我想做有用的事。"

与此同时，她的婚姻也分崩离析：丈夫不喜欢她整天和一群大男人待在一起。他们离婚了，但加尔布雷斯并不后悔："我不会在任何事情上纠结太久。只管继续努力就好。"

随后，一个机会从天而降改变了她的人生。加尔布雷斯刚搬到科罗拉多州时曾经应聘过戈尔登市的警察职位。戈尔登是一座安静的小城，当地许多警察都是初出茅庐。当时由于惩教局先出现了职位空缺，所以她就接受了那份监狱的工作。但是7个星期后，戈尔登市打电话来发出工作邀请：一个初级的夜班巡警职位。

加尔布雷斯当天就辞去了监狱的工作。

戈尔登市最出名的是1873年成立的康胜啤酒集团。这座全球最大的啤酒酿造厂坐落于城东，由钢铁、水泥和烟囱组成的庞大厂区填满了一个山谷，风格与狄更斯小说中的场景颇为相似。每年，这里生产数以百万计的桶装啤酒，并源源不断地销往各地，供应给兄弟会会所、足球赛事以及买一送一的女士之夜等。

然而，要是说康胜与豪饮狂欢有关，戈尔登市则不然。这个坐落在落基山麓的小城历史悠久，始建于1859年派克峰淘金热时期，曾经一度是科罗拉多州首府。戈尔登市现有大约1.9万人口。它保留了西部的感觉。市中心既有高耸的银行大楼也有老式店面。市政厅是过去的州议会大厦。许多居民都有马。街道上会有鹿和麋鹿在游荡。

2003年圣诞节，加尔布雷斯第一次没有教官陪同，独立出警。为了纪念这一里程碑时刻，她与警局同事大卫·加尔布雷斯（David Galbraith）享用了一顿上等牛排大餐后才一起去上夜班。此人后来成了她丈夫。

加尔布雷斯的首次出警：将一条死狗从70号州际公路上拖走。这条高速公路穿过丹佛市中心，车流量达到每小时8 541辆。当她到达现场时，另一只狗正钻入车流查看第一条狗的情况。她眼睁睁看着那只狗也在高速的车流中粉身碎骨。她所接受的警察训练并不包括如何清理狗的尸首。她把警车停在高速路当中截停车流，然后将狗的残骸塞进塑料袋，再把所有东西拖至路边。随后她就吐了个翻江倒海。

她对自己说，这是我必须要做的，无论如何都得完成。

这成为她的人生信条。加尔布雷斯不喜欢抱怨，不喜欢找借口。她会竭尽所能完成工作，即便需要为此每周工作90个小时。

2007年，加尔布雷斯怀上了她的第一个孩子，于是决定申请刑警的职位。她想去的部门不大，只有一位主管和三名调查员。但由于大卫要上夜班，她转岗不失为兼顾家庭和工作的一种办法。另外，加尔布雷斯也有自己的野心。在执法部门，刑警往往是最顶尖的。他们接的都是大案子，收入通常也更高。他们都是街头警察里的佼佼者。“我一定要成为刑警。”她说。

她如愿以偿，但同时也遭受一些诋毁。戈尔登市警队有人私下里说，她能当上刑警完全只是因为她是孕妇，此举是为了把她留在警队。这种传言让加尔布雷斯很难过。她对此的回应就是努力工作，这是她知道的唯一应对方式。

在小城镇，刑警们负责处理所有的案件。但加尔布雷斯逐渐发现自己对性侵案件更感兴趣。曾有一起案件令她难忘：一个十几岁的少年涉嫌猥亵邻居家的10岁男孩。两家人私交甚笃——实际上整个社区关系都很亲近：太太们会一起聚会，孩子们一起玩耍，丈夫们周末结伴出游。这起性侵指控在部分家庭中流传开来。“它颠覆了整个社区的邻里关系。”加尔布雷斯说。

加尔布雷斯与另一名调查员询问了受害人。男孩的记忆非常清晰。他告诉警探们，嫌疑人是在一张沙发上侵犯了他。他还记得关于沙发布料的特征。虽然只是小细节，但这足以让加尔布雷斯相信这孩子没有编造故事。而当嫌疑人的家人同意加尔布雷斯询问他们的儿子时，这名少年却支支吾吾。他坐在父亲身边，还哭了起来。加尔布雷斯与她的搭档走到外面的门廊上。

我要逮捕他，她说。

你有把握吗？他问。

我有合理根据，她说，就让陪审团来裁决吧。

这名少年后来在庭审中被定罪。案发社区的居民们对加尔布雷斯颇有怨言。他们认为她粗暴而轻率地毁掉了一个有前途的孩子，加尔布雷斯却认为这是正义：“如果他还曾伤害过其他人呢？如果他继续犯案呢？现在阻止他，或许将来就不会有更多的受害者。”

许多警探会尽可能避开性犯罪案件。它们不像凶杀案那样高调；没人会想来拍摄一部关于强奸案的电影。如果说凶杀案是黑白分明的，那强奸案就充满了灰色。而且，强奸案的受害人都是活生生的，并且饱受创伤。他们的痛苦总是赤裸裸地袒露在你面前，令你绝对无法忽视。

加尔布雷斯的宗教信仰帮助她经受住了办理强奸案对她情感上造成的巨大冲击。她和丈夫都是再生基督徒，自幼生长于浸信会教徒家庭。他们在科罗拉多州加入了一个无教派福音教会，甚至有时会为主日礼拜提供安保服务。“我知道主给了我一定的力量，所以我只需要运用它们，即便在痛苦的时刻。”她说。

《圣经》里有段经文引起了她的共鸣。《以赛亚书》6：1–8中说，以赛亚见到了主，有烟云环绕，有撒拉弗侍立。主问道：“我可以差遣谁呢？”以赛亚高声应道：“我在这里，请差遣我！”加尔布雷斯认为自己也是在回应主的召唤。她进入执法部门是为了帮助别人。而性侵案件里有正处于人生至暗时刻的受害者们需要帮助。她并不总能知道如何让他们好受一些。但她知道她必须想办法。

“人们说，‘你为什么要侦办性犯罪和儿童犯罪案件？’我并不享受这份工作。但总得有人去做。而且得把它做好。”

加尔布雷斯到家时天色已经很晚。她已经筋疲力尽。回家前她办的最后一件事是替安珀找个地方过夜；后者太害怕，不敢回自己的公寓。加尔布雷斯找了名警官将她送去朋友家。

大卫已经洗好了碗，并已将孩子们哄上床睡觉。再晚点他还要去上大夜班。

夫妻俩在客厅的两张沙发上面对面坐下。这是他们每晚的仪式，在工作和照顾孩子之余见缝插针地挖出这短暂的几个小时，像其他双职工夫妇一样交流彼此的一天——只是加尔布雷斯夫妇的话题比大多数人更阴暗一些。

这一晚也是如此。史黛西·加尔布雷斯将当天案件的细节讲述给丈夫听。她谈到那个蒙面人，那场持续4小时的施暴，以及他如何给受害人拍照。

听着，她说，最后他还强迫她去洗澡。

大卫一直在犹豫。但这些细节实在太像了。2008年，他离开戈尔登市警察局，去邻近的威斯敏斯特市出任警官。5个月前，威斯敏斯特警方曾接到报案，在一栋公寓楼里发生了强奸案；大卫曾在那栋楼里搜寻可疑人员。他知道那位女性也是被一个蒙面人强奸。罪犯也拍了照片，并且也曾在离开前命令受害人洗澡。

你明天早上第一时间给我们部门打电话，他对史黛西说。

我们那儿有件一模一样的案子。

3 海浪与山峰

2008 年 8 月 10 日

华盛顿州林伍德市

没什么特别的，这是一栋普普通通的公寓楼内一间平平无奇的一居室。她没有太多家具，其中有些还是塑料的。她的两把原声吉他倚靠在卧室的墙上，电脑显示器被她放在角落的地板上。

虽然普通，但这是她的公寓，是她在寄人篱下多年之后拥有的第一个属于自己的地方。玛丽为它感到骄傲。她为拥有这个地方感到自豪。她知道，有很多和她有相似成长经历的人最后都进了监狱或戒毒所，或者流落街头。

这是个星期天，玛丽用吸尘器打扫了卫生。她喜欢让自己的公寓一尘不染。她也希望它保持整洁，所以她四处转悠，打量自己的物品，看看有哪些可以收起来。凡是不需要的东西，她都搬到外面去，收进后廊的储物柜里。为此她一直从一扇玻璃推拉门进进出出。

之后她会与朋友一起去教堂度过当天剩余的时间。别的 18 岁孩子在他们独立生活的头几个月里可能会把周末用于试探边界以及冒险猎奇。但玛丽只想安定下来。她安于常态，因为这正是她的成长过程中最缺乏的。

事发后，华盛顿大学的乔恩·康特（Jon Conte）教授曾对玛丽进行专业的心理评估。他专门研究与儿童受虐待和创伤有关的心理健康问题。康特花了5个小时与玛丽面谈，并撰写了一份长篇评估报告，其中有一部分是关于她的成长经历：

> 她只见过自己的生父一次。她表示对生母也知之甚少，据她说，她的生母经常把她交给自己的男朋友们照顾……她说她是在六七岁时被纳入寄养系统的。

康特的报告即便在讲述种种黑暗往事时也依旧使用那种干巴巴的临床语言。他写道，玛丽关于被寄养之前生活的记忆“大多是些不愉快的事”。

> 她认为自己曾经和祖母一起生活，而祖母没有很好地“照料我们”。她记得自己很饿，还吃过狗粮。她没有一丁点被生母照顾的记忆。她记得曾遭受虐待性体罚（例如，被用苍蝇拍打手）。
>
> 她不知道自己是否上过幼儿园。她说她不得不复读了2年级，还曾经休学。她说，她记得自己不喜欢警察，因为他们把她和她的兄弟姐妹从家里带走了。她受到过性虐待和身体虐待。她说，性虐待是家常便饭。她回忆说，曾目睹她母亲不同的男朋友殴打家里的狗。
>
> 她记得在被警察从家里带走之前，曾多次搬家，辗转于不同的州之间……

至于玛丽的寄养生活，康特的报告放弃了细节：

一句话概括足矣，她的遭遇在寄养儿童中相当典型：多次安置，频繁更换地点（家庭）和学校，若干成人照料者和专业人士介入她的生活后又离开，一些令人痛苦或遭受虐待的经历，以及安全感和安定性的整体匮乏。

玛丽的母亲育有四个子女，她排行第二。他们是同母异父的兄弟姐妹，但玛丽的说法是："我有一个哥哥，一个弟弟和一个妹妹。"有几次，她曾和兄弟姐妹们被安置在同一个寄养家庭，但大多数时候他们会被分开。至于有没有同父异母的手足，她也不清楚。

玛丽从很小就开始接受抗抑郁的药物治疗。"我曾服用过7种不同的药物。左洛复这种成人药物我在8岁就开始服用了。"

她说，最难的是被蒙在鼓里，对寄养系统的运作一无所知。大人们不会告诉她为什么要被转移。他们只会直接把她送走。她曾辗转于"大概10或11个"寄养家庭，还曾好几次被安置在儿童之家。她喜欢待在外面，但有时会变得自我封闭。"当我住在贝林汉姆的时候，我经常独自一人和我的毛绒玩具在房间里玩。"

转学是一件令人生畏的事情。但对玛丽来说是家常便饭。"一切从头开始，结交新的朋友。虽然有点难，但我已经习惯了。"

进入高中似乎预示着一切不稳定都将结束。大多数学生或许会因为开学感到焦虑，但玛丽对这一天已经迫不及待。她在西雅图以南约35英里的皮阿拉普开始读10年级。她选到了所有想上的课程。她结交了很多新朋友。最重要的是，她转入了一个新的寄养家庭。她爱这个家庭，他们也爱她。他们还打算领养她。

“一切都棒极了。”玛丽说。

然而，就在开学第一天，玛丽被叫出了教室。一位辅导员通知她：你不能再和现在的寄养家庭共同生活。他们失去了许可证。受保密规定的约束，辅导员无法解释太多。玛丽只得离开，离开家庭、朋友、学校。“我都来不及伤心。”她说，“只给了我20分钟时间收拾东西走人。”

作为短期安置，玛丽被送往贝尔维尤与一对夫妻——香农（Shannon）和基诺（Geno）——共同生活，直到获得其他安排。贝尔维尤是西雅图东边一个蓬勃发展的高科技中心，拥有自己的城市天际线。香农是一名房地产经纪人，同时长期担任寄养妈妈。她参加过一些关于问题少年的会议，从而认识了玛丽，并感觉和她很投缘。她俩都有“一种傻气”，香农说，“我们会互相取笑逗乐，我们俩很像”。

两人相处愉快。在香农看来，玛丽是“真的可爱”，就这么简单。玛丽既没有对过往的经历耿耿于怀，也不会对未来忧心忡忡。她愿意上学，无需香农督促，即使她知道这所学校很可能只是另一个中继站。玛丽能够与成年人对话。她刷牙，她梳头。一言以蔽之，她很好相处，至少“比在我家寄养过的许多孩子都容易相处得多”。玛丽想留在贝尔维尤，香农也希望她留下。可惜，香农与她丈夫当时还要照顾另一个寄养孩子，那是一个需要投入大量关注的十几岁的小姑娘。香农说，否则，“我们会毫不犹豫地收养玛丽”。

玛丽只在香农家住了几个星期，随后就被送往西雅图以北15英里的林伍德市，与佩吉（Peggy）同住。佩吉在当地一家流浪者收容所担任儿童权益代言人。

“玛丽是我接收的第一个寄养孩子。原以为会是个婴儿——我有一张婴儿床——他们却送来一位16岁少女。”佩吉笑着说，“这没问题。我有心理健康学方面的背景，而且我长期从事和孩子们相关的工作。我猜想，中介只是觉得‘她能处理好’而已。”

州政府向佩吉提供了长达数百页的材料介绍玛丽的过去，按时间顺序记录了她受虐待的经历以及一连串的安置情况。“这真让人心碎。”佩吉说。她阅读了大部分材料，但不是全部。“有些时候你并不想知道一切。你知道吗？你希望能亲眼见到一个孩子，而不是对他们做出预判。你不想给他们贴上标签。我希望能在实际相处中了解一个孩子。”

佩吉认为她和玛丽之间开了个好头。“她就像个小孩子。到处转来转去，走到后院看了看，然后说，‘哦，哇，这儿真酷’。她很活泼，精力充沛，但她也有非常紧张、非常情绪化的时刻。”被迫离开皮阿拉普的寄养家庭让玛丽非常伤心。佩吉给了她电话使用权，方便她联系那里的朋友。玛丽累积了一大笔话费账单。随着时间的推移，她终于克服了挫折。“其实我很惊讶她能应对得这么出色。”佩吉说，“她去了一所全新的学校。这很了不起。她本可以说‘我不去上学’，但她没有。她去了，她做了自己应该做的事。她还在家里分担家务。她的适应能力令我印象深刻。”

然而，初为人母的女性和有历史创伤的青春期女儿这样的搭配，其相处势必经历挑战。事实也的确如此。“有时候我们关系很紧张，”佩吉说，“和一个16岁才来到你身边的人建立爱的纽带是非常困难的，更何况她还怀有怨气。我认为当时我的任务是引导她长大成人。我还尝试做一个慈爱的、关怀备至的母亲。但在16岁时开启这样一段关系是相当困难的。我不知道她怎么看，但是……”

玛丽认为这段关系并不合适。她喜欢狗，而佩吉养猫。玛丽喜欢有多个孩子的寄养家庭，而佩吉家却只有她一个。“我们的性格一开始也不合拍，”玛丽说，“很难相处。”

玛丽与从前的几个寄养家庭还保持着联系，与香农的联系尤为密切。佩吉对此并不介意。她自己很快也和香农成为朋友。两位养母分享着对玛丽的看法——从这个意义上说，她们共同抚养了玛丽。拥有一头卷发的香农是有趣的家长。她会和玛丽一起去划船，一起到树林里散步。她们还一起节食，断食碳水化合物好几个星期。玛丽在情感上信任香农；香农是会拥抱她并陪伴她哭泣的人。玛丽会去香农家过夜。

佩吉则是严厉的家长。她为玛丽设置门禁规定。在她看来，玛丽有时表现得很张扬，很离谱。“非常、非常夸张的行为。”佩吉说。就比如和朋友一起去超市，玛丽会滑着购物车转悠，“显得很傻”。佩吉是理性而有分寸的，喜欢说“收敛点”。她与玛丽的相处方式不同于香农和玛丽的。“我们大不相同。”佩吉说。

看到玛丽那么努力地适应新环境，佩吉感到心痛。刚搬到佩吉家的时候，玛丽喜欢穿深色的衣服，有点格格不入。但她挑了一件带毛领的女性化白色大衣，以为那是女孩子们应该穿的，后来却发现不是，就把大衣塞回了衣柜里。佩吉看得出玛丽在学校里并不开心。那所学校里“喜欢拉帮结派”——都是老一套，还划分啦啦队员、运动员等小圈子。玛丽则“更偏艺术家风格”，喜欢绘画和音乐，无论是基督教音乐、摇滚乐还是乡村音乐。

佩吉与玛丽一起努力，为玛丽找到了一所更适合她的学校。

也正是那时候，事情发生了变化。

玛丽通过朋友认识了在麦当劳打工的高中生乔丹（Jordan）。回忆起他们第一次单独相处的情景，乔丹说："我们最后在一家杂货店碰面，然后，你知道，在放学后去校园里乱逛。"他们从朋友做起，渐渐地成了男女朋友。在乔丹眼里，无论玛丽的过去如何，她都表现得很快乐，很随和。"她就是个很好相处的人……你从来不用担心与她分享你的情绪。她绝不会说任何伤害你的话。在与朋友之类的人在一起时，她不是一个哗众取宠的人。她从未公开做过任何外向或疯狂的事情。"

乔丹与佩吉对玛丽的看法如此大相径庭，这并不奇怪。佩吉看到玛丽希望获取关注，而乔丹看到的是她在逃避关注。青少年们可能与朋友相处时是一个样子，而对着父母又是另一个样子。但对玛丽而言，随着岁月的流逝，她会察觉到这种脱节还意味着更多东西。"人们对我的解读与我对自己的看法不同。"她说。玛丽认为自己是友好而不轻浮的，是外向的但非爱做戏的。

玛丽认为她最快乐的岁月是十六七岁的时候，最快乐的一天可能是和最要好的闺蜜一起度过的。她的闺蜜也是一名高中生，一直在教玛丽摄影。"我会花好几个小时在海边看日落，那是我最喜欢的事情之一。"玛丽说，"她给我拍了一张我特别喜欢的照片。我们去了海边，当时好像是晚上7点左右，我不知道我们在想什么，我走到海里，然后跳起来，把头发往后甩。"

她的朋友抓拍到这一刻。之后她修饰了照片，将某些部分调暗。照片中，在夕阳的光辉下，玛丽看起来就像一条从海浪中浮现的美人鱼。

玛丽将这张照片发布在聚友网（Myspace）上，并将其保存在相片桶网的在线相册中。

上高三的时候，玛丽选择退学，并攻读普通同等学力证书（general equivalency diploma，简称GED）。和佩吉住在一起的最后一年充满了紧张气氛，这种紧张气氛对各地的青少年和家长来说都不陌生。玛丽挑衅，开始晚归。佩吉不肯退让，坚持要求她遵守规则。“你不能这样做。”佩吉会说。“你不要告诉我该做什么。”玛丽如是回答。在香农看来，这只是伴随着成人期到来的叛逆阶段之一：“她想做自己想做的事。不想循规蹈矩。她尝试不同的着装风格，并试图找出今后想走哪条路。她并没有像许多青少年那样开始抽烟之类的恶习。”2008年春天，玛丽年满18岁。只要她遵守佩吉的规定，她本可以继续和佩吉共同生活。但玛丽想要自立。

佩吉在网上搜索时发现了“阶梯计划”，前一年启动的一个试点项目。该计划主要由州政府拨款资助，旨在帮助年轻人找到稳定的工作，以便能负担固定住处，从而减少无家可归的现象。计划的成员将学习自给自足和“金融知识”。为计划成员提供住所的私人房东将获得有保障的租金补贴和高额的保证金。“阶梯计划”仅提供15个名额给即将脱离寄养家庭的青少年，不过玛丽获得了其中之一。因而她得以搬进了林伍德市的一栋公寓楼，距离佩吉的住处不远。

在林伍德市建立并得名的几十年前，即1920年代，它以家禽业闻名，其一年生产的鸡蛋“首尾相接足够从纽约排到旧金山”。如今，西雅图周边的人们对林伍德市的印象主要是购物圣地。其主要吸引力在于阿尔德伍德购物中心及其囊括的165家商店，从流行服饰Abercrombie & Fitch到运动潮牌Zumiez应有尽有。玛丽所住的公寓楼在广告中宣传，可以欣赏到喀斯喀特山脉的景色，而且离购物中心很近，仅有几个街区的距离。

玛丽想在自立之后去上大学，学习摄影。她用一部尼康数码相机拍摄动物、昆虫，最喜欢拍风景。她会去点缀着浮木的海滩，拍摄沙滩上的狗脚印，或者是海浪背后奥林匹克山脉那些白雪皑皑的山峰。但眼下她开始涉足零售业，在开市客找到了第一份工作，这家仓储式超市以优厚的工资和福利著称。玛丽负责向顾客提供食物样品。连续站立6个小时的工作并没有让她感到困扰。她喜欢与人聊天，又没有销售压力。工作也让她结识了寄养系统以外的朋友。

所以玛丽有了一间公寓，有了收入，还拿到了GED。她还有“阶梯计划”作为后盾。她住在佩吉附近。在经历了虐待、不稳定、饥饿这一切之后，她都挺过来了。她最大的目标很简单，而且它似乎触手可及。“我只是想成为普通人。当我搬出寄养家庭的时候，我就想做一个正常的孩子，有一份普通的工作，有一个住处，过自己想过的生活。尽量让自己快乐。”她不想让过去的糟糕经历影响到现在的生活。

打扫完公寓后，玛丽和乔丹一起去了教堂。他们曾交往过一年多，但2个月前两人又恢复了单纯的朋友关系，因为乔丹开始笃信的耶和华见证人教派是谴责婚前性行为的。他担心如果继续和玛丽约会，他会成为伪信徒。不过，他们的友谊还是比大多数人更亲密。他们都罹患失眠症，会在电话里互相陪伴，聊到深夜。他们甚至谈论过将来有一天要结婚。

当晚，玛丽去看望艾希莉，一个她在攻读GED时结识的朋友。玛丽还没有正式驾照，只有一张学车许可证，所以她搭了艾希莉妈妈的车回家。到家时她才发现把钥匙落下了。她总是忘记拿钥匙或手机。于是，她又去了趟艾希莉家，然后再次回到家。

睡觉前，玛丽短暂地拜访了楼上的邻居娜塔莉（Nattlie）。住在她公寓正上方的娜塔莉和她同龄，而且同样也是“阶梯计划”的受助人。她俩所住的三层公寓楼里的每间公寓都可以从外部进入。玛丽回到楼下自己房间的时候已经过了9点。她进屋后锁上前门，准备休息。

晚上9点49分，她的手机响了，是乔丹打来的。（几天后，他会查看自己的通话记录，向警方提供精确的时间。）他俩聊了大约15分钟。随后，玛丽弹了一会儿吉他就上床睡觉了。

凌晨12点30分，乔丹再次来电。这一次两人在电话里聊了好几个小时。时间已经进入8月11日，星期一，玛丽和乔丹一直聊到4点半，直到乔丹手机没电才结束通话。

清晨4点58分，乔丹又一次来电。

这次他们聊到6点15分。

之后玛丽就睡着了。

4 一种强烈的神秘力量

2010年8月10日

科罗拉多州威斯敏斯特市

8月的一个清晨，一位较年长的女性正弓着身子坐在丹佛市郊圣安东尼北医院急诊病区24号病房的一张病床上。她正吃着酸奶，喝着透明塑料瓶里的水。她的头发染成了红色，已经有点褪色。她上身穿一件白色长袖连帽衫，胸前有一片彩虹的图案。下身着一条蓝色短裤，露出细细的双腿。

上午8点04分，病房门被敲响，走进一位金发碧眼的女性。她穿着一件蓝色Polo衫和卡其色裤子，腰间别着一枚警徽。她打量了一下床上的女人，觉得后者看起来就像一个迷路的孩子，眼睛红通通的，脸颊上有一条条痕迹。她蹲下来，自我介绍为埃德娜·亨德肖特（Edna Hendershot）警探。她对受害女性说："我知道你遭遇了可怕的事情。我正是来调查此事的。"

在微冷的晨曦中，莎拉（Sarah）已经将自己的遭遇告诉了站在她公寓外面的素不相识的邻居们。她还告诉了开着警车送她来医院的年轻警官。她也讲给了和她一起静静地坐在病房里的另一位女性听，此人是警方指派的，为她提供支持的受害者权益代言人。

她鼓起勇气，准备再讲一遍。

莎拉是8月初搬进新公寓的。她拆开一箱箱的衣服、鞋子和厨房用具，想好沙发的摆放位置和卧室的装饰风格。花了几天工夫整理好之后，她决定休息一下。星期一上午，她在游泳池边打瞌睡。她还在环绕公寓楼的小路上散步。那天傍晚，她在自己公寓里阅读《圣经》。大约午夜时分，她换上睡衣，然后在电风扇的嗡嗡声中睡着了。

凌晨3点半左右，她被惊醒。一个重物压在她的背上，把她狠狠地挤进床里。那是个男人，双腿跨坐在她身上，并把她的双臂压制在她身体两侧。她喊了一声，但声音似乎卡在喉咙里。"安静点，"男人说，"只要你照我说的做，我就不会伤害你。但我有枪，必要时我会用它。"

莎拉告诉亨德肖特，这名男子穿着白色T恤衫和运动裤。一个黑色面罩遮住了他的脸。他把她的双手绑在身后并扯掉了她的内裤。他命令她在床上按要求摆好姿势，然后拿出相机拍照。如果她做得不对，他会纠正她。"如果你不按我说的做，这些照片就会传遍互联网。所有人都会看到它们。"他说。

其后的3个小时，他强迫莎拉屈服。他强奸她，然后休息。拍照，然后休息。莎拉将此称之为"环节"。这样的"环节"她记得重复了9遍。她会告诉他，他弄疼了她，而他会说："放轻松。"莎拉告诉亨德肖特，她曾一度恳求强奸犯停下来。

"我不是个坏人。"她对他说。

"不，你不是，"他回答，"但你没有关窗户。"

当他结束折磨她时，黎明的曙光已悄悄地照亮她杂乱的公寓。他开始着手清除证据。他用湿巾纸清洁了莎拉的身体。他命令她刷牙齿和舌头。他还抱走了她的一些寝具。"我不会给警察留下任何证据，所以我得带走一些东西。”他告诉她。

他命令莎拉去浴室洗澡。他要求她必须洗够20分钟。莎拉想知道时间什么时候到，就请求他给她拿个计时器。

它在哪儿？他问道。

在那里，在厨房操作台上，她告诉他。一只白色的Sunbeam牌计时器。

他将计时器定好20分钟，放在浴室洗手池旁的台面上。然后就关上门，离开了。

莎拉站在淋浴间里，任凭水流冲刷着她的身体。她倾听着1 200秒逐秒流失，计时器的滴答声听起来就像夏天的蝉鸣。当它最终响起时，她走出淋浴间，擦干身体，然后开始记录损失情况。

强奸犯从她床上偷走了一个绿色缎面枕头——那是母亲送给她的纪念品。

他从她床底下的保险箱里偷走200美元。

他还偷了一台照相机。

他彻底改变了她的生活。

这不是个容易启齿的故事。在整个问询过程中莎拉一直在抽泣。代言人安慰着她。亨德肖特也试图安慰她。30分钟后，亨德肖特决定告一段落，以顾及莎拉的承受能力。她一边站起来，一边告诉莎拉将会有一名护士为她进行检查。她说，或许，强奸犯没能成功地掩盖他的踪迹。或许她体内还残留着一些他的DNA。

“但愿如此。”莎拉回答道。

亨德肖特开车前往莎拉的公寓楼，途中她在脑海里罗列了一连串待办事项。16年的警察生涯在她心里烙印了一张犯罪现场任务清单。她需要巡警们去彻查莎拉的邻居们，去翻查垃圾桶。她需要一位刑侦专家搜查公寓及附近场地。她需要一名犯罪分析员来收集所有能够进入莎拉公寓的人的记录。

各就各位，她对自己说。

亨德肖特成长于丹佛市西北部广阔的中产阶级郊区。她的童年是在10万人口的阿瓦达市度过的。她的母亲是当地小学的音乐老师，并在基督教长老会教堂弹奏钢琴和管风琴。她的父亲在丹佛市的科罗拉多州议会大厦工作，并参与当地的政治活动。她在家中排行第二，夹在哥哥和弟弟中间。

她的父母尽了最大努力想将她培养成一名淑女。母亲替她报名芭蕾课程，并试图教她弹钢琴。这对夫妇还定期带女儿去离家几个街区之外的艺术中心。然而这些熏陶都没能坚持下去。

“我走进客厅，我可爱的妈妈就坐在钢琴前，想让我弹琴。我就会对她发脾气。我知道我真的很恶劣，但我讨厌弹琴。我想出去到处疯，和我的朋友们一起玩儿。我不想弹那架愚蠢的钢琴。”

亨德肖特是典型的假小子。她喜欢运动。她是游泳运动员。她擅长足球。在女子田径运动刚刚起步之时，亨德肖特已经加入俱乐部在科罗拉多州四处征战。她在高中时曾作为主力守门员代表阿瓦达高中参赛。

亨德肖特永远说不清楚究竟是什么吸引她去当警察。她并无亲近的家人是警察或罪犯——这是许多执法人员共同的从业动机。对她来说似乎就是命中注定。“我没有戏剧性的答案，”她会告诉人们，“我只是一直知道这是我应该做的。”

她的职业道路并不平坦。1988年高中毕业后，她在两所大学学习犯罪学。但由于经济拮据，她开始勤工俭学。她曾在温迪餐厅做收银员。还曾在当地一家墨西哥餐厅做服务生，赚取每小时2.5美元的工资外加小费。

但亨德肖特下定决心成为一名警察。1990年，她在亚当斯县治安官办公室获得一份记录文员的工作，负责检查当地监狱的犯人档案。一年后，她辞去这份工作，转而在阿瓦达市警察局担任911报警热线调度员。她晚上工作，白天上课，就这样半工半读完成了警校学业。毕业后她没有远离家乡，而是去阿瓦达市附近的威斯敏斯特市当了一名巡警。1994年9月19日，她宣誓就职。

威斯敏斯特市经常被称为丹佛市的“卧房社区”。从某种程度上来说的确如此，它是一座小城，其10万人口中，白人中产阶级占绝大多数。每到周末，父母们都会成群结队地在足球场边观摩孩子们的比赛。大型商场聚集在市内主要的十字路口。丹佛–博尔德收费公路是威斯敏斯特市的脊梁，农场风格的房屋和公寓楼在这条高速公路的周围向各个方向蔓延。但和许多内郊地区一样，威斯敏斯特市也并非一派岁月静好。黑帮和毒品困扰着它与丹佛市接壤的街区。对于一个想出人头地的年轻警察来说，这里有足够多的犯罪活动。

在街头巡逻了5年之后，亨德肖特击败竞争对手，成功加入西部缉毒专案组。这支打击毒品和帮派犯罪的精英部队吸引了周边各地的优秀警察。她是队里唯一的女性。大家习惯于叫她“埃德”。

亨德肖特意识到，她的性别可能是一种超级力量。同事们和罪犯们都觉得她的长相十分亮眼。当她的上司烦恼于该怎样接近某个毒贩时，她往往会主动请缨。“这听起来有些傲慢，但他们说，‘谁能接近这家伙？’我就会说，‘也许我能’。撩撩头发，傻笑一下就能得到的东西真让人不爽。”

她很擅长卧底。时而化身金发傻妞，时而扮作性感的机车女郎，抑或是处于监护权之争中的心力交瘁的母亲。当犯罪嫌疑人要求她吸毒或者脱掉衣服时，她会找个借口。比如：“我回家会挨打的。”或者：“我明天要和社会服务机构一起上庭，我不能嗑药。”有一次，她参与的案件涉及一名腐败的副警长，他向监狱里的黑帮成员走私毒品和武器。亨德肖特结交了一个黑帮成员，并通过他取得了嫌疑人的信任。腐败警长被捕后，亨德肖特出现在现场。那名叱咤街头、久经沙场的帮派成员也在那里，戴着手铐。他不敢相信亨德肖特真的是名警察。“对此我感到非常自豪，”她说，“他上钩是因为我的卧底表现十分可信。”

亨德肖特积累了大量赞誉，因而被选为现场训练官，肩负指导年轻警察的重任。连续12年，亨德肖特的上司们在业绩评估时都对她的团队合作精神给予最高评价：“卓越”。

到2007年，亨德肖特的个人生活发生了变化。她再婚了——她的第一次婚姻在几年前就以离婚告终。第二任丈夫迈克·亨德肖特曾是戈尔登市的警司，后来成为丹佛郊区另一家机构的警长。他在埃菲尔铁塔下向她求婚。他们找了一所足够大的房子，供夫妻俩以及他们的狗和两只猫居住。

亨德肖特决定离开卧底工作——她在队里呆的时间够长了，罪犯们可能会开始认出她。但对于新的任务，她挺紧张，不知道自己干别的是否还能像卧底那样出色。很好，现在怎么办？她心想。我在40岁之前就达到了巅峰。耶！

她的新职位隶属打击侵害人身罪的部门。她突然间进入一个全新的世界。她的受害人是那些被伤害、被强奸或被杀害的人。当她以缉毒警察的身份填写文书时，受害者为“科罗拉多州”或“美利坚合众国”。现在，她写下的是某个具体的人名，一个她曾与之交谈过的人，一个她曾目睹其痛苦的人，一个其死亡令一个家庭摇摇欲坠的人。

这一切让她有点难以承受。

“我真的对此有生理上的不适反应。天哪。这可是个大问题。受害人可是百分之百地依靠你，全指望你了。”

结束了医院的笔录后，亨德肖特驱车前往位于城西的莎拉的公寓。当时是上午10点，天已经很热了。公寓大楼共有三层，外部饰有橙色面板与砖砌外墙。有一座共用的游泳池，一个会所，还有一条小路。租户都是蓝领：护理助手、电缆安装工、快餐店员工等等。

在公寓外面，亨德肖特遇到了克里斯·佩勒（Chris Pyler）警官，他已经花了一上午的时间寻找目击证人。他曾和莎拉敲门求助的邻居夫妇谈过，是他们替莎拉报了警。他们也是新搬来的。他们听莎拉讲述了被强奸的细节，但妻子觉得它们不全是真的。

例如，莎拉告诉邻居，强奸犯命令她洗头。但莎拉的头发一直是干的。邻居妻子还认为莎拉说了一些奇怪的话。她曾对他们说：“哦，你们刚搬来。这种事是你们最不想遇到的。”妻子并不认为莎拉一定在撒谎，而是觉得她的行为很奇怪。

如果是我，我是不会这样做的，妻子告诉佩勒。

这位女士的疑虑不足为奇。当涉及强奸时，受害人经常遭到质疑——不仅来自警方，也来自家人和朋友。警察与公众都有一种感觉，即并非所有的强奸报案都是真实的。但问题是，没有人知道究竟有多少是不实的。犯罪学家们花了几十年的时间研究，试图确定有多少女性在报告被强奸时撒了谎。研究结论五花八门。英国的一名警队外科医生在2006年的一份报告中得出结论称，90%的强奸指控是虚假的，但这份报告仅仅基于18起案件这样极小的样本，故而饱受批评。女权主义者苏珊·布朗米勒（Susan Brownmiller）则认为虚假指控为2%，不过这个数字也受到尖锐的质疑。布朗米勒所著开创性作品《违背我们的意愿：男性、女性与强奸》（*Against Our Will: Men, Women and Rape*）曾影响了一代活动家。

专门研究性侵犯的学者们确定了一个范围，大约2%至8%的强奸指控是虚假的。但这个范围与一个特定的定义相关：它只计算那些警方能够证实报案女性故意撒谎的案例。然而在现实中，这种情况并不经常发生。警察们只是放弃了他们认为有疑问的案件，不再深入调查。事实证明，虚假报案的真实比例难以捉摸，会受到宣传、对性侵犯的不同定义等因素的干扰，而且从一种笼罩于羞耻和秘密的犯罪行为中提取具体数据的可能性也微乎其微。

对于亨德肖特来说，她在办案过程中只有获得她认为“确切”的证据，才会把性侵指控当作假的驳回。曾经，有一男子带着残缺不全的睾丸来到急诊室。由于受伤过于严重，医生不得不切除了他的睾丸。男子告诉医生，他被人持刀袭击并被强奸了。亨德肖特花了几周的时间去追查他提供的线索，甚至开车去怀俄明州寻找证据。但后来她发现，这名男子是某个在线色情聊天室的成员，人们在那里进行生殖器切割。但最终亨德肖特指控他向警方报假案是因为她找到了一段视频，拍到该男子在使用通常用于阉割牛的剃刀和松紧带残害自己。换句话说，她把判定报假案的标准定得很严。

与佩勒交谈后，亨德肖特走进公寓查看犯罪现场。看见老朋友凯瑟琳·埃利斯（Katherine Ellis）时，她松了一口气。埃利斯是威斯敏斯特市警察局的犯罪现场资深调查员之一。她在犯罪实验室听到警用广播里的强奸案消息后就匆忙赶来，从早上7点38分起就一直在现场忙碌。

亨德肖特与埃利斯是老相识，多年前两人都曾在附近的警察局当调度员。她们结伴在各自的职业道路上努力奋进。埃利斯的道路引领她进入犯罪现场调查领域，远远早于该领域成为热门电视剧题材之时。她会开玩笑说："在《犯罪现场调查》播出前我早就干这行了。"多年来，她已经因周密的工作方式建立起良好的声誉。她曾在弗吉尼亚州匡蒂科的联邦调查局学院接受培训。她的记忆力超强。多年后仍能记得一份刑侦报告的案件编号。她在工作上是个现实主义者。"这份工作并不光鲜迷人，"她说，"而是关于垃圾箱，被肢解的孩子，还有狭小的空隙。"

亨德肖特到达时，埃利斯已经把公寓的房间逐个搜查完了。她的笔记就能反映她对于捕捉犯罪现场每一个细节的执着：

> 现场是一套两室两卫的公寓，还有厨房、用餐区和客厅……玄关通向客厅。客厅位于公寓的南侧。客厅里靠东墙摆放着一架钢琴，沿南墙放着一张皮沙发，沙发前面有一张圆形咖啡桌，沙发西端也摆放着一张圆形茶几以及一张摇椅。沙发上靠西侧的坐垫上有一叠报纸和一个收纳餐厅及超市优惠券的文件夹，中间的坐垫上有一个可能是脚

印的压痕，东侧的坐垫上有一本翻开的《圣经》和祈祷书。

埃利斯花了5个多小时在公寓里搜集各种证据。她在窗台、房门和台面上寻找指纹；她用棉签在整套公寓的各种表面上擦拭：客厅的窗户、床垫套、浴室洗手池和马桶等；她给一片狼藉的主卧室、起居室和后门廊拍了几百张照片；她检查了公寓的两扇外门与外窗是否有强行进入的痕迹。她将找到的证据——强奸犯没有带走的浅绿色床单、在水槽附近发现的紫色厨房手套，以及一床红橙白相间的被子统统装入袋子。她还用一盏特殊的灯来检查床垫套上是否留有基因物质。

亨德肖特告诉埃利斯，强奸犯曾经从莎拉的厨房取走白色的Sunbeam牌计时器。埃利斯走进浴室，发现计时器放在盥洗台的边缘。这是公寓里她确定强奸犯曾经碰触过的一件物品。她将它收集为证据，以便检查是否有遗留的DNA。

埃利斯假设一项犯罪行为正如受害者所回忆的那样。但勘查现场时，她只专注于证据——无论它们与受害人的陈述是矛盾还是相符。在她看来，她的工作就是揭露真相，无论真相是什么。“我们报告的是证据所展示的，而不是你告诉我们的。你希望让证据来说话，而不是你自己。”

然而，到目前为止，埃利斯在莎拉的公寓里尚未发现什么证据。她注意到，后门附近的一扇窗户下的地面上有一块掉落的纱窗，但无法确定是何时掉落的。在窗下的沙发上有一个压痕，看起来似乎是有人踩在坐垫上造成的，但她并未发现强行闯入的迹象。所有门框上都没有任何被撬动的痕迹，窗玻璃也没有破损。她也没有在窗台、沙发和卧室里发现任何指纹。用紫外灯照明后也只发现少量体液，且仅限于床上。

不过，有一件事引起了她的注意。她在后廊四周的栏杆上发现了奇怪的印记——一排小小的六边形痕迹。就像一个蜂窝，她想。她拍了照片以确保它们被保存下来。

但她不确定这印记是如何形成的。或许是搬运工把毯子扔到栏杆上了？

多么奇怪的图案，她心想。

强奸案发生2天之后，亨德肖特在威斯敏斯特警察局与莎拉会面。她俩在询问室隔着一张桌子相对而坐。亨德肖特打开了她的录音机。她希望，经过了几天，莎拉能够回忆起更多的细节。她开始慢悠悠地提问：强奸发生之前的几天和几个月里，莎拉的生活是怎样的。

莎拉讲述了她的故事。在经历了一段长达几十年的无爱而愤怒的婚姻后，她终于离了婚。“我只是决定不要再那样生活下去。”她说。后来，她与一位年长20岁的男子丹尼坠入爱河。他有一个大家庭。她没有孩子。他们一起去教堂。她在唱诗班里唱歌。晚上他们会在丹尼家过夜。2009年10月他们结了婚，并搬入一套足够两人居住的公寓。但很快他就被诊断出患有癌症。成婚仅仅8个星期后，丈夫就去世了。莎拉决定搬去另一栋住宅楼内一套较小的公寓，作为承认寡居现实的第一步。她在2010年7月28日签署了租约。13天之后遭到强奸犯袭击。

那关于强奸案呢？亨德肖特问道。“我们谈到你准备睡觉，你大约在午夜时分上床。那接下来发生了什么你记得吗？”

“我只记得，嗯，有人压在我身上。我仰面朝天。我是说我是趴着的，趴着的。”莎拉说。她停了下来，很慌乱，“我们非得再重复一遍整个过程吗？”

亨德肖特理解她的情绪。她曾侦办过100多起强奸案。她知道谈论强奸过程有多难——难到让许多女性根本不愿报案。其中最主要的原因之一就是害怕不被采信。年轻的警察常常感到困惑：你想抓住这个家伙吗？为什么不把细节都说出来？

对此，亨德肖特有一个标准的回应。她会说："跟我说说你和你妻子最后一次做爱的情形。现在就告诉我。"有人会发出尴尬的笑声，其余则陷入震惊的沉默。他们理解了她的意思。

在询问室里，莎拉又重温了一遍基本情况。但她也补充了新的细节。例如，她记得袭击者给她穿上了高筒丝袜。但她不记得它们的颜色，也不知道它们从何而来。

"袜子是怎样穿上的？"亨德肖特问道。

莎拉答不上来。

"那你怎么会没看见它们？"亨德肖特又问。

"我想我当时，我想我当时是趴着的。"

莎拉还记得，强奸犯曾问过她有没有高跟鞋。当她回答没有之后，他从她的壁橱里拿来了一双她的鞋子。

"我只是有这个印象，它们可能是我自己的鞋子，但我仍然不确定。"她说。她想不起他拿的是哪双鞋，也不知道他离开时是否带走了它们。

亨德肖特并不气馁。她继续探究，试图让莎拉回忆起更多细节。

"那他的眼睛呢？你还记得有关他眼睛的信息吗？"

"我完全不记得任何关于他脸部的细节，真的，我一点都不记得。"

"好吧，那也不记得眼睛的颜色？"

"嗯，我说不上来。"

“面部有毛发吗？”

莎拉摇摇头。“我不确定。我不知道。”

如果说莎拉缺乏视觉记忆，那她的听觉记忆是精确的。她知道强奸犯背着一个运动包，因为她记得拉链的声音。她知道他去了洗手间，因为她听见了他小便的声音。尽管他曾用相机直接对准她，她依然无法描述相机的样子。她只记得那声音。**咔嚓。咔嚓。咔嚓。**

但更多的时候，莎拉的讲述是杂乱无章的，是一堆时间混乱的瞬间和记忆。她竭力试图拼凑出事件的顺序。她告诉亨德肖特，她知道强奸犯离开的时间，因为她看见一些小女孩在她公寓外面玩耍。她考虑了一会儿之后在早上7点左右报了警。为什么孩子们会在那个时间在外面玩呢？“不，这说不通。”她几乎是自言自语地说。

莎拉对自己故事的不完整感到越发沮丧。“你知道，大部分时间我是闭着眼睛的。”她告诉亨德肖特，“有时候是因为他正在强迫我。有时候则是我根本不想看。”

亨德肖特安慰她说：“如果记不起来也没关系。”

莎拉破碎的记忆并没有令亨德肖特惊讶。她很清楚，在创伤性事件中受到伤害的人的记忆往往是扭曲的。许多人无法再按时间顺序回忆事件。创伤会扭曲大脑。一场车祸。一棵倒在附近的树。目睹你的伙伴在战场上被射杀。在那可怕的几秒钟里，肾上腺素和皮质醇的飙升产生了一种强烈的神秘力量，令头脑变得对自身目睹的经历不确定。事件与发生的时间脱节。记忆被埋葬。那些现场画面或许会在几天、几个月甚至几年后在脑海中突然出现，不请自来而又无比清晰，就像突然被闪电照亮的风景。

强奸案件是特殊的。被强奸的经历和无助的感觉对被害人记忆产生的损害似乎是专门为了挫败调查人员。为了忍受可怕的侵犯，许多女性会将目光从发生在她们身上的事情移开，从攻击者身上移开。她们会专注于一个灯罩或者墙上的一幅画。或者干脆闭上眼睛。这意味着女性往往无法描述强奸者的外貌，或他的穿着，或所处的房间、时间以及周围环境。

心理学家们已经在文献中阐述了一个强大的核心细节在记忆形成过程中所能发挥的作用。在危机时刻，大脑会猛烈地抓住有助于它生存的某些东西。某些情况下，大脑抓住的是实际的威胁，例如一个警察能够非常详细地描述他面对的武器，但却难以回忆起嫌疑人所穿的衣服。而在有些情况下，大脑记住的突出细节却与直接的威胁无关。事实上，它可以是与被强奸的痛苦完全不相干的东西，比如，附近床头柜上的一盏灯或远处的一盏路灯。通过凝视这样具体的物件，大脑可以从眼前的恐惧转移到一个认知上更安全的地方。

密歇根州立大学在性侵犯研究方面的领军人物丽贝卡·坎贝尔（Rebecca Campbell）表示，被害人经常把描述被强奸的经历类比为拼图游戏。玩拼图的时候，大多数人做的第一件事是把所有拼图片翻成图案面朝上。接下来，他们把碎片分为边框片、四角片和主体片。然后，他们参照着盒子上的图片想办法把碎片拼起来。

然而强奸受害人却无法完成拼图，因为他们并未拥有全部的碎片。他们无法以任何有意义的方式将它们分类。而且即便他们还原画面，又有谁能忍受凝视如此可怕的一个场景呢？“创伤记忆并不是以一种漂亮的、整齐的、有序的记忆形式出现的。”坎贝尔说。她一直在研究创伤对大脑的影响，“毫不夸张地说，它是散布在整个大脑中。”

亨德肖特的工作就是帮助莎拉拼凑拼图。但在询问结束时，她觉得毫无进展，没有获得什么信息有助于警方锁定嫌疑人。这个罪犯很聪明。他几乎没有留下任何与他身份有关的线索。

当询问进入尾声时，亨德肖特决定告诉莎拉一个好消息：她的200美元的确不见了，但是警察在公寓里找到了莎拉之前认为被强奸犯偷走的那台相机。也许她在案发后清点物品时忽略了它。

“但是我有两台相机。”莎拉说。

“有两台相机？什么意思？”亨德肖特问道。她原本以为莎拉的公寓里只有一台相机。

“嗯，有一台粉红色的索尼，然后还有一台基本为银色的更大的照相机。”

亨德肖特知道警察找到的是银色相机。粉色的索尼在哪里？她派警员走访威斯敏斯特市各家当铺，搜寻是否有人典当一台粉色相机。然而一无所获。

莎拉所在公寓楼的有线电视服务由康卡斯特公司的一名员工负责。正当亨德肖特忙着安排对该员工的询问时，她接到了奥罗拉市一位警司的来电。奥罗拉是威斯敏斯特市东南30英里外的一个较富裕的地区。

这位警司通过警察之间的闲谈了解到威斯敏斯特市强奸案的细节。她告诉亨德肖特，她手下有名警探曾经处理过一件相似的案子。也许他们应该交换意见。

亨德肖特终于取得了第一次案情突破。

莎拉的案子发生两周后，亨德肖特在威斯敏斯特警察局的一个小会议室里见到了来自奥罗拉市的斯科特·伯吉斯（Scott Burgess）警探。头发斑白的伯吉斯是个一丝不苟的、谨慎的人。他会穿着长袖衬衫、熨帖的休闲裤，打着领带去上班。有时候，他把领带绕上一圈、两圈、三圈、四圈，只为了打成一个埃尔德雷奇结。这是最难打的领带结之一。Ties.com将它的难度评为满分5分。

奥罗拉市警察局在5年前成立了一个专门的性犯罪部门。伯吉斯是元老之一。“我能得到那次机会太幸运了。”他说。和亨德肖特一样，他也热爱帮助他人，而且他也很理解受害者。“我学到的一件事是，对受害人而言，并没有所谓正确的应对攻击的方式。曾经有受害人在询问时令我也为之流泪，但是后来发现他们说的是谎话。但也有受害人会让我在事后想，‘这绝不可能发生。在如此令人发指的遭遇之后，你的表现不该是这样的’。我的经验是，没有所谓恰当的被害人反应。”

在侦办2009年10月发生在奥罗拉市的强奸案时，这条经验对他很有帮助。受害人是一位名叫多丽丝（Doris）的65岁离异女性。她在当地一所兄弟会宿舍做舍管，本人住在奥罗拉市南部的一个社区。她是在自己家中遇袭的。伯吉斯告诉亨德肖特，当他在案发第二天问询她时，多丽丝显得“很平静”。她有“一种非常实事求是的态度，并不情绪化”。

“我不记得她有任何形式的情绪爆发或崩溃，”他说，“她的态度就是‘事情已然发生。现在让我们看看能做些什么’。”

伯吉斯向亨德肖特回顾了他报告中的要点：

- 星期天凌晨2点30左右，受害人正在家里睡觉。
- 嫌疑人开门闯入，骑在她的背上，并用手电筒照着她。
- 嫌疑人命令她翻身，面朝上。她看到他脸上裹着一层黑色的面罩或围巾，眼睛部位有一条开口。

- 嫌疑人是一名白人男性，年约20岁，身高1米83，“大骨架”，强壮却并非肌肉发达。他有浅色体毛，也可能没有。语气温和。
- 嫌疑人对受害人说：“我不会伤害你，但我要强奸你。”
- 嫌疑人用一条缎带将她的双手绑在身前，绑得并不紧。
- 嫌疑人带着一个很大的黑色背包。
- 嫌疑人多次侵犯了她。他给她拍照，并威胁说如果她敢报警，就会把照片发布到互联网上。
- 事后，嫌疑人穿好衣服，并表示他要带走床单。
- 最后，受害人被迫当着嫌疑人的面淋浴，他还指挥她该如何洗。他要求她必须冲洗20分钟才能停下。

多丽丝用“和蔼”和“温柔”来形容强奸犯。在被侵犯过程中，她曾告诉他，自己已经65岁了，作为强奸受害人来说太老了。“不算老。”罪犯这样回答。

多丽丝告诉伯吉斯，就在男子准备强奸她之前，他摘下了她头发上的粉红色发卷。

“我知道过后我会为此难过，但我控制不住我自己。”他对她说。

“你应该寻求帮助。”多丽丝告诉他。

“现在说这些太晚了。”他回答道。

多丽丝说，她试着去同情他。他还很年轻。也许他儿时曾遭受过虐待。现在改变还不算晚。

但是男子断然否定了她的想法。他从来没有被虐待过。他的父母很爱他。他不抽烟，不喝酒，也不嗑药。

“如果他们知道我做了什么，一定会伤心欲绝。”他说。

他告诉多丽丝，他不得不强奸。那是一种“难以抗拒的冲动”。他已经和它抗争了很久，但他一次又一次地失败了。

“我忍不住。”他说。

多丽丝告诉伯吉斯，那个男人命令她进入浴室，然后就开始往浴缸里注水。有那么一瞬间，她想到了最坏的情况。

“我立刻想到他打算淹死我。”她说。

然而，他却要求她把自己洗刷干净。

“要洗20分钟，因为我想彻底点。”他对她说。

当她离开浴缸时，时钟指向凌晨3点45分。她太害怕了，不敢报警。她穿好衣服。给自己泡了一杯咖啡。然后坐在电脑前浏览了一下互联网。

最终，在早上6点，多丽丝发现自己的阴道在流血。她自己开车去了一家急救诊所。他们指示她开车前往奥罗拉市医疗中心，那里有检查强奸受害者的资源。医院的一名护士报了警。医院对她进行了3个小时的法医检查，以求保存任何可能留在她身体上的DNA痕迹。

伯吉斯告诉亨德肖特，他意识到这个案子会很难破。多丽丝回忆了许多强奸过程中的细节，然而这些并没有多少能透露强奸犯的身份。“我该如何向警局汇报这案子呢？”伯吉斯当时问自己。“我甚至没有信心告诉你，我的嫌疑人可能是什么人种或民族构成，因为一切都被他掩盖了。”他对亨德肖特说，他认为袭击者是强奸专家，用他的话形容就是“准备超级充分。这家伙非常细致”。

伯吉斯的报告体现了他为破案所作的努力。他派遣巡警排查多丽丝所住的社区，那是一片简朴的住宅群，位于紧挨着奥罗拉市东西向要道的一条小胡同里。一名警官彻底搜查了附近棒球场的30个垃圾桶和三座流动厕所。另一位警官追捕到一名被目击在案发现场附近持枪行走的男子，却发现那只是一把BB枪。警方还在现场附近拦下一名超速行驶的男子，在他的后备厢里发现一条粉红色床单、一些毛巾和两个黑色袋子。尽管它们与警方从多丽丝的住处收集的床单并不匹配，但谨慎起见，警官还是打电话给该男子的女朋友。她证实了他的说法，解释说她洗完衣服后把床单留在了男朋友的车后备厢里。

起初，伯吉斯将怀疑集中在兄弟会宿舍的舍友身上。多丽丝却不认同："他不是我们宿舍的人。"否则她能听出他的声音。不过，伯吉斯还是联系了在校园巡逻的警察，看看他们是否有类似的袭击记录。一位警司向他提起一个案例，涉及一名身高1米88、体重73公斤的学生。2008年11月，此人曾因行为怪异而被警察拦下。在他的汽车后备厢里，警察发现了警用装备：一个可以安装在汽车顶部的闪光灯、一根警棍、一台呼气酒精检测仪以及一把9毫米口径的贝雷塔手枪。但该男子没有犯罪记录。伯吉斯就把这个案例和他的推测搁置了。

多丽丝提供了一份详细的描述。但这是对一个幽灵的描述：一个身穿灰色衣服的蒙面人。没有其他线索。没有目击证人。也没有监控录像。

2009年12月31日，辞旧迎新之际，伯吉斯用大写字母写下了案件状态：搁置。

他没有结案。可能日后还会有其他线索出现。但他内心明白"搁置"意味着什么。"此类案件是破不了的。"

这个结论对伯吉斯来说是沉重的。这件案子困扰着他。他将其视为自己职业生涯中调查过的最糟糕的案件之一。他会问自己，为什么犯人会盯上多丽丝。他很高兴自己或许永远无法得到答案。“如果你能理解这一点，可不是一件好事。”他对自己说。

伯吉斯与亨德肖特会面后带着新的希望离开了。间接证据指向一个结论：强奸多丽丝与强奸莎拉的是同一个人。如果亨德肖特能在她的案件找到突破，也许他的案子也有望解决。在将多丽丝案件归档8个月之后，伯吉斯将文件更新为“重新展开调查”。一切就看能否找到强奸犯的一个失误。一个失误，能破两桩案子。

很简单的算术。

在莎拉案件发生后的几周内，亨德肖特领导着一支由警探、犯罪学家、犯罪分析员和街头警察组成的队伍展开调查。她派遣6名警察搜查莎拉公寓附近的每一个垃圾桶，寄希望于强奸犯在逃跑途中扔掉了什么东西。她还让他们翻查了沟渠和一个蓄水池。她将莎拉周围的人与科罗拉多州登记在册的性犯罪者名单比对：为受害者安装网络并曾与她短暂聊天的有线电视工人，整栋公寓楼的邻居，甚至清洁工。没有任何发现。

线索大量涌入。但又挨个儿被亨德肖特否定。莎拉的前夫曾在1978年因强奸罪被警方逮捕。但莎拉坚持说，不论她前夫是否蒙面，她都能认出他。警方还调查了莎拉与亡夫曾住过的公寓楼内发生的另一起陌生人强奸案。但那起案件的嫌疑人是一名沙特阿拉伯男子，他已逃离了美国。有名警察打来电话称，他记得几年前有个案件曾涉及一名携带“强奸工具箱”的男子。但那人年龄又不符合，比本案嫌疑人的年纪大上许多。

最后，就是一条关于背着黑色背包的年轻人的线索。有人看见他在距离莎拉住处不到2英里的林间小溪边徘徊。经调查，原来他是名绿丝带大学生。某天清晨，他去小溪边整理河岩，目的是为了改善死水潭的循环。他承认在接受警察询问时“闹了点小情绪”。但他不是强奸犯。

亨德肖特知道，强奸案——尤其是陌生人作案——的最佳破案时机通常在案发后的第一周内。每过一小时，每过一天，抓住袭击者的机会都在持续减少。她快要没有线索可追了。其他刑事案件也堆积如山。机会越来越渺茫。

时至2010年12月，亨德肖特感觉自己陷入了与一年前的伯吉斯相同的处境，甚至更加糟糕。因为当前，探员们有理由相信有一名连环强奸犯正逍遥法外。此人对两名女性均实施了长达几个小时的性侵犯，却成功地没有留下任何线索。没有目击证人。没有体貌特征。没有指纹。也没有足够的DNA可以录入任何数据库。

更有甚者，亨德肖特和伯吉斯都认为此人还会再度作案。

但他们能做的却只有等待。等待找到案犯的一个失误。或者等待新的强奸案发生。

计算方法已经改变。不再是简单的算术。

这家伙究竟是谁？

5　一场败仗

韩国东豆川市，凯西兵营

他还记得怪物诞生的那一刻。但要告诉别人真的很尴尬。当时他5岁。他的父母带他去看《星球大战6：绝地归来》。影片开头有一个场景是在赫特人贾巴的巢穴里。这个星际恶棍把英雄飞行员汉·索洛变成碳化冷冻状态将其囚禁。硕大的、像恶心的鼻涕虫一样的贾巴若隐若现，周围环绕着奴隶、半身人与外星人。异国情调的音乐悠然响起。

小男孩和他的父母看着神秘的、罩着兜帽的天行者卢克趁贾巴睡觉时偷偷潜入了巢穴。他发现了躺在巢穴地下室的莱娅公主。她穿着金色比基尼，近乎赤裸，袒露着大腿、肚子、脖颈。她被一条链子拴在贾巴身上，脖子上还锁着一个金属项圈。当卢克走进来时她开始清醒，并徒劳地扯动铁链。她是贾巴的奴隶。

在往后的若干年里他经常回忆起那个场景。当时，他难以用语言来描述他的感受。它是活色生香的，它是危险的。它让他充满了快感。他只知道，他也渴望像那样控制一个女人，完全地占有和拥有她。那种恐惧、羞辱、奴役深深铭刻于心，用他的话说，就仿佛幼兽对第一眼看到的生物产生感情一样。“从那时起，我基本上准备好把每个新认识的女孩都绑起来。”他如此回忆道。

随着年龄的增长，禁忌的快感越来越深。在他8岁的时候，他和一些朋友闯进一栋房子偷走了现金。出现在他不该出现的地方，这很刺激。他开始乐此不疲，仅仅因为他办得到。有多少次？他记不清了。他只是为了找乐子。“关于闯空门——即使只是破窗或开门的动作，甚至没有踏入房间——那都是一种肾上腺素冲击。”他说。

他没有向任何人提及他的执念。谁会理解呢？他的家庭生活很正常。他会说，“我的生命中拥有许多爱”。他生长于田纳西州，是三个兄弟姐妹中的老大。他的父母离婚了，但妈妈再婚后带着新的家庭搬到了科罗拉多州的朗蒙特，一个离丹佛市1小时车程的农村小镇。那里约有8万人口，四周都是农田，平坦的玉米地和苜蓿地向四面八方延伸。小镇得名于远处拔地而起的朗斯峰，山峰呈锯齿状，海拔4 346米，是落基山脉所有高度超过4 000米的山峰中最北边的一座。

在朗蒙特，他学会了以双面人生活。面对世界的一面是有趣的，温柔的。他是个留着刺猬头，咧着嘴大笑的孩子。他喜欢猫，喜欢滑旱冰，宠爱一只叫“猫王”的雪貂，它住在一个被他命名为“恩赐之地”的栖息地。他开始玩吉他，并且弹得很好。他精通吉米·亨德里克斯的举世名曲《小翅膀》。他会为他的母亲弹奏全曲，“带给我无数笑容”那句能让他从内心的混乱中获得一些解脱。

没事的，她对我说，一切会好的。

我会给你想要的所有，所有。

而另一面就是那种混乱——内在的、黑暗的、困惑的。他知道他对女性的幻想是恶心的、病态的、错误的。他知道他所享受的那种窥阴癖，那种对他人生活的非法侵入是不正常的。但他告诉自己，这些只是他脑子里的想法。他能控制住它们。他可以控制住自己。“这只是我脑子里的想法，是我自己的事，与他人无关。”他对自己说。

高二时，他转学至奥尔德·科伦拜恩高中。那是位于城市南端的一栋低矮建筑，周围有一家汽车配件商店，几家快餐店和一家商场。他和一小群朋友结伴消磨时间。周末他们会开车出城，沿着长长的平坦的高速公路行驶。他们会在路边喝啤酒。16岁时，他和4个哥们儿曾在一次名为“禁止啤酒聚会”的打击未成年人饮酒的诱捕行动中被博尔德县副治安官逮捕。当时是星期六的凌晨1点半。他的车后座放着16瓶啤酒。他被罚了80美元。

1995年5月31日，他高中毕业。随即搬到丹佛市，在奢华的夜生活区樱桃溪附近与一位高中的朋友合租。他在一家互联网公司做了一年的销售代表，然后又做了一年的技术支持，去客户家里为他们设置互联网服务。他会和好朋友们一起打台球。他曾因吸食大麻被捕，但检察官撤销了指控。他进了丹佛大学，但只读了一个学期就退学了。随后他搬回朗蒙特与父母同住，并在科罗拉多州里昂斯的奥斯卡蓝调酒吧当酒保。这家酒吧在当地的自酿酒酒吧中以暗黑、粗俗闻名。高中毕业6年后，他仍然不确定自己想做什么。

然后“9·11”事件发生了。一向自诩为和平主义者的他留着一头类似嬉皮士和摇滚明星那种长发。他喜欢去博尔德闲逛，它是普遍保守的科罗拉多州的一个左翼前哨。他认为部队里的人都是被洗脑的莽汉和乡巴佬。但当他看到双子塔倒塌时，内心受到了触动。他发现了一项使命——能让他从怪物身上分心的使命。

美国入侵阿富汗3个月后，他在2002年1月22日走进了位于丹佛市中心的美国陆军征兵站。当时23岁的他比一般的陆军新兵年长一些。他能做13个俯卧撑和17个仰卧起坐，并能在8分30秒内跑完一英里。他身高1米88，但体重只有70公斤。这让招募人员担心这家伙会被大风吹翻。那位中士警告他说，在基础训练之前你一公斤也不能掉。

他一度难以相信自己要加入美利坚合众国的武装部队。“我并不是当军人的料。”他写道。他的父母对此也大为震惊。“我们笑了，以为他在开玩笑，”他母亲说，“但他是发自内心地觉得必须去战斗，去捍卫我们的国家和人民。”

“他希望我们能够平安。”

他不知道自己能否适应。有些陆军招募人员会根据士兵在报名考试，即兵种倾向度测试中的得分，将士兵分为A等和B等。B等士兵得分较低，但他们被认为是更好的士兵。因为他们往往是柔顺的，愿意服从命令。他们很容易获得晋升。部队重视服从甚于头脑。A等士兵在测试中得分较高。他们往往是独立的思考者。但这也意味着他们更容易质疑权威。他们可能被视为局外人、叛逆者。

他是A等。他的分数在测试者中名列前茅。虽然只有高中文凭，但他有资格尝试最耗费智力与脑力的军方工作。他有潜力成为地理空间工程师、犯罪调查员、密码学专家，此类工作通常都是军官和大学毕业生才能胜任的。

然而，他报名成为一名步兵——美国军队中最基层的螺丝钉。2002年在阿富汗，步兵是那些在泥泞的山村中穿行、砸门、开枪杀人的家伙。他们是开着没有武装的悍马车在尘土飞扬的公路上前进的家伙，紧紧挤在一起，希望不会被路边的炸弹炸开花。他们是矛尖。

不过，他没有去猎杀塔利班，而是被派驻韩国境内的凯西兵营，这是一个占地14平方公里的基地，位于韩朝非军事化边境以南16公里处。他的新家也被群山环绕。只是现在，眼前的最高峰是海拔1 638米的金刚山。他被分派到陆军第九步兵团第二营D连——“满族”连。这个诨号得自该部队在义和团运动期间在火力下表现出的传奇勇气。在此之前他从未出过国。

这位和平主义者以军人的身份崭露头角。他戒了烟。他增加了体重与肌肉。他在训练中表现出色，学习了军事战术。在执行任务之前，他会进行侦察以锁定目标。在出击之前，他会进行战前检查，以确保所需装备在手，武器准备停当。

陆军以惯常的奖励来表彰他的工作。他被录取为特别荣誉卫队的一员。他良好的行为、在部队的成就以及对国防的贡献为他赢得若干奖章。他的武器技能也得到认可。他特别擅长使用M249型轻机枪，在一次训练演习中，他用这种武器干掉了对方偷袭他们排前哨的一个步兵小组。一位上级如此评价：“无论在同僚行动中还是不当班时，他的成熟都是一种贡献。”他从一等兵晋升为中士。他已经变成了他曾经看不上的莽汉。他自认为是“一名相当优秀的士兵”。

他经常给母亲写信，告诉她他有多喜欢他的工作：他负责训练被遣往阿富汗和伊拉克的韩国第二步兵师的士兵。他的母亲认为他正在成为一个更出色的人。“他拼尽全力训练那些人，是为了帮助他们在战场上生存，因为他知道，他们中有一部分将长眠战场。”她说，“那时候我们真的看到了他的巨大变化，变得更棒。”

2003年10月，他在基地附近的一家酒吧认识了一位俄罗斯女招待。玛莎（化名）说英语带点口音。她留着短发和高刘海。她的脸庞宽阔而友好，双唇饱满。指甲总是修剪得很整齐。她比他小3岁。作为外国人，玛莎是不被允许住在军事基地的。所以每天下午4点他都会离开营地与她约会，直到午夜宵禁再赶回基地。经过半年的交往，他们于2004年3月11日结婚。他调去了首尔的一个基地，他们终于住到了同一屋檐下。

他们的婚姻在部队里很典型。他们与朋友一起出去消遣，朋友大多是有妻子和女友的同袍。大家晚上到酒吧喝酒，在基地的公寓里举行派对，有时也会结伴远足。

他对新婚妻子只字不提他的黑暗面。他继续被性虐待的画面所困扰——被锁链锁住的女人，被征服的女人，被他强奸时惊恐万状的女人。他没有要求玛莎满足他的这些幻想。他曾经拍下他们做爱的画面。但她不喜欢，他就再也没有尝试过。他甚至没有要求把她绑起来。他认为他们的性生活是正常的，甚至是平淡的。他很难把自己的欲望投射到他真正认识的、他喜欢的女人身上。如果这些女人是不知名的、无关的，那就容易多了。

在他十几岁到二十出头的时候，这些幻想一直跟随着他。画面会不断出现，然后随着时间的推移，逐渐消失。他就会觉得自己又正常了。然而现在，它们开始占据他的思想，就像一种无休止的精神耳鸣。他不断地与他的执念作斗争。这让他身心俱疲。“我用我所知的唯一方法来应付，那就是不告诉任何人，并试图在头脑中控制它。”

他从玛莎以外的地方寻求解脱。他开始看越来越暴力的色情片。他尝试嫖妓，让她们扮演强奸受害者。但这些都无法让他平静。他开始失控。他开始思考自己的窘境，并将其归咎于自己对《星球大战》的反应。“当你5岁时就已经在想着手铐，你将来会怎样？”他想。

他开始思考：假如我随心所欲会怎样？情况会有何改变？或许只要放纵自己一次，就能获得平静。“我说服自己，只要做一次，那么它就像我挠过的痒痒一样，我基本上就可以克服它，继续我的生活。”他说。他需要的，怪物需要的，是恐惧。真正的恐惧。

他决定出击。

韩国许多美军基地的高墙之外是一片片灯火通明的狭窄街道，街道两旁遍布狭小的夜总会。这些夜店中最臭名昭著的一家叫“多汁酒吧”，士兵们在那里花10美元买一杯果汁，就可以和年轻的菲律宾“酒鬼女孩”共度美好时光。夜晚，女孩们穿着紧身裙和高跟鞋涌入街道和小巷，满不在乎，无所畏惧。

完美的目标，他想。

他开始在夜晚跟踪女性，跟着她们穿过拥挤的街道和迷宫般的小路。他戴着口罩和手套，但并没有什么计划。他想他会绑架一个女孩，把她带到某个地方——也许是酒店房间，也许是停在树林里的汽车，谁知道呢？他要强奸她。然后他就会被治愈。他并不担心风险。“在韩国发生的事就留在韩国。”他告诉自己。

但事情并不如他预想的那样容易。数月来他一直跟踪女孩至深夜。每一次在街上转悠几个小时后他都会叫停。在家时，他情绪翻涌如一片愤怒的毒海。他既害怕实施自己的计划，又对自己的无能感到厌恶。但他没有向任何人透露。他对玛莎总有说辞：他和朋友们一起出去玩；他要加班。而她从不疑心。

然后，有一天晚上，它发生了。那是接近午夜的时候。他看见一个年轻的韩国女人，与他年龄相仿，在一条小巷里摇摇晃晃地走着。她是独自一人。她看起来醉得非常非常厉害。

“他妈的，”他告诉自己，“我总不能一辈子坐在这该死的街上吧。”

当时他的身材处于巅峰，体重82公斤，状态良好，肌肉发达。他将那个女人扑倒在地。她挣扎着，反抗着，用带着浓重口音的英语尖叫：“放开我，黑鬼！走开，黑鬼！”因为她只注意到他穿的深色衣服。

他猛地大笑起来。这就是个小小的、醉醺醺的女孩，而她却想击退他。这很滑稽。恐惧在哪里？害怕在哪里？好吧，这不是我期待的，他心想。

他放开了她。她趔趄着站起来，蹒跚着离开。她没有跑。她是走的。他笑着在她身后跟了几步。她又转身面对他，并从街上捡起一块石头扔向他。“走开，黑鬼。”她再次尖叫。

声音很大，他开始担心她会引起别人的注意。他决定叫停。再一次叫停。他很失望，很困惑。整个事情都很荒唐，堪比荒诞剧。

他吸取了教训，告诉自己：“在巷子里抓人不适合我。这样不会成功。”

下一次，他把强奸计划和童年的刺激——闯入民宅——结合起来。他再次出去搜寻目标，这次是穿行于居民区。一天晚上他看到了机会。那是一间位于一楼的小公寓。窗户全都没关。他可以看见里面的一切：厨房，一间小浴室，还有卧室。这令他兴奋不已。就好像在看娃娃屋，每个房间都展示在他面前取悦他。一个女人正在床上睡觉。当时是凌晨3点，周围一个人也没有。

韩国人都会在进门时脱掉鞋子。他看了一眼门口，只看见女人的鞋。即便这户有男人，现在也都不在家，他想。他试了试门把手，门没有锁。这是他的机会。他戴上滑雪面罩和手套，溜了进去。

他停下脚步环顾四周。公寓很小。在厨房里，他看到了一包包野战口粮，这是美国陆军发给战地士兵的即食餐。他突然担心这个女人会不会嫁了一个美国人。他四处张望，但没有发现屋里有西方人生活的迹象。他冷静下来。实现他幻想的道路终于变得清晰。

当他站在厨房里，心中的怒海再次涌动。他的身体无法动弹，内心陷入拉锯战：一会儿想说服自己出手，一会儿又想说服自己放弃。就这样半个小时过去了，他还在那间陌生的公寓里，而那个陌生女人就躺在床上，近在咫尺。“你他妈的在干什么？”他问自己，“你知道的，只要走出去把整件事都忘了就好了。”

突然，他听见外面有动静。他走出厨房，恰好撞见一个韩国老头猛地推开前门。这位在酒吧喝到深夜才踉跄着回来的老先生，抬眼就看见一个身材魁梧的入侵者，足足180多厘米高，套头面具上露出一双浅褐色的眼睛，深更半夜站在他家里。受惊的屋主退回屋外，砰的一声关上了前门。

“妈的，我被困住了。”他想。他想推开门逃跑，但那个韩国人就在门外把身体压在门上。“我要被锁在里面了，”他想，“哦，他妈的，我要被锁在这里了。”

可是，下一秒钟，门就朝外一甩。那个韩国人已经使劲把它拽开，并且像酒店门童那样站在门边。

他不需要这样的礼节。他掠过韩国人身边冲到街上。他以最快的速度狂奔，穿过漆黑的城市，直到抵达一英里外的家。他气喘吁吁，筋疲力尽。他差点被抓住。他就是个白痴。

他才是感到害怕的那个人。

“我不能再犯这样愚蠢的错误，我绝对不能冲动。”他告诉自己，“如果你不打算坐牢，你就得计划更周密。”

他的服役期即将结束。他盼望着回家，回到美国。

他可以在那里练手。

6　白人男性，蓝眼睛，灰色卫衣

2008年8月11日，星期一

华盛顿州林伍德市

报警电话是在早上7点55分打进来的，报警人的话让人觉得情况无疑十分紧急。一个年轻的女人说她楼下的邻居刚刚在自己的公寓里被强奸了。袭击者已在大约15分钟之前逃之夭夭。

接线员让这位邻居一直保持通话，并记录下她从受害人那里听来的一连串细节：强奸犯有刀；他拍了照片；被害人不认识他；他可能整晚都在被害人公寓里，因为他偷听到了被害人的电话对话。8点03分，报案人称，受害人刚刚在卧室里找到了那把刀；8点04分，受害人的妈妈到达现场。案发公寓楼距离警察总部约一英里，拐几个弯就到。调度员听电话的同时已经安排警力赶往现场，8点03分、04分、05分都有警员到达。

调度员还召来一辆救护车，并呼叫了K–9警犬队，希望警犬能找到袭击者的踪迹。

8点04分到达的犯罪现场技术员安妮·麦尔斯（Anne Miles）是第二位抵达现场的警官。她把车停在楼外，走进受害者位于一楼的公寓，在那里见到一位拥有一头大波浪和一双浅褐色眼眸的18岁姑娘，于是询问她发生了什么事。

这是玛丽第一次向警官讲述那天早上发生的事情。然而如此重要的时刻，将来却会被玛丽遗忘。她会记得警察到达时，她正裹着毯子在角落里瑟瑟发抖；她会记得与救护人员交谈过；她会记得自己挪到沙发上，坐在佩吉旁边——但她却不记得曾有一位女警官在那里听取她那么详细的讲述。

玛丽告诉麦尔斯，她被一名持刀男子惊醒。他拉开她的被子和床单，命令她翻身趴着。他骑在她身上，捆住她，蒙上她的眼睛，堵住她的嘴，然后命令她再翻转来仰面朝天。他猥亵并强奸了她。她感觉他似乎戴着手套。他说他戴了避孕套。她听到咔嚓声并看到某种闪光。他告诉她，他已经拍了她的裸照，如果她敢报警，他就会把它们发布到网上。然后他从前门离开。她听见门被关上的声音。

麦尔斯询问玛丽能否描述一下袭击者的特征。玛丽说她没有看清楚。一切都发生得太快了。她只说得出他是白人，眼睛是蓝色的，穿了一件灰色的卫衣。麦尔斯又问她，是否注意到他的声音或气味或其他任何细节。玛丽再次表示，一切发生得太快，她的记忆全都是模糊的。

麦尔斯问，男子对她的侵犯持续了多久。玛丽说她不知道。

玛丽告诉麦尔斯，强奸犯把她的手袋扔在了地板上。她不明白是为什么。

麦尔斯的工作是收集和处理物证，所以她开始在玛丽的陪伴下检查公寓每个角落。在卧室里，她看到玛丽的手袋在地板上而钱包在床上。钱包里玛丽的学车许可证不见了。麦尔斯在卧室的窗台上发现了它。

麦尔斯看见玛丽床边的塑料储物箱上有一把黑色手柄的大

刀。玛丽告诉她，这把刀是她厨房里的，就是强奸犯用来威胁她的那把。麦尔斯在床上发现一根鞋带——很显然是用来捆绑玛丽的。卧室角落里放着一台电脑显示器，麦尔斯在它上面找到了串着一条女式内裤的第二根鞋带。“内裤上系着鞋带要么被用作眼罩，要么被用来放在（玛丽的）嘴里令她无法尖叫。”迈尔斯之后将在报告中如此陈述。玛丽告诉麦尔斯，这些鞋带就来自她放在客厅里的网球鞋。

麦尔斯询问玛丽前一天晚上有没有锁门。玛丽表示她不确定。麦尔斯检查了前门，没有发现被撬开的痕迹。然后她检查了公寓后面的玻璃推拉门。它没有锁，而且还略微开着。麦尔斯走出推拉门来到后门廊，检查那里的木栏杆。它们大部分都布满灰尘，但有大约90厘米宽的一段上面的灰被拂去，有可能是有人从此处翻越栏杆造成的。

麦尔斯用拭子擦拭推拉门的内外把手，试图寻找DNA痕迹。她在公寓里里外外拍了至少70张照片，拍下了一切可能揭示那天早上所发生事情的细节：门廊栏杆，卧室窗台上的学车许可，厨房里少了一把刀的刀架，没有鞋带的鞋子。那双鞋子就放在客厅的沙发旁边。靠墙摆放的沙发上面有几只毛绒玩具，一头斑点牛和一只白爪子的狗。

离开玛丽的公寓后麦尔斯写了一份两页纸的报告，简单叙述了她所采取的取证步骤。她的报告完全没有暗示她相信或不相信什么，只是客观讲述她的所见与所为。

林伍德市警察局有79名宣誓就职的警察，为全市大约3.4万人口服务。玛丽的案件是该局2008年调查的10起强奸报案之一；由于案件数量太少，该局刑侦处没有设立单独的性犯罪部门。

玛丽报案的那天早上，刑侦处负责人詹姆斯·尼尔森（James Nelson）指挥官也来到公寓楼，并挨家挨户地询问潜在的目击者。住在203室的男子说他没有听到或看到任何异常情况。他是尼尔森成功询问到的唯一住户。103、201、301、302、303和304室都无人应门。

尼尔森还去了附近另一栋公寓楼。他询问了那里的3位住户，并记录下一样的回答："没有看到或听到任何可疑情况。"另外7户人家无人应门。

8点15分左右，K-9小队来到现场。警方报告中称，警犬"朝着南边的一栋办公大楼追踪而去，却并没有找到任何线索"。在现场北边的一个停车场附近，警犬依旧一无所获。

当天上午晚些时候，第二位犯罪现场技术员乔什·凯尔西（Josh Kelsey）警探赶来帮忙。和麦尔斯一样，凯尔西也写了一份两页的报告。但不同的是，他的报告在案发11天后才完成，那时玛丽早已经撤销了报案。凯尔西也仔细排查了现场，并在报告中记录了他的观察结果：没有鞋带的两只鞋子"相互挨着躺在靠近沙发尾端和卧室门的地方，它们鞋底着地就像是被摆在那里（而不是乱扔的）……床上看起来很乱，但床头端坐着一个小风扇，就在两个枕头旁边……我没有看见任何能用来蒙住眼睛的物品"。

凯尔西试图在推拉门上提取指纹。在朝内那面他设法提取到一些不完整的指纹，将其保存在一张指纹卡上。虽然玛丽说强奸犯是从前门离开的，但凯尔西的笔记并未提到他曾检查那扇门寻找可能存在的指纹或DNA。之前的勘查中麦尔斯也没有检查前门。

凯尔西用备用光源检查了卧室，寻找体液的特有光芒。他在堆放于地板上的被子和毯子上没有查到任何体液，但他在床垫上发现了两处。他还在床上找到几根毛囊和一些纤维，他把它们都收集了起来。

凯尔西总计收集到18件证物，分别贴上标签装袋，然后将这些体现玛丽青春生活的物证从她的公寓打包带走了，包括从粉色被子到床垫衬垫的每一层床上用品，以及她的鞋子、钱包和学车许可证。

林伍德市警局的杰弗里·梅森（Jeffrey Mason）警司是在8点45分左右赶到。当时，“阶梯计划”负责玛丽的项目经理韦恩以及她楼上的邻居正在公寓外面。屋内，玛丽和养母佩吉坐在沙发上。玛丽身上裹着一条毯子，正哭个不停。

梅森是本案的负责人。他走到玛丽身边作自我介绍。

梅森现年39岁。6个星期前他刚刚晋升为警司并被调至刑侦处。

他职业生涯的大部分时间都在俄勒冈州度过，在那里他从沃斯科县的调度员做起，一路晋升至俄勒冈州警察局。其中任期最长的一段是在小镇达尔斯的警察局服务了将近9年，期间荣获一枚勇气奖章。

多年来，他参加过几十次各种科目的培训课程。他进过狙击手学校。他研究过非法摩托车团伙。他学会了审讯嫌疑人，以及如何通过解读他们的肢体语言来判断口供的真伪。然而有一门科目是他最精通的，正如他的人事档案中列出的教学项目所体现的：室内大麻种植；街头毒品；综合麻醉品筛查与识别；侦察拦截分队（简称RAID），隐蔽隔间，墨西哥冰毒。他学习过空中侦察——如何从数百米的高空找到一片混在其他植被中的大麻地——以及在端掉一座秘密毒品实验室时如何保证安全在内的一系列课程。他身处一个充斥着卧底交易和线人的世界，在这个世界里，警察游走在吸毒者和毒贩之间。

梅森于2003年加入林伍德市警察局。获得此次升职之前，他已经干了4年巡警以及1年缉毒警探。他的敬业与可靠为他赢得了赞誉。上级对他的专业精神表示赞赏，从他的书面报告质量（“内容完善而深思熟虑，几乎没有错误”）到他对警察工作的态度（“积极主动”），再到他的领导能力（“天生的指导能力”）。一位警司赞扬他有“出色的工作习惯”，因而无需监督就能圆满完成工作。

在梅森19年的执法生涯中，他只办理过一两起强奸案。他曾接受过一些性犯罪培训，但那是在20世纪90年代中期，非常久远以前的事了。

两人初次见面时，玛丽给梅森留下的印象是直率。“我没有太多面对性侵受害者的经验，”他后来表示，“但我当时并没有预设她会有怎样的表现。她没有歇斯底里。她很实事求是。这就是当时的情况。”玛丽对梅森和另一名警探说的与她此前告诉麦尔斯的差不多：没有上锁的推拉门，持刀的陌生人，以及在她卧室发生的强奸。梅森告诉玛丽，之后他会需要更多的细节，但眼下她需要去医院做性侵犯体检。检查结束后，他希望她到警局提供一份完整的陈述。

个案经理与养母陪同玛丽离开后，梅森在公寓里转了转，看了看被掏空的手袋、串在鞋带上的内裤和歪歪斜斜的床垫——它与床架错开了大约10厘米。梅森还和住在玛丽正上方的邻居，18岁的娜塔莉聊了聊。娜塔莉说她整晚并没有听到任何异常的声音。然后在早上7点52分或者53分，她接到玛丽的电话，后者在电话里哭喊着说有人闯进她家强奸了她。娜塔莉抓起手机就跑下楼，并在玛丽的公寓里拨打了报警电话。

虽然梅森是此案的负责人，但还有一位刑侦处同事杰里·里特加恩（Jerry Rittgarn）会协助他。里特加恩拥有华盛顿大学动物学学士学位，此前曾在海军陆战队服役，专攻直升机航空电子设备，并曾在航空航天业担任技术员。他已经在林伍德市当了11年警察，作为警探也已有4年。他的职责之一是对应聘者进行背景调查，并就是否录用他们给出建议，这体现了警局对他的调查能力的信任。2006年，他曾被评为林伍德市年度最佳警官。

与派到现场的其他探员一样，里特加恩也在几天后提交了报告，当时玛丽已经收回了被强奸的说法。他在报告中称，在玛丽去医院之前，他查看过她的双手腕，均未发现印记。用紫外线灯检查玛丽的卧室时，他也没有在床单和寝具上发现液体污渍。他彻底搜遍了整间公寓——浴室、厕所、垃圾桶——也没有发现避孕套或包装纸。他还去公寓外面沿着一侧山坡搜寻，依旧没有发现。

佩吉和韦恩把玛丽带到附近埃弗里特市的普罗维登斯地区医疗中心。那里有一个性侵害中心，为受害人提供代言人，并配有受过专门培训的护士收集证据。

截至2008年8月，为强奸受害人提供的特殊医学检查——因为物证存放在盒子里，所以俗称“性侵取证套盒”（rape kit）——已经实行了30年。它的出现源自一名受害人代言人与一名警方微观分析员，以及最不可思议的资金来源。

1970年代中期，玛莎·“玛蒂”·戈达德（Martha “Marty” Goddard）在芝加哥成立了一个名为“受害者援助公民委员会”（Citizens Committee for Victim Assistance）的公益组织。当时，深陷耻辱感之中的强奸案件很少受到关注；即便得到的那一点点关注也往往有害无益。戈达德决定改变这种状况。她自诩为A型人格——她住在办公室附近，周末和假期都在工作，花数百美元办了健身房会员卡，却忙得从来没有足够的时间去健身。

她所面临的挑战之一在于让人们认识到，他们关于强奸的文字表述需要改进。有一次，委员会一位成员从商店带回一张贺卡给她看："太可怕了，看这个。”只见卡片封面上印着："**帮助阻止强奸。**”内页则印着："**说你同意。**”戈达德给卡片公司写信表达自己的观点："我敢肯定你们认为这很风趣。但其实一点也不好笑。”公司很懊恼，把卡片从货架上撤了下来。戈达德还曾在芝加哥的报纸上读到一则女性报案遭到强奸的新闻。虽然报道中没有透露她的姓名，但综合其不经意透露的层层细节——关于她体貌的精确描述，她的职业（女服务员）和她工作的地方（确切的餐馆）——要确定她的身份再容易不过，姓名已无关紧要。戈达德拜访了报社的编辑和一些员工。起初他们戒备心很强。但后来他们道歉了。“我得告诉你，他们再也没有这样做。”戈达德说。对戈达德来说，这就是她的生活："处理一桩一桩又一桩。费时费力。”

此外，戈达德还非常关注性侵相关法律的执行情况。在走访了警察、检察官、急诊室医生与护士等相关人士之后，她发现强奸案的调查存在一个问题：物证的收集非常草率。如果毛发、纤维、血液、精液、指甲屑、衣物等证据一起被收集，它们往往保存不当或标记不当，从而价值受损。警方告诉戈达德，急诊室人员会把两张显微镜载玻片面对面用橡皮筋绑在一起，使得两个样本都受到污染。有时载玻片没有标明样本出处。急诊室人员所受的训练是将强奸受害者当作病人，而不是病人兼犯罪现场。医院常常没有替换的衣服，因此，当受害者的衣服被作为证据扣留后，他们只能穿着医院的拖鞋和那种反穿的病号服，然后可能会被一辆有明显标志的警车送回家。这些势必会引起邻居们的疑问。

戈达德在芝加哥警察局找到了她的事业盟友，其中最著名的是犯罪研究实验室负责人路易斯·维图洛（Louis Vitullo）警司。作为微量分析员，维图洛在市中心工作，但他家住在一小时车程以外的城市北部。芝加哥令他很紧张（在女儿年满20岁之前他从不让她单独去市里），这也情有可原，毕竟他在实验室里终日与鲜血和凶器打交道。1960年代，他曾参与调查理查德·斯佩克（Richard Speck），那个丧心病狂地谋杀了8名学员护士的凶手。为了将性侵案件中的证据收集标准化，维图洛与戈达德合作设计出一个蓝白相间的纸板箱，里面逐项摆放着需要收集的拭子和载玻片，并提供了贴好标签的文件夹，以便分门别类地封装证物。“犯罪实验室最终成了我的第二个家，我没跟你开玩笑。”戈尔德说。

所以在维图洛的帮助下，戈达德有了一个设计。她缺少的是购买部件加以组装的资金。众多基金会乐于对医学研究医院和交响乐团慷慨解囊。即使是资助与女性和女孩有关的项目，它们可能会捐给基督教女青年会或女童子军。它们不希望与强奸的话题扯上任何关系。“基金会和企业大多以男性为主，”戈达德说，“他们掌握着大笔资金，紧紧掌控着钱包，不肯松动。”最终，戈达德求助于一位朋友，玛格丽特·斯坦迪什（Margaret Standish）。她管理着花花公子基金会（Playboy Foundation），这是休·海夫纳（Hugh Hefner）出版帝国的活动家分支。花花公子基金会提供了1万美元，还同意他们将《花花公子》杂志办公室用作生产线，并在那里为制作第一批革命性套盒的志愿者们（大部分是老年人）提供了折叠桌、免费咖啡和三明治。“妇女运动对我大肆抨击——但太糟糕了。”戈达德说，“如果是成人杂志《藏春阁》或《皮条客》也就罢了，可《花花公子》？拜托，饶了我吧。”

1978年9月，芝加哥地区有26家医院开始使用这些套盒。第二年，有2 777份装着物证的套盒被送到芝加哥犯罪实验室进行分析。1979年夏天，一男子涉嫌强奸芝加哥交通局的公交车司机，检察官在起诉他时提交了套盒作为证据。该男子被陪审团投票定罪。事后，法官让戈达德的委员会询问此案陪审员们，取证套盒对于他们达成判决是否有帮助。有9名陪审员予以肯定。

同年，戈达德结识了毕业于西北大学的苏珊·伊里恩（Susan Irion）。后者当时就职于公共关系领域，并同时志愿参与名为“强奸受害者代言人”（Rape Victim Advocate）的新兴组织的工作。伊里恩志愿参与12小时轮班，每次当班期间她有可能接到7家急诊室中任何一家的传呼，前往帮助指导性侵受害者接受医疗检查和警察询问。戈达德聘请伊里恩担任“受害者援助公民委员会”的助理主任。伊里恩花了2年半时间对医院工作人员和警察进行培训，向他们讲授性侵取证套盒的使用方法以及性侵创伤的复杂性。她教导他们不要犯经验主义错误。

有时候创伤的表现形式并不像你想象的那样。

专业方面，伊里恩求助于芝加哥的社会工作教授乔恩·康特。他后来去了华盛顿大学任教，并负责对玛丽进行评估。伊里恩还在培训中借鉴了1979年出版的《强奸：危机与恢复》（*Rape: Crisis and Recovery*）一书的内容。该书作者为一位精神病学护士与一位社会学家，他们曾为波士顿市立医院收治的146名强奸受害者提供危机干预服务。两位作者发现，强奸受害者会呈现一系列不同的情绪反应。有的表现为愤怒或焦虑，有的镇定，有的震惊。“我记得在他离开后，我做了一些奇怪的事情，比如咬自己的手臂……以证明我还有感觉……我是真实的。”一名妇女报告说。身体反应还包括睡眠模式被打乱和挥之不去的疼痛。“我的肋下很痛，”另一位受害者说，“一直疼痛，并不会消失。我想他真的伤害了我，尽管X光片没有显示任何异常。”一些受害者受噩梦困扰，他们的梦境与强奸场景相似，受害者在梦中也无法逃脱。还有一些经历了某种形式的自我孤立，不敢出门，因而不得不旷课或放弃工作。

到1980年，伊利诺伊州已有215家医院使用戈达德和维图洛设计的性侵取证套盒。从那时起，它们成为全美的标准。1980年代末出现的DNA测试更显著地增强了套盒的功能，令法医科学突破了血型和显微镜检查的限制。

然而，尽管搜集的证据很有价值，但长达3到6个小时的收集过程仍是不小的负担。

在普罗维登斯，“阶梯计划”的主管亚娜在检查中全程陪伴着玛丽，安抚她的情绪。她抚摸着玛丽的后背，告诉她这不是她的错。

医疗小组里有一名接受过专门培训的护士，并且她本人也曾是性虐待受害人，因而更有同理心。受害者代言人也全程陪同，为玛丽提供心理支持，并解答她的所有疑问。医疗报告称，玛丽“意识清醒，没有表现出极度悲痛”。

医生对玛丽进行了评估，护士协助完成了所有需要的工作。

他们要求玛丽讲述袭击过程。

他们抽了她的血。

他们采集了尿液样本。

他们收集了阴道分泌物，并将其涂抹在载玻片上。

他们给玛丽做了淋病测试。还做了肝炎、衣原体和梅毒检测。

他们测试了她的酵母菌感染情况。

他们为她做了艾滋病毒检测。

每一项检测，玛丽都被告知结果要晚些时候才能出来。她必须等待。

为了协助刑事调查，小组的检查还包括了法医工作。

他们收集了玛丽的每一件衣物，以便稍后送往犯罪实验室检验。

他们还检查了玛丽的身体，如果发现受伤的痕迹就记录下来。

医疗小组的报告称："双手腕有创伤。"他们给她的手腕拍了照，并测量了擦伤的长度和宽度，精确到十分之一甚至百分之一厘米。最长的擦伤，呈红色并且凸起，长达7厘米。

在寻找生殖器损伤时，他们运用了一种染色染料甲苯胺蓝，它可以在健康组织和受伤组织之间形成颜色对比。“小阴唇内侧有擦伤。”他们在报告中写道。

他们将棉签伸进玛丽的口腔擦拭口腔内壁以收集DNA。法医学家们需要玛丽的基因图谱，以区别于性侵取证套盒采集的拭子中可能发现的其他DNA图谱。

他们收集了4份阴道拭子。

他们收集了4份直肠拭子。

他们还从两者之间的部位采集了4份拭子。

这些拭子被放在一个干燥箱内，然后和其他证据共同存放在一个带锁储物柜里，等待被交给林伍德警方。

他们给玛丽服用了1克希舒美阿奇霉素片与400毫克速普乐头孢克肟胶囊，作为对性传播疾病的预防。

他们还为她提供了紧急避孕药——让她在医院里吃了一片，并给了她另一片让她12小时后再服用。

他们询问她是否曾出现过量的出血，或不寻常的阴道分泌物，或发生停经。

他们还建议，如果她出现呼吸急促，吞咽困难，或者出现荨麻疹，抑或有自杀的念头，务必回到急诊室就医。

佩吉开车送玛丽到医院后就一直陪着她。她看着他们给玛丽的手腕拍照。她握着玛丽的手。

但检查耗时太长，佩吉陪伴了约3个小时后最终不得不离开。她当时还有两个寄养的孩子，都是十几岁的少女，她得回家照顾她们。

检查结束后，玛丽换上了她带去医院的一套衣服。当她离开普罗维登斯的时候已经是下午了。

到2008年玛丽报案时，性犯罪专家们制定的调查规程都有同样的核心主旨：证据胜过假设。此前一年，公益性警察培训组织“制止暴力侵害妇女国际组织”（End Violence Against

Women International）曾围绕强奸案调查制作了一门综合在线课程。它的主要设计者之一是退休警司乔安妮·阿尔尚博（Joanne Archambault），她在圣地亚哥警察局曾有10年领导性犯罪部门的经验。

阿尔尚博的警务生涯就是建立在挑战成见的基础上。1970年代末，她就职于圣地亚哥的教育文化大楼，帮助别人找工作。两名警察招聘人员告诉她，只有男性才适合从事警察工作。“他们的话让我很生气。”阿尔尚博说，以至于她自己去应聘了警察职位，“我从来没有打算当警察。我只是想让他们知道我够格被录用。”她进入警校时，同期训练的120名新人中只有4名女性。在阿尔尚博看来，训练的目的似乎就是为了淘汰女性。例如，引体向上的单杠对大多数女性的手来说太粗了。不到一年，阿尔尚博就成了队伍里仅存的女性。1980年春天，她被圣地亚哥警察局录用，继巡警之后她又调任过六七个岗位，一度成为该局第一位打击黑帮犯罪的女性警探。

对阿尔尚博来说，她23年的警察生涯变成了对怀疑的普遍性与危害性的研究。在调查虐待儿童案件时，她震惊于有如此之多的母亲不相信自己的孩子。她记得，在她加入性犯罪部门之后，国际警察局长协会（International Association of Chiefs of Police）曾于1995年发表过一篇文章，文中给出的建议令她非常恼火：

通常，合理的强奸受害者的行为与外表几乎不会让人对犯罪的存在表示怀疑。在这种情形下，受害人会异常激动，悲痛欲绝，经常处于歇斯底里的状态，并且身体受到伤害，可能有割伤、瘀伤或伤口。受害人的衣物往往被扯破或撕掉，以证明是被强行脱下的；如果强奸发生在户外，受害人一般会被扔在地上，因此外衣会被弄脏。如果上述表现都不存在或只存在少数，那么对强奸指控的真实性抱有疑问是很合理的。

阿尔尚博知道这是错误的——彻底的、惊人的错误。她认为，警方对于解决性犯罪没有给予足够的重视；他们没有给调查人员提供足够的培训或资源。警方的优先级反映的是公众的优先级。执法部门以外的人们不想谈论性侵犯。公众希望警方把精力放在黑帮与谋杀上。

由她帮助创建的在线课程告诫称，有些受害者会混淆他们故事的细枝末节，甚至会改变说辞。警方不应该局限于刻板印象——比如说，认为青少年受害者的可信度低于成年人。讯问受害人是“绝对不恰当的”。警察也不应该使用或威胁使用测谎仪，这会破坏受害者对执法部门的信任。此外，“众所周知，经历过危机的人接受测谎测试的结果是不可靠的”。

阿尔尚博曾亲眼看见可能导致调查误入歧途的冲动念头。培训期间，她会给学员们播放一段报警录音，是一位女性称自己刚刚在公寓里被强奸。背景中有震耳欲聋的立体声音响。女人在音乐声中说，强奸犯把她绑了起来。培训班的警官们听到这盘磁带时通常认为它是个骗局。他们不相信女性被绑着双手还能打电话。（实际上她是用脚指头拨号的。）而且他们也不明白为什么会有嘈杂的音乐。（实际上，强奸犯把音量调得很高是为了掩盖所有尖叫声。）但这个报警电话并非骗局。报案人确实遭遇了强奸。“研究表明，越是亲密型犯罪，人们越会关注受害者的行为，当然，没有什么犯罪比性暴力更亲密。”阿尔尚博说。

2005年，国际警察局长协会公布了一项关于性侵调查的示范政策，推翻了10年前那篇文章中的观念。新政策是由阿尔尚博应协会要求所拟。在其签名档中写着："任何情况下都不应凭借受害者对性侵创伤的反应来衡量其可信度。"

离开医院后，由韦恩开车带玛丽去了林伍德市警察局。他们到达时已经将近下午3点钟。

梅森警司把玛丽带到一间询问室，那里只有他们二人。在梅森看来，玛丽显得很疲惫。她告诉他，她前一晚只睡了不足一个小时。她还说她头疼。

梅森给玛丽拿来一些水，并解释为什么他现在就需要她的陈述：尽快得到尽可能详细的说明对破案是很重要的。玛丽现在提供的信息可能会引出更多证据，从而最终让警方能够成功逮捕罪犯，保护民众。

梅森让玛丽回忆过去的一天，并详细讲述在她公寓内发生的一切。

这将是玛丽第4次讲述遇袭的情形。她曾对麦尔斯讲过。后来在公寓里，她给梅森和里特加恩又讲了一遍。之后她在医院又跟护士说了一遍。现在又要让她再来一次。

玛丽告诉梅森，她整晚都在和朋友乔丹通电话。她说早上6点45分，也可能7点，她醒来，看见有个男人站在她卧室门口，手持一把刀。她为梅森描述了这个男人的样子。之前她告诉麦尔斯，男人有一双蓝色的眼睛，穿着灰色的卫衣。现在她告诉梅森，男人的眼睛可能是蓝色的，他穿着一件连帽衫，灰色或者白色。

玛丽告诉梅森，此人看起来不到30岁。

身高看上去有1米68到1米75。

他身材瘦削。

玛丽说，她被捆着，双手被反绑在背后。她还讲了男子掀起她的衣服拍照。她说，她觉得男子强奸她的过程持续了大约5分钟。

玛丽一步一步地复述了强奸犯离开之后她所做的事情。

她跑到前门，锁上了门。

她跑到玻璃推拉门前，锁上它。

她去厨房拿了一把刀，试图割断绑住她手的鞋带。

但没有成功，她只得来到卧室，用脚从橱柜最下面的抽屉里取出一把剪刀。她成功地用剪刀为自己松了绑。

然后她拿起手机试图联络乔丹，但他没有接电话。

她又打电话给佩吉，佩吉同意赶来。

她又打给楼上的邻居，邻居赶了下来。

玛丽讲述时，梅森做了笔记。他没有给她录音。

她说完后，他递给她一张表格，旨在授权医院向警方披露她的医疗记录。她签了字。

梅森又递给玛丽另一张纸。这是一张“事件陈述表”，上面有二十几行空白。梅森要求玛丽写下所有发生的事情。在表的最下方印有警示称，向警方做虚假或误导性陈述是犯罪行为。这张表就是玛丽对于强奸遭遇的第5次陈述。

玛丽告诉梅森她累坏了。她的头抽痛着。他让她先休息一下再填写，写完了给他打电话。

离开警局之前，玛丽见到了乔什·凯尔西，他是当天早上在她公寓收集证据的犯罪现场技术人员。至此，距离玛丽从鞋带中挣脱已经过去了至少7个小时。凯尔西给玛丽的手腕和双手又补拍了十几张照片。一个多星期后，当他写报告时，他注意到玛丽两只手腕上的痕迹，在报告中补充道："痕迹是红色的，但没有发现擦伤或瘀伤。"

韦恩开车载玛丽离开警局。

当天，玛丽回到公寓楼与"阶梯计划"的所有成员开了个会。玛丽告诉大家发生了什么。她让他们多加小心。她提醒他们必须锁好门。只说了几分钟她就崩溃大哭起来。

当晚，玛丽去了朋友家过夜。

在出警后的至少24小时内，侦查工作是正常进行的。警方没有在任何报告中提及他们认为玛丽可能在撒谎，玛丽也没有感觉到会有人这样想。她觉得自己得到了支持——来自警察、医务人员、她的朋友和她的寄养家庭，以及"阶梯计划"的管理人员。

8月12日，星期二，也就是玛丽报案的第二天，梅森警司发传真，要求给玛丽做性侵害检查的医院提供一份玛丽的医疗记录。这是标准做法。

然而就在同一天，梅森接到一个神秘电话。之所以神秘要归之于他后来在警方报告中的含糊其词。尽管他自己清楚来电者的身份，但他没有在报告中说明。他在报告中用两句话总结了整个调查最关键的时刻："我接到一个不愿透露姓名的人打来的电话。此人说，鉴于（玛丽）以往的哗众取宠举动，对'强奸'是否真的发生过心存疑虑。"

梅森安排与来电者面谈，以便了解更多的信息。

7 姐妹

2011年1月6日

科罗拉多州威斯敏斯特市

在威斯敏斯特市警察局的小隔间里，埃德娜·亨德肖特警探像往常一样端着她的星巴克必点咖啡：超大杯翻转低脂焦糖玛奇朵。上午9点07分，她收到一封群发给丹佛地区所有警探的电子邮件，标题为："有相似的性侵案件吗？"

邮件中描述了头一天晚上发生在戈尔登市的一起强奸案。袭击者捆绑了受害者的双手。他命令被害人洗澡。还威胁要把她的裸照发到网上去。邮件底部是一个私人请求："亨德肖特警探能否就此案与我联系？"署名为戈尔登市警探史黛西·加尔布雷斯。

亨德肖特并不认识加尔布雷斯。但她对邮件内容有种不祥的预感。距离莎拉被强奸已有5个多月，多丽丝被袭击也已经过去15个月。她打电话给奥罗拉市的同行伯吉斯，告诉他邮件的事。

看来最糟糕的情形已经发生。那名强奸犯又出手了。

警察们会对自己的案件持保护态度，担心信息泄露可能危及他们的调查。但亨德肖特马上意识到与加尔布雷斯和伯吉斯合作的可能性。“群策群力好过单打独斗，对吧？”她说。加尔布雷斯也是这样的想法。她所在的部门规模很小——40多位警员服务一个约2万人口的小镇。联合起来才有意义。“我对寻求帮助没有任何顾虑，”加尔布雷斯说，“让我们尽我们所能抓住这个家伙。”

我们需要增援，加尔布雷斯对亨德肖特说。我们请科罗拉多州调查局（Colorado Bureau of Investigation，简称CBI）参与吧。让我们打电话给联邦调查局（Federal Bureau of Investigation，简称FBI）。“此案所涉范围比小小的戈尔登市要大得多，也超出了杰斐逊县。”她说。亨德肖特更谨慎些。她的上司想稳扎稳打。她对加尔布雷斯说，咱们在我们局见面吧，你，我，还有伯吉斯。我们把掌握的事实罗列出来。“眼下我们什么都不能确定，”她说，“我们还有很多调查要做。”

几天后，三位警探围坐在威斯敏斯特市警察局的一间会议室里。每人都带着一份材料。每一份都讲述了一桩非常相似的案件。

受害者对袭击者的描述有重叠。她们估计他的身高在1米78至1米88之间，体重大约82公斤。安珀看得最清楚，看见他有一双浅褐色的眼睛，金色的头发。

强奸犯在袭击过程中似乎很放松，就仿佛服用了精神类药物赞安诺。他会与受害者交谈。他看起来很聪明，受过教育。他可能是个自省的人。他知道她们生活中的私密细节——那些只有亲密的朋友或伴侣才会知道的事情。虽然很疯狂，但所有的受害女性都说他有时表现得颇有绅士风度。

这名强奸犯就像机器人一样机械地重复犯罪。每一次攻击都是一样的，以无情的效率重复作案。他戴着黑色面罩，脸上只露出一双眼睛。他把女人绑起来，但绑得不紧。他花费好几个小时对受害人反复进行强奸。每次作案后，他都强迫受害人洗澡。

亨德肖特和伯吉斯讲述了强奸犯如何要求莎拉和多丽丝摆好姿势让他拍照，以及他如何在强奸过程中给她们拍了大量照片。两位女受害人都记得那台黑色的大相机及其发出的咔嚓声。

好吧，这里略有不同，加尔布雷斯指出。袭击者也给安珀拍了照片，但他用的是一台粉红色的数码相机。

亨德肖特立刻回想起莎拉告诉她的丢失的第二部相机。那正是一台粉红色的索尼相机，被强奸犯偷走了。正与安珀案中的描述相符。即使谨慎如亨德肖特也很难否定这个结论：几桩案子是同一个人所为。

警探们加倍努力挖掘。这几名女性之间有什么关联？她们有没有共通点能引导警方找到强奸犯？她们都去金·苏泊斯购物，这家连锁超市遍布科罗拉多州东部和怀俄明州。所有的受害人都和当地的大学有关系。奥罗拉市的受害人多丽丝在一家兄弟会宿舍当舍管，威斯敏斯特市受害者莎拉在搬家之前是住在社区大学附近的公寓里，安珀本人就是一名研究生。

相似之处到此结束。多丽丝65岁，住在一片住宅小区的独栋房子里；莎拉59岁，最近才搬进她的新公寓。两人都是年长的白人女性，且都是独居。但安珀才二十几岁，而且不是白人。她有一个室友，还有男朋友。

这些女性在年龄、种族、体貌方面都没有相似之处，这不符合强奸案的既定模式。对受害者特点的研究，即警方所谓的“受害人研究”认为，连环强奸犯倾向于攻击类似的目标。被害人可能是年轻人或老年人，教师或医生，金发或黑发，但她们通常都有一些共同的特征。

然而此次，受害者的相似度并不足以让警探们排除多名强奸犯作案的可能性。袭击过程的相似性有可能是巧合。但这容易让人想到更令人不安的情况。也许这些强奸案是由一群男人实施的，他们互相协作以摆脱警察追踪。也许是某个色情团伙。又或许是有一对经验丰富、频繁转移的强奸犯正在丹佛郊区出没。

警探们还注意到另一个令人不安的趋势。2009年10月在奥罗拉市发生的第一次袭击和2010年8月发生于威斯敏斯特市的第二次袭击之间相隔10个月。但仅仅5个月后，即2011年1月，就发生了戈尔登市案件。在前两起案件中，强奸犯曾用枪威胁受害人，但他没有亮出武器。但在戈尔登案中，他亮出一把手枪直接对准了安珀，他还威胁要向她开枪。

作案间隔越来越短，手段越来越暴力。对警探们来说，这表明强奸犯越来越自信，也说明他的手法越来越熟练。警察将此称为“作案手法渐进”。当一个罪犯习惯了常规套路，他往往会突破新的界限，冒更大的险。

离开会议时，伯吉斯心中只有一个疑问：

“我们怎样才能在他再次犯案之前阻止他？”

加尔布雷斯有一条很强的线索。安珀公寓对面有个商家安装的监控摄像头正对着公寓的一个入口。店主把监控录像交给警方分析。这个任务落在了加尔布雷斯的搭档马特·科尔身上。他也是前往安珀案发现场的戈尔登市警探之一。

科尔花了整整一天观看画质模糊的录像带，不停地播放、倒带，播放、倒带。他发现了一个骑着自行车，背着深色背包的家伙。他是在盯着安珀的公寓吗？那辆银色的雪佛兰名人为什么要换停车位？

他统计出1月4日晚至1月5日凌晨，录像共拍到261辆来往车辆。其中有一辆车在黎明前曾10次如幽灵般在屏幕上穿过：一辆白色的皮卡，缓缓驶过被积雪覆盖的停车场。

科尔将这辆车的每一次出现都标记到秒：

凌晨12点37分44秒

凌晨1点16分25秒

凌晨2点30分03秒

清晨5点03分00秒

清晨5点05分26秒

清晨5点14分02秒

清晨5点16分30秒

清晨5点17分14秒

清晨5点19分19秒

清晨5点19分59秒

这辆皮卡会不会是强奸犯的车？科尔和加尔布雷斯反反复复地查看录像带，寻找锁定这辆车的方法。他们可以辨认出车尾的“马自达”字样。副驾驶一侧的后视镜看起来似乎碎了。还有它看着像是一辆老款的卡车。但车牌却无法辨认。他们把监控录像带送到一位专门做视频增强的分析员那里。他运用信号平均技术，将录像带拆解成1 200张由重叠的单帧画面组成的图像。但依旧一无所获。录像带实在太模糊了。

录像带还反映出一个时间顺序问题。录像带上最后一次捕捉到这辆卡车时，时间显示为早上5点20分，但袭击是在两个小时后，大约7点半才开始的。那时，卡车已经不再出现在画面上。或许这只是某个熬通宵的学生匆忙地开车出去喝咖啡或买宵夜。加尔布雷斯最终放弃了，将皮卡这条线索抛之脑后。在她看来这是一条死胡同。

戈尔登市警察局发布了新闻稿，提供事件的基本信息。袭击者是一名白人男性，身高1米88，眼睛呈浅褐色。新闻稿称，没有更多可供辨认的细节："由于嫌疑人戴着面罩，因此无法绘制其素描画像。"加尔布雷斯确保这篇在显著位置发布的新闻中提及安珀注意到的一个细节："嫌疑人的小腿或小腿外侧有一个明显的标记或纹身，大小和形状都和一个大鸡蛋差不多。"加尔布雷斯这样做是鼓起了很大的勇气。安珀的记忆必须得是准确的。

几天后，丹佛市附近某大学有一名学生拨打了警方热线。语音信箱里他的留言听起来声音颤抖。他说他觉得有义务告诉警察，他有一个朋友身上的印记似乎与报道中提及的相似。那人叫弗兰克·塔克（化名），是他的同学。

在这位线人的帮助下，加尔布雷斯调出了塔克的脸书网页面。有一张照片里能看见他的腿。画面很暗，但似乎有一块胎记？加尔布雷斯打电话让安珀来警局仔细辨认一张裁剪过的照片，上面显示的是塔克的一条腿。但安珀无法确定。她告诉加尔布雷斯，强奸犯身上的胎记似乎在小腿更低的位置，但它的大小和形状与照片上的差不多。

加尔布雷斯调查了塔克的犯罪记录。4年前，大学校警曾接到一名女学生报案，称她在一次聚会上喝醉之后委身于塔克。在醉醺醺的闲聊之后他要求与她发生关系，并威胁说，如果不答应，他就要告诉大家她是个荡妇。女学生只得被迫答应。但他们开始后，她改变了主意。塔克却无视她的意愿。她向校警报告被强奸，但最终拒绝起诉。

加尔布雷斯庆幸这名女子站了出来。许多女性在遭到性侵后不愿意报警。根据全美范围的调查，遭遇强奸的女性中只有大约五分之一会联系警方。被性侵的耻辱感仍然是阻止受害人说出真相的严重障碍。受害女性害怕朋友或家人会发现发生了什么，或者害怕得不到警方的认真对待。也可能她们认为袭击的严重程度尚不值得诉诸法律，又或者她们不想帮助警察将一个可能是男朋友、丈夫或孩子父亲的男人投入监狱。

对加尔布雷斯来说，这位女性的强奸报案已足以令塔克成为嫌疑人。她向电话公司发出传票，要求查看他的手机通话记录。她还申请在塔克的车上安装GPS追踪器。她的担忧很明确。她告诉法官，她需要追踪塔克的车，以便“确定未来的受害者”。

亨德肖特认为，安珀案的发生令她有机会重新审视一条之前没有进展的证据线索。

电视剧里经常把DNA当作可以解开每一个谜团的钥匙。调查人员在武器上发现一抹血迹，或者在烟头上发现唾液痕迹，就将样本送到实验室。实验室将样本与嫌疑人的DNA进行比对。砰，一击命中，罪案就在扣去广告时间的不足一小时内得以告破。

然而现实并非如此。FBI管理着全美国最全面的悬案数据库——DNA联合索引系统（Combined DNA Index System，简称CODIS）。该数据库内收集了1 500多万人的基因图谱，其中大部分来自被定罪的罪犯。这些图谱来自在司法过程中的某个节点在受控条件下所采集的DNA样本——例如，当疑犯入狱时被要求采集口腔拭子之时。然后，分析人员将DNA样本分解成碎片，从而产生一个人的基因图谱——与X光胶片上的条形码非常类似的一组条纹图案。只有当基因图谱包含一个人DNA的13个不同基因座的遗传物质时，FBI才会将其录入数据库。

当探员在犯罪现场发现某种体液——血液、精液或唾液，这个数据库就开始发挥它的威力。一旦犯罪现场样本被处理，就能将它与数以百万计的储存样本进行比对。但是，除了少数例外情况，通常FBI只会比对含有13个不同基因座遗传物质的样本。如果DNA样本被降解或数量有限，以至于只能分析出5个或10个基因座的完整信息，FBI就会拒绝接受该样本。由于坚持这种“高度严格”的比对标准，据FBI估计，发生比对错误的概率仅有十亿分之一。

亨德肖特认为，这名强奸犯一定对法证程序有所了解，即具备警方所说的“DNA意识”。他试图从分子层面消除自己存在的痕迹。到目前为止，他算是成功了。

伯吉斯是三人中第一个在DNA线索上碰壁的。在奥罗拉市强奸案发生几天后，多丽丝陪同一位名叫兰迪·内里（Randy Neri）的犯罪现场调查员仔细勘查了她的房子。在每个房间里，内里都会问：“你曾经看见什么？你见到他去了哪里？你看见他碰过什么吗？”当他们来到她的卧室时，多丽丝看到了放在床边木制梳妆台上的电视机。那上面有三只泰迪熊，两只白色的，一只黄色的。看到它们时，多丽丝停下了脚步。黄色的熊，她告诉内里。强奸犯曾把黄色的熊撞到地上，然后弯腰把它捡了起来。

内里用棉签擦拭了玩具熊，将样本装入证物袋中，然后送往CBI的犯罪实验室。

CBI的总部位于一栋被松树环绕的低矮砖房，地处一个繁忙的十字路口，马路对面有一家猫头鹰餐厅。与它的联邦同行一样，CBI也擅长运用科学技术来解决最棘手的犯罪。该局有250名员工，并在全州设有办事处作为当地警方的犯罪实验室，负责分析指纹和DNA，进行毒理学测试，并跟踪枪支买卖。该局的犯罪实验室因为在乔恩贝尼·拉姆齐（JonBenét Ramsey）一案中付出的艰辛努力而闻名于世。1996年，这位6岁的选美皇后在博尔德县她父母的房子里被发现死于谋杀。此案中，CBI分析员收到2 509份标本，并在3 116小时内完成了25 520次实验室检验。这起谋杀案最终未能告破。但科罗拉多州警方仍然将CBI视为破解复杂案件时最后的以及最佳的希望。

2009年12月7日，在多丽丝被强奸2个月后，CBI分析师莎拉·刘易斯（Sarah Lewis）致电伯吉斯，带来喜忧参半的消息。这名强奸犯一直十分谨慎，但并未做到完美。多丽丝的泰迪熊上提取到他极微量的痕迹，也许不超过七八个皮肤细胞，是他在用没戴手套的手抓熊时从指尖脱落的。对此类微量基因样本进行触碰DNA分析是一项革命性的研究进展。它使得警方能够检测传统DNA测试无法分析的微量遗传物质。但它有一个缺点：细胞数量太少，无法提供足够的信息，因而不能满足FBI设定的包含13个基因座信息的标准。

刘易斯被迫使用了一种更有局限性的DNA检测方法，即Y-STR分析。目的是寻找男性DNA中Y染色体上的短串联重复序列。对于女性嫌疑人，这一检测方法毫无意义。即便是男性，Y-STR分析也只能显示有限的信息，只能确定男性嫌疑人来自哪个特定的家族谱系。但检测结果的独特性尚不足以成为基因指纹。刘易斯把这个消息告诉了伯吉斯。在玩具熊身上发现的DNA“要么是不确定的，要么没有结果”，她写道：“这些信息不符合录入CODIS基因数据库的条件。”

在威斯敏斯特市，得知莎拉曾见到强奸犯拿起她的白色厨房计时器，这条线索曾令亨德肖特颇为振奋。那是少数几样警方确信罪犯曾触碰过的物品之一。事实证明莎拉的记忆是准确的。CBI分析师金特里·罗斯（Gentry Roth）在计时器上发现了遗传物质的痕迹。但与多丽丝家中的泰迪熊一样，他提取的细胞只够进行Y-STR分析。“DNA的数量不足以形成完整的DNA图谱。”亨德肖特写道。

在戈尔登市，加尔布雷斯曾在她巡逻车前座用棉签擦拭安珀的脸，成功获取了一些强奸犯的细胞。但就像多丽丝的泰迪熊和莎拉的厨房计时器一样，安珀脸上并未提取到足够形成完整图谱的遗传物质。CBI技术人员仍然只能对其进行Y-STR分析。DNA检测未能在亨德肖特、加尔布雷斯和伯吉斯面前展示魔力。他们无法利用FBI数据库追踪嫌疑人。

不过，一位CBI技术人员向亨德肖特提出一个想法。三份样本也许不能确定某个特定嫌疑人，但还是有用的。CBI可以比对三次Y-STR分析的结果。如果它们不一样，就表明三桩案子并非同一人所为；如果它们互相吻合，就表明在丹佛市周边多次出没犯案的是同一个人——或者至少是多个有父系亲缘关系的人。

这样，警探们就能知道他们追踪的嫌犯互相有亲属关系，而并非陌生人。

亨德肖特同意了这个提议。

虽然彼此并不十分了解，但亨德肖特和加尔布雷斯的生活是交织在一起的。她们是同一所兄弟会内姐妹会的成员。她们都是女警察。

若干年前当巡警时，年轻的加尔布雷斯曾受到一名女警探的激励。有一天早晨，戈尔登市警察局长将他的警员们召集起来，通知他们当天晚些时候在当地一家快餐店会有一次缉毒行动，因为西部缉毒专案组准备扫荡一个贩毒团伙。专案组成员都是抽调自丹佛地区各警署的精英。当时在房间里听取简报的一位专案组警官引起了加尔布雷斯的注意。她的身上散发着一种安静的力量。此前加尔布雷斯一直在考虑要不要申请加入缉毒组。在那一刻，她下定了决心。"她是女的，"加尔布雷斯想，"如果她能做到，我也能做到。"那位女警探正是埃德娜·亨德肖特。

在美国，100多年来，女性警察的发展一直都是以其他女警察的成功为基础的。曾经，女性被限制在警察部门从事文职助手工作，通常办理涉及儿童和妇女的事务。爱丽丝·史泰宾斯·威尔斯（Alice Stebbins Wells）帮助改变了这样的局面。1910年9月12日，她作为警官——或者说"女警官"——入职洛杉矶警察局。她的金色警徽正面是"女警"字样，底部有她的编号：1。她加入了所谓的"纯洁队"，任务是巡视游乐场、舞厅、溜冰场和其他罪恶滋生之地。威尔斯后来创立了国际女警察协会（International Association of Women Police）。在协会的官方介绍中写道，威尔斯"为这样一种理念奋斗，即女性作为市级警察部门的正式成员，特别适合在涉及青少年和女性的犯罪中担任保护和预防工作"。威尔斯被警队录用两年之后，又有两名女性加入洛杉矶警察局。

威尔斯认为女性为警察工作增添了特殊的品质，虽然这个观点并不总是能赢得她的男同事们的支持，但随着时间的推移，研究表明，女警官对于警察部门及其所服务的社区都颇有益处。与男同事相比，女警察不太可能过度使用武力，也不太可能卷入指控警察滥用职权的诉讼中。公众倾向于认为女警官比男警官更有同情心和沟通能力，而且女警官更有可能接受社区警务的目标——这是一种强调与公民合作和互动的执法理念。

事实证明，女警官也能更有效地应对侵害妇女的暴力行为。例如，1985年的一项研究发现，女警官对家庭暴力受害者表现出更多的耐心和理解。1998年一项对全美147个警察局的代表性样本进行的研究发现，在家暴案件中女警官比男警官更有可能实施逮捕；而2006年针对美国60座最大的都市警察局的研究表明，女警官数量每增加1%，辖区内接到强奸报案的数量也会相应增加1%。

这些研究都没有贬低男警察的非凡表现，他们每年调查并逮捕数千名强奸犯。研究也没有表明，在应对基于性别的暴力方面，女警官会自动优于男警官。尽管共同的性别纽带令一些女受害人更愿意与一名女性谈话，但也有受害者表示，男性警官在场让她们感到更安全更平静。警察培训组织“制止暴力侵害妇女国际组织”建议，与受害者交谈的最重要因素应该是调查人员的参与度。该组织强调，“有一点是**绝对**清楚的，若想与性侵受害者进行有效的面谈，警官的能力与同情心远比其性别更重要。”

尽管性别多样化带来益处，但女警察在工作中仍然很辛苦。一些男警察——从巡警到警察局长——仍然对录用女性抱有敌意，声称她们不够强壮或不够强硬，不适合当警察。研究表明，63%至68%的女警察表示，曾在工作场所遭受某种形式的性骚扰或歧视。女警官最常提出的投诉涉及敌意、缺乏晋升机会，以及有关怀孕和其他家庭问题的政策不力。

但是，即便是那些对增加女警人数非常重视的警察局也发现，很难实现这一目标。许多女性对于一个只和枪支与暴力有关的职业——至少在流行文化中是如此——没什么兴趣。结果就是，美国没有任何警察局实现了性别平等，甚至连接近都谈不上。美国国税局的刑事调查部门可谓是全美女性执法人员比例最高的部门，其比例也仅有32%。而在一些大城市的警察局，例如费城和洛杉矶，宣誓就职的警察中女性所占比例只有四分之一左右。但总体而言，美国警察队伍中大约有10万名女警，约占总数的11%。警察工作依旧是一个以男性为主的领域，充满大男子主义、等级制度和尚武精神。女警官属于少数。

因追捕强奸犯而相识后，加尔布雷斯和亨德肖特很快相交莫逆。两人都很外向。她们会为冷笑话开怀大笑。加尔布雷斯更年轻，充满活力。亨德肖特的经验与加尔布雷斯的热情相得益彰。

两位女性在这个充满男性荷尔蒙的执法世界里工作得很自在。在戈尔登市与威斯敏斯特市的宣誓警官中，男性约占90%，但加尔布雷斯和亨德肖特都没有感到不受欢迎或受到威胁。两人都是和兄弟一起长大的。两人都没有什么亲密的女性朋友，而且往往与男性相处得更好。两人都以作风强硬为荣。“我受不了戏剧性。如果遇到戏剧性或情绪化的，我就会觉得，呃，真可怕。”加尔布雷斯说。

两人闯荡警界的经历也是一样的。踏进大门，证明自己，你就会被兄弟们接受——就像其他警察一样。是不是女性并不那么重要。“当你刚刚入门时，性别或许是最先被注意到的，”亨德肖特说，“但这个困扰不会再出现，尤其是在你作为巡警确立了一点点自己的地位之后。就是这样。”

她们陶醉于在每间警署、急诊室和新闻编辑室发现的黑暗却有救赎力量的幽默。她们分享犯罪现场和交通事故的细节。她们在一起骂骂咧咧。她们交换恶心的故事：戴着塞满烘干纸的口罩来抵御腐尸的气味，或是在卧底毒品交易时看着一个家伙自慰。

“那人来开门，全身上下只穿了一条黑色短裤，赤裸上身，还戴着一个脚踝监测器。”亨德肖特告诉加尔布雷斯。

“很可爱。”加尔布雷斯说。

“性感的缩影，我告诉你。谁能抗拒这个？”

有时，她们会刻意设法让年轻的男同事不舒服——用一种言语上的戏弄，通常涉及女性身体机能或性器官。

“老实说，有时候看看你能刺激他们到什么程度其实也挺有趣的。”亨德肖特对加尔布雷斯说。

“然后他们就会去找人事部。”加尔布雷斯说。

“也许跑着去。”

两个女人都笑了。

有时，她们的上级担心男同事们会说一些冒犯的话。有一次，加尔布雷斯的上司认为谈话内容过了界，就把她拉到一边，问她能否接受这种聊天。“我就说‘天啊，没问题。是我起的头’。”

当然，她们也有身为女警察要面临的问题。加尔布雷斯总是得把头发扎成一个发髻，以免沾上泥土或血迹。亨德肖特总是找不到地方藏她的手枪。两人都认为自己穿上防弹背心不好看。“一点不迷人。我没法穿可爱的鞋子。这一切都不符合社会对于女性应该如何打扮、行动、思考的要求。”亨德肖特说。

两位女性之间还有另一层关联。警察们往往生活在一个狭隘排外的世界里，大家互相都认识，而且婚姻和友谊都局限于警察队伍内部。亨德肖特的第二任丈夫迈克与加尔布雷斯的第二任丈夫大卫都曾在戈尔登市警察局工作过，而大卫最后到威斯敏斯特市警察局和亨德肖特做了同事。

2011年1月18日，警探们再次相聚于戈尔登市历史老城区内的消防队二楼的房间。屋内集合的人群就能反映出投入此案的力量增强了。FBI、CBI、杰斐逊县地方检察官办公室都派出代表参加了会议。

在一群新面孔中，有一位是FBI丹佛办事处的资深特工乔尼·格鲁辛（Jonny Grusing）。他身材高挑匀称，干练幽默——完美的联邦特工形象。他驻扎丹佛已有15年，对于经常在不同城市之间轮岗的FBI特工来说，这是一段异常漫长的任期。在他职业生涯的大部分时间里，格鲁辛一直主攻银行抢劫案。现在，他被分配到“安全街道”专案组。“9·11”事件之后成立的这个专案组旨在将FBI的技能与当地警察的实地经验结合起来。格鲁辛曾经与在座的大多数机构合作过，屋里的人都了解，他不是那种喜欢对当地警察的调查横插一脚或取而代之的人。“但凡和我们打过交道的部门或辖区都不会对FBI的介入表示抗拒说，‘哦，不，FBI来了’。”格鲁辛说。

格鲁辛的任务是为此次缉捕强奸犯的行动引入一个可能很强大的工具：FBI建立的收录了数千种犯罪信息的数据库，名为暴力犯罪缉捕计划（Violent Criminal Apprehension

Program，简称ViCAP）。设计ViCAP数据库的目的是抓捕连环杀手与连环强奸犯。它的原理在于，被专家称为连环犯的惯犯所呈现的行为模式特征几乎和指纹或DNA片段一样具有独特性。例如，一名连环强奸犯在不同辖区内犯案会使用同一把他最喜欢的刀子。地方调查人员怀疑有连环作案时，他们会将尽可能多的犯罪细节录入ViCAP数据库。然后，FBI分析人员会梳理悬案档案，希望找到匹配的线索。最佳的情形是数据库能将两家机构追查的罪案联系起来，令它们能够在追捕同一罪犯时共享细节。

科罗拉多州这三起强奸案的细节已经由奥罗拉市犯罪分析员道恩·陶勒克森（Dawn Tollakson）输入该数据库。在FBI总部，分析员们已经将陶勒克森的报告与ViCAP数据库中的其他数千份报告进行了比较。现在，格鲁辛拿着比对结果：分析人员发现了一个匹配项。科罗拉多州的袭击者似乎与一名为害堪萨斯大学学生近10年的强奸犯有许多共同点。后者在2000年至2008年期间曾强奸或袭击了13名年轻女性。

堪萨斯的受害女性们说，袭击者是白人男子，年纪大约26至35岁。身高1米75至1米83。他总是在清晨犯案。他骑在女性身上将她们压制在床上。他用约束带绑住她们的手。他穿着深色的衣服，戴着黑色面罩和手套。手里挥舞着一把手枪。

在攻击过程中，他的命令简短而直接。语气很平静。他强迫受害女性进行口交、阴道交和肛交。他随身携带一个包，里面装有润滑剂和一台用来拍摄强奸过程的摄像机。之后，他会命令她们洗澡，以清除她们身上的一切证据。他要求她们洗够20分钟后再离开浴室。

他第一次作案是2000年10月1日。受害人醒来发现他站在房间里。她冲过去想按下紧急按钮，但他用枪指着她的头，迫使她停下来。他显然受到了惊吓，没有强奸该女子就逃跑了。当他转身要跑时给了她一个警告："帮个忙，下次把门锁上。"

2004年7月14日，他又强奸了一名妇女。受害人醒来时发现他在床脚盯着她。他对她说："我有枪，什么都不要说，否则我就杀了你。"他提着一个黑色的包，里面装着K-Y凝胶。完事后，他命令她进浴室。还强迫她刷牙。

最后一名受害人是在感恩节假期被袭，她的室友当时外出度假了。这起案件比之前几起更加暴力。案犯殴打了受害人的脸。他把一只袜子塞进她的嘴里，防止她尖叫。他多次强奸了她。受害人无法提供对嫌犯的描述，因为她被吓得不敢睁眼。

在2008年12月最后一次犯案后，该男子就销声匿迹了。现在格鲁辛提出一个疑问：10个月后在科罗拉多州奥罗拉市重新露面的是不是他？

格鲁辛认为就是此人。

"他已经达到这种熟练程度了。就像打篮球或棒球时，你看得出谁是有经验的，以前打过球。"格鲁辛说。

"我们认为这就是我们要抓的人。"

警探们把赌注押在了ViCAP这个被FBI遗忘得最彻底的项目上。

ViCAP之父是警界传奇皮尔斯·布鲁克斯（Pierce Brooks）。他有一个方方正正的下巴，高高的额头，以及非常严肃的双眼。在他为洛杉矶警察局工作的20年间，参与逮捕了10名死刑犯。他曾担任杰克·韦伯（Jack Webb）的技术顾问，韦伯在美剧《天罗地网》（*Dragnet*）中扮演虚构的乔·弗莱迪警司。布鲁克斯因追捕一对警察杀手而成名，这一行动被作家约瑟夫·瓦姆博（Joseph Wambaugh）记载于1973年的纪实类畅销书《田园劫》（*The Onion Field*）中。“布鲁克斯的想象力令人钦佩，但他的缜密更是传奇。”瓦姆博写道。

1950年代末，布鲁克斯在侦办两起谋杀案。每起案件中都有一名女模特被强奸、杀害，然后被绳索以颇具技巧的方式捆绑。直觉告诉布鲁克斯，凶手可能曾犯下其他谋杀案。随后，他花了一年的时间在当地图书馆翻阅外地的报纸。直到他读到一篇报道，讲述一男子在试图用绳索绑架一名女性时被捕，布鲁克斯把这件案子与手头的案件合并。最终，落网案犯哈维·格拉特曼（Harvey Glatman）被判处死刑，一年后被行刑。

这段经历让布鲁克斯相信，连环杀手往往有自己的“签名”，即他们独特的行为方式，可以帮助警方识别他们。作为数据驱动警务的早期采用者，布鲁克斯意识到，可以建立一个计算机数据库收集全国各地未侦破谋杀案的细节，然后搜索行为匹配项。

布鲁克斯花费若干年四处游说建立这样一个系统，最终引起了国会的兴趣。1983年7月，布鲁克斯在参议院司法委员会向聚精会神的听众们讲述了连环杀手泰德·邦迪（Ted Bundy）的事迹，此人承认在7个州杀害了30名妇女。布鲁克斯说，如果有ViCAP这样的系统就能避免其中许多案件的发生。他向立法者们介绍：“ViCAP实施后将能够杜绝一个长期存在的问题，即当案件涉及若干相距数百甚至数千英里的警察机构时，关键信息会被遗漏、忽视或延误。”在听证会结束后，布鲁克斯收到了委员会的一封信，向该项目提供100万美元资金。

FBI用这笔资金购买了一台绰号为“超级明星”的AVAX

11/985电脑，内存达512千字节——当时被称作“计算机中的凯迪拉克”。这套革命性的计算机系统被安放在弗吉尼亚州匡蒂科FBI国家学院的食堂地底下的防空洞，占据了两层防空洞的大部分空间。地下空间同时还容纳着另一个前卫的项目：行为分析组。这些侧写师们日后会因托马斯·哈里斯（Thomas Harris）所著的《沉默的羔羊》（*The Silence of the Lambs*）而声名鹊起。但当时，基层的FBI特工们都把这个能力未经证实的部门及其ViCAP电脑程序看作一种垃圾工程。他们把这个汇聚心理学家、警察和管理人员的奇葩集合称为“FBI次品”或“麻风病人隔离区”。地下室阴暗发霉，堆满了办公桌、书柜和文件柜。“我们待在比墓穴还深10倍的地底下。”一名特工后来回忆说。

一位名叫阿特·麦斯特（Art Meister）的FBI特工后来对ViCAP系统作出修改，令其也可被用于追捕连环强奸犯。戴着眼镜，一头黑色卷发的麦斯特曾担任康涅狄格州州警。对他来说，这次升级很有意义。研究表明，强奸犯远比杀人犯更有可能成为连环罪犯。研究还发现，有四分之一至三分之二的强奸犯会多次犯下性侵罪行，但只有大约1%的谋杀犯是连环杀手。

等到科罗拉多州一系列强奸案发生时，ViCAP已经收集了大量暴力和奇异犯罪行为——信息之丰富曾吸引研究人员要求访问数据库，以便撰写一篇关于食人俗的学术论文（麦斯特拒绝了他们）。然而，这个项目依旧只能勉力维持，如一个苍白的弃儿，从FBI学院的地下室搬到了弗吉尼亚州乡下一条双车道公路旁的一个小商场里。项目长期资金不足。数据库本身很难用，每次输入一个案件必须填写95处不同的信息字段。这引起了许多不满：警察们蔑视它，因为它产生了太多无效线索。最重要的是，ViCAP已经被FBI的DNA比对系统CODIS超越。ViCAP的行为关联永远无法达到基因匹配的科学确定性，而CODIS的成功纪录是无可争议的。多年来，CODIS已经将超过34.6万起犯罪联系在一起，而1990年代的一次审查发现，在12年内通过ViCAP成功联系起来的犯罪仅有33起。

结果就是ViCAP鲜少被使用。全美大约1.8万个警察机构中只有大约1 400家曾向该数据库输入信息。它每年收集到的强奸案与谋杀案数量远远少于全美案件总量的1%。该数据库是一个悲剧性的没有实现的承诺。强奸案中只有大约一半涉及DNA。对于另一半，如果涉及连环强奸犯戴着某种面具，或以某种奇特的方式说话，或用特殊手法绑绳结等细节，那ViCAP是能够帮助锁定罪犯的最好的、也是唯一的全国性工具。“这种需求至关重要，”国际执法情报分析师协会前主席里奇·马丁内斯（Ritchie Martinez）说，“但ViCAP却无法满足。”

亨德肖特不是电脑专家。但她知道数据就像DNA片段一样，也可以帮助警方锁定罪犯。当加尔布雷斯和格鲁辛在追寻本案与堪萨斯州案件之间的联系时，她则求助于一个本地资源：威斯敏斯特警察局自己的犯罪分析员劳拉·卡罗尔（Laura Carroll）。

同犯罪现场调查员埃利斯一样，卡罗尔也是亨德肖特在威斯敏斯特警察局的宠儿。卡罗尔是偶然进入这个行业的。她读大学时想当老师，但最后却拿到了犯罪学学位。从事执法工作似乎更加有趣。她解释道：“参与抓坏人的过程就是为了做好事。”她并不喜欢佩着枪在街上东奔西走。那样似乎很危险。所以她的头几份工作是文职：在邻近的阿瓦达市做警方记录员，之后在威斯敏斯特市法院做书记员。工作本身并不令人兴奋，但她喜欢那种参与更宏伟事业的感觉。

然后，她发现了自己真正的天赋。她得到威斯敏斯特市警察局交通部门的一份工作，这要求她学习制图和分析软件。她成了犯罪分析员，负责研究长长的一列列数据和电脑绘制的地图。她提醒警察们注意危险的十字路口或司机无视限速的街道。她成了打击犯罪的一员。她喜欢这样。

但这是一份孤独的工作。大多数小警局并没有犯罪分析员，即使是大警局可能也只有两三个人。卡罗尔意识到与其他机构的分析员建立联系的重要性，所以她开始参加科罗拉多州犯罪分析协会的月度会议。会议很简单：一群分析员，以女性居多，每月在不同的机构找间空闲会议室碰面，回顾各自手头的案件和数据模式。但谈话的内容却让人大开眼界。她认为，数据与协作相结合是一个强大的工具。“作为分析师，我们真的在尝试沟通与合作，”卡罗尔说，“毕竟犯罪无边界。”她最终成为该协会的主席。

亨德肖特第一次联系卡罗尔，是为了根据安珀所描述的强奸犯身上的蛋形印记搜寻莎拉强奸案的嫌疑人。亨德肖特认为那可能是一个纹身，而她知道卡罗尔有渠道了解威斯敏斯特监狱收监的每一名罪犯身上的每一个纹身。嫌犯被逮捕后，警察会详细记录每人身上的纹身——它们的大小、形状、颜色，以及在身体上的位置——然后把这些信息输入一个数据库。卡罗尔发现有32人的腿上有纹身，共计124个。其中两人的腿部纹身并不完全是蛋形，但很接近，于是卡罗尔调出更多报告。其中一人的体貌与受害人的描述不符。另一个在莎拉被强奸时正在坐牢。“我们接下来该怎么做？”卡罗尔想知道。

一周后，她的答案来了。她在犯罪分析协会月度例会上列举了这名强奸犯的袭击细节，并问，有人觉得熟悉吗？来自莱克伍德市的一位分析员想起了一个关于入室盗窃的报案电话。一男子趁一名女性睡觉时闯入了她家。他戴着黑色面罩。该女子设法逃脱，而闯入者也逃跑了。卡罗尔想，这值得调查一下。

当卡罗尔第二天早上拿到报告时，她知道自己追踪的方向是正确的。莱克伍德市警探实际上已经把这起事件归类为盗窃未遂**以及**性侵犯未遂。他们的调查并没有什么结果。但当地的犯罪现场调查员确实发现了脚印和手套印。

卡罗尔把报告拿给亨德肖特看，引起了后者的兴趣。安珀公寓外的雪地里也曾发现一个脚印。亨德肖特给埃利斯发了一条信息，问她能否联系莱克伍德市的同行比对一下脚印？

当天下午，埃利斯正在犯罪实验室的办公桌前吃午饭时，收到了一封来自她的老朋友，莱克伍德市某犯罪学家的电子邮件。当手套印和鞋印的图像充满她的屏幕时，埃利斯从座位上跳了起来。她简直不敢相信。她向亨德肖特的隔间跑去。“埃德在哪里？埃德在哪里？”她喊道。被告知亨德肖特正在开会，埃利斯给她发了一条短信。很紧急。

“给我回电。911。”

8 “她说话的方式”

2008年8月12日，星期二

华盛顿州林伍德市

梅森警官还记得前一天见过的这位女性。

当他第一次走进玛丽的公寓时，玛丽正和她一起坐在沙发上。她是玛丽最早求助的人之一。她陪着玛丽一起去了医院。

一天后的现在，这位女性和他一起坐在她舒适的家里——坐落在一条弯曲街道上的单层住宅，周围都是高大的冬青树——并对他说，她疑心有可能是玛丽编造了所有的一切。

梅森的秘密信息来源不是什么给警察打小报告的疏远的朋友，也不是什么怀恨在心的前男友，而是玛丽的养母。

佩吉在当天早些时候联络梅森时表明了自己的身份，但她说希望警探能隐去她的名字。她不想让自己要说的话再传到玛丽耳朵里。梅森曾习惯于毒品调查的秘密性，因此对这个要求感觉很熟悉，并同意替佩吉保密。他不会在关于这通电话的报告中透露她的名字。对于本次面谈，他则根本不会做任何记录。

他们在佩吉的客厅里谈话。佩吉很谨慎地选择了她的措辞。她没有说玛丽在撒谎。她不能这么说。她并不确定。佩吉提供的是一种怀疑，一种感觉，觉得有些不对劲。

佩吉的怀疑并非来自单个源头，而是交织着她在养育玛丽的过程中对她的了解、她前一天看到的情况，以及她从玛丽身边其他人那里听到的情况，根深蒂固又纠缠不清。

佩吉拥有心理健康咨询硕士学位。她早先是一名寄养个案经理，目前在一家流浪者收容所担任儿童权益代言人。往后几年她将在学校担任特殊教育学生的助理。她家里放着一本《精神障碍诊断与统计手册》(*Diagnostic and Statistical Manual of Mental Disorders*，即DSM)，这是由美国精神医学学会出版的厚重的纲要，对精神疾病进行分类，供临床医生和其他人使用。她相信在这本几百页的书里可以找到对应玛丽精神状态的分析——她动荡的过去引起了一些人格障碍，表现为肤浅的人际关系和对戏剧化的热衷。“这也是可以理解的。她的过往，很可能是她一生都不得不寻求关注的原因。”佩吉说。也许是表演型人格障碍？佩吉不能确定。但有些时刻让她感到疑惑。

在玛丽报案的几天前，玛丽和佩吉、佩吉的男友以及当时寄养在佩吉家的小姐妹一起去野餐。“那真是一场好戏，”佩吉说，“我感觉她想从我这里得到更多关注。”佩吉认为也许玛丽是在争宠，在嫉妒新的寄养孩子。而且她担心玛丽不明白她自己给人的印象。“有个家伙一直在观察她，因为她太过张扬轻浮了。我试着和她谈了谈，让她收敛一点，因为‘你现在引起了很多人的注意’，我告诉她。‘首先，这真的令人反感。其次，有个家伙在看着你，你不知道……’”

昨天，当玛丽来电话说她遇袭时，佩吉一直在纠结。她需要认真对待这件事。这点她明白。她也的确这样做了——迅速赶往玛丽的公寓，和第一批警官同时到达。但在去的路上，她一直与另一个念头斗争。“我心里有一个地方在想……她的作风有时候就是非常非常离谱，会说一些引起别人反应的话。这就是她个性的一部分。”甚至电话里玛丽的声音也促成了佩吉的猜测。“她的声音如此之小，让我真的无法分辨，就是听起来并不真实。听起来好像……在某种程度上讲，很戏剧化。就好比‘噢，我的天哪！’”

到达公寓后，佩吉发现玛丽正坐在地板上哭泣。“但太奇怪了，当我坐在她身边听她讲述发生的事情时，我就有了这种非常荒唐的感觉，就仿佛我是《法律与秩序》的忠实粉丝，正在听她给我讲剧情。”一部分原因在于玛丽诉说的内容。为什么强奸犯要用鞋带把她绑起来？这似乎很奇怪。一根鞋带能绑得住人吗？为什么他没有带绳子或手铐？还有一部分原因是玛丽讲述的方式：“她是冷漠的，疏离的。她的情绪与所说的内容是脱节的。”

当玛丽说强奸犯给她拍了照片时，这也令佩吉感到不安。怀疑变成了推测。她担心玛丽是不是以某种方式惹上了麻烦。或许她曾经被人拍下不雅照片，而现在它们将会出现在互联网上，所以玛丽想以这样的方式进行掩饰。

佩吉觉得自己的疑心很可怕。她不愿相信玛丽在撒谎。但不论她的怀疑是什么，当她在玛丽的公寓里时——看着警方忙碌，看着人们安慰玛丽——只觉得自己是唯一心存疑虑的人。

后来她才知道，并非如此。

玛丽的另一位家长，她的寄养大家庭中那位有趣的妈妈香农，则是从听到消息的那一刻起就有所怀疑。

“我记得很清楚，”香农说，“我当时站在阳台上，她打来电话说，‘我被强奸了’。语气非常平淡，没有感情。”

玛丽是在周一离开医院后给香农打的电话。香农问她还好吗，玛丽说是的，她要去朋友家过夜——仅此而已。当香农的丈夫回家后，她向他转述了玛丽的来电，还说，她不知道自己能否相信玛丽。“她说话的方式让我有些怀疑她是否真的被强奸了。就是她说话的语气，毫无波澜，就好似在告诉我她做了一个三明治：‘我刚给自己做了一个鸡肉三明治。’”

以香农的了解，玛丽是个情绪化的人。她知道玛丽爱哭。这种坚忍淡定的态度不符合她的性格。

而且，香农还有另一个更私人的理由让她产生怀疑。

香农不需要想象玛丽的处境，因为她曾经有过相同，或至少很相似的经历。“我儿时曾遭受性虐待，”香农说，“成年后也被性侵过。”当她对人讲述那两次的遭遇时——即使那已经是9年后遇到儿童虐待案件的时候——香农都绝对无法坦然面对。“事发时我歇斯底里，悲痛不已，并且感到羞愧。是的，羞愧。”香农和玛丽是如此相似投缘。那玛丽的表现怎么会如此不同？

在佩吉星期二给梅森打电话之前，她先与香农通了电话——要么是前一天晚上，要么是当天早上。两位家长相互交换了看法。佩吉告诉香农，在玛丽报案前不久，自己曾和玛丽发生过争吵。玛丽有一辆自行车放在佩吉家，她想过来取车，但佩吉拒绝了，说她想休息一下，这引起了玛丽的不满。佩吉对香农说，她不愿意这么想，但或许对于玛丽来说，编造被强奸的故事是为了获得她之前就想得到的关注。

我不知道到底发生了什么，佩吉对香农说，我不能确定……

佩吉，你不是唯一不相信她的人，香农说。

两人琢磨着，玛丽似乎要把这件可怕的事情告诉所有人——她给一个又一个朋友打电话，说“我被强奸了”。她通知的朋友中有些过去对她并不友善，甚至是刻薄的。她没有把这件事当作私事。她并不是选择性地分享。无论是佩吉还是香农都不曾认为玛丽是个骗子——夸大其词，当然有，想要引起注意，当然有——但现在，两人都知道了自己不是唯一怀疑玛丽在编故事的人。

香农的怀疑加深了佩吉的疑虑。反之亦然。

星期二，也就是佩吉联系警方的同一天，香农的疑虑有所升级。玛丽和她楼上的邻居娜塔莉被安置到新的公寓，目的是保护她们，以防强奸犯再回来。所以那天香农去玛丽家帮她收拾东西准备搬家。当香农走进厨房时，玛丽没有和她对视。“这似乎很奇怪，”香农说，“我们总是会拥抱，她会直视你的眼睛。”在卧室里，玛丽显得很随意，没有任何迹象表明她前一天早上曾在那里遭遇强奸。“她就像什么都没发生过一样做着她的事情。”玛丽的一些朋友，还有她在“阶梯计划”的个案经理也来了，然后大家一起出门。“她有点在和那个项目管理者调情。她在草地上打滚，咯咯直乐。就是这样奇怪的举动。”

香农一整天都陪着玛丽，注意到了所有这些似乎不对劲的地方。当天晚上两人去购物时，最关键的事情发生了。由于警察把玛丽的床上用品留作证据，她需要买新的。她们去了玛丽以前购买床上用品的商店，当玛丽找不到和从前那套一模一样的床单床罩时，她大发脾气。这是一整天里香农唯一一次见到玛丽发火——但香农觉得这毫无道理。

为什么你要买同样的床单来提醒自己之前可怕的遭遇？香农问玛丽。

因为我喜欢它们，玛丽说。

香农被玛丽的行为吓坏了，她尝试给危机中心打电话，以便更好地理解一个人被强奸后会有怎样的反应。她在网上找到一个号码，但是打过去没有人接听。

那个星期二，当梅森坐在佩吉家里时，他实际上是在倾听玛丽的两位养母的疑惑。在梅森看来，佩吉显得很真诚，直言不讳。她表达了对玛丽的关心，但觉得有些信息她应该让警方知道。她分享了自己对玛丽性格的看法，也分享了她对那些照片的猜测。

作为玛丽的最后一位寄养妈妈，佩吉自认为很了解玛丽。同样觉得了解玛丽的还有“阶梯计划”的人，正是这个计划培养她独立。该计划的一位经理曾向梅森提及，在报案之前，玛丽一直要求换公寓。经理没有明说“我觉得她在撒谎”“我认为她为了达到自己的目的而编造了整件事”。梅森甚至没有注意到被记录在一份报告中的经理的暗示，说明当时这对他来说意义不大。他把报告塞到一边。现在他把它和佩吉的怀疑联系起来了。分开来看，两者都不值一提，但合在一起，它们就有了分量。

离开佩吉家时，梅森并不清楚玛丽是否在撒谎。但疑问已经在他的心里埋下了。

“这是一个需要回答的问题。”他说。

星期三，玛丽回到林伍德市警察局把她的书面声明交给梅森。她把表格上的24行全都写满了，总共写了大约400字，讲述了强奸的经过以及之后她的行为。

“袭击者走后，我用嘴叼起手机（它就在我脑袋旁边），并试图给乔丹回电话。”

乔丹没有接，玛丽写道。于是她打电话给她的养母。

“等我结束和她的通话后就想办法给自己松绑。我先试了一把厨刀，没有成功，所以就找了把剪刀，这次成功了。”

这段陈述的顺序引起了梅森的注意。这与玛丽之前告诉他的不一致。两天前，当她在医院接受完检查回到警局时，玛丽曾说她先把鞋带剪断，**然后**试着给乔丹打电话，之后又给佩吉打电话。她在书面声明中调换了顺序，说她开始打电话时手还被绑着。

梅森在心里记下了这个前后不一致的情况。他问了玛丽几个问题——关于她和乔丹的关系（前男友，现在是好朋友，玛丽说），关于强奸犯戴的手套（乳胶的，我想，玛丽说）——然后感谢她的到来，并说在调查期间他会和她保持联络。

星期四上午，梅森在乔丹的家中对他进行了询问。那是8月14日，距离报案已经过去了3天。

乔丹告诉梅森他和玛丽的关系。他们已经不再约会，但他们仍然是好朋友。他每周都会在教堂的学习小组里见到她一两次。他们每天都会通电话。他们无话不谈。乔丹还说，袭击发生前他和玛丽的那次深夜通话并没有什么不寻常的地方。

梅森问，玛丽是否曾在星期一早上——袭击发生后——给乔丹打过电话，但无法联系上他。乔丹查看了他的手机，并确认：7点43分的确有一通玛丽的来电他没接到。由此可见，玛丽在7点43分试图联系乔丹，然后致电佩吉，再之后打给她的邻居。她的邻居下楼后在7点55分报了警。

梅森又问，玛丽是否曾告诉乔丹那天早上发生了什么。乔丹说，玛丽告诉他，她是用脚指头拨了他的电话，因为她当时还被绑着。梅森后来在报告中记下了这一点。如果玛丽在星期一的说法是版本1（剪断鞋带，然后打电话），她星期三的说法是版本2（打电话，然后剪断鞋带），那么这次就像是版本2（A）：打电话，然后剪断鞋带，但有一个用脚指头拨号的新细节。

在询问中，乔丹从来没有说过他认为玛丽在被强奸一事上说了谎。梅森甚至没有问起。

星期四下午，梅森打电话问玛丽能否见个面。他说他可以去接她，带她去警察局。

“我有麻烦了吗？”玛丽问他。

梅森不是一个人去接玛丽的。一同前往的还有同事杰里·里特加恩。

梅森告诉里特加恩他已不再信任玛丽。他向里特加恩转述了玛丽的问题：**我有麻烦了吗**？以他的经验，当有人这样问时，他们几乎总是会有麻烦。梅森还提出了其他理由，尽管这些在里特加恩关于他们谈话的报告中语焉不详：“他告诉我，根据随后的询问，以及从（玛丽）、她的养母和她的朋友乔丹那里得到的不一致的说法，他和其他人相信（玛丽）编造了这个故事。”

此时调查的重点已经转移。那天下午梅森和里特加恩将不再把玛丽当作受害者，而是作为嫌疑人来审问。

半个多世纪以来，有一种审讯方法在美国警界一直占主导地位。与性侵取证套盒一样，这种方法也可以追溯到芝加哥，追溯到一位名叫约翰·E.里德（John E. Reid）的警察，他因不使用武力获得嫌犯供述而闻名。里德旨在通过言语、讲述和同情的表达来获取口供，而不是凭借棍棒和电线。他这种能力获得越来越多的认同，以至于他离开了芝加哥警队并开始从事警察培训，向他们传授其审讯技巧，即所谓“里德技巧”。

1962年，里德通过与人合著《刑事审讯与供述》(*Criminal Interrogation and Confessions*)一书，向大众阐述了他的技巧基本原理。从那时起，他的方法开始以迅猛的速度赢得追随者。据记载，培训研讨会“席卷美国、加拿大、墨西哥、欧洲、南美和亚洲”，参加的侦查人员达数十万之众。《连线》杂志的一篇文章指出，这种技巧“成为一种强大的民间智慧，被几代警察所内化”。文章还补充道:“尽管它摆出了科学的姿态，但它几乎没有科学的支持。”梅森和里特加恩都接受过培训。梅森是1994年在俄勒冈州当警察时学习了这种技巧。当时的培训官路易斯·塞内斯(Louis Senese)已有几十年传授“里德技巧”的经验；在为期3天的课程中他强调了一个原则，可用于质疑任何被认为在说谎的人:“永远不要让他们有机会否认。关键是要让他们闭嘴。”

警方的问询是非指控性的，它是一种收集信息的行为；而审问是控诉性的，它是一种说服行为。根据《里德技巧之要点：刑事审讯与供述》(*Essentials of the Reid Technique: Criminal Interrogation and Confessions*)一书:“只有相当确定嫌疑人有罪时，调查人员才会进行审讯。”

运用“里德技巧”的审讯者要使用启发性的问题，并学会如何对回答进行判断。一个最受欢迎的提问是：你认为做这种事的人应该接受怎样的惩罚？答案越是躲躲闪闪——**好吧，这要看情况**——越可能是有罪的。提问者可以运用包括诡计或欺骗在内的手段。探员可能会声称证人说了一些其实没说过的话（**他说他看见是你做的**），或者声称物证显示了一些其实没有显示的东西（**我们在枪上发现了你的指纹**）。这是基于一种假设，即一个无辜的人是不会上钩的。提问者要学会评估言语行为。一个明确的回答？可信的。包含“一般”和“通常”等含糊用词的有所保留的回答？不太可信。不连贯的回答是好的：我/没/做/过。嘟嘟囔囔则不妙，因为这暗示着说谎。

“里德技巧”也非常重视对身体语言的解读。审讯者评估被审讯者的双脚位置、身体姿势和眼神接触。“说谎的嫌疑人一般不会直视侦查员，他们在回答问题时会看着地面、旁边或天花板，仿佛在寻求某种神灵的指引”，《里德技巧之要点》如是说。如果嫌疑人的手伸向脸部——比如说，挡住嘴——也可能是欺骗的信号。“在这种情况下，嫌疑人实际上是通过手指说话，就好像他的手可以凭空抓住自己可能吐出的罪状。”

一旦确信嫌疑人有罪，探员们就要学会终结对话，就像推销员那样。如果嫌疑人开始否认有罪，审讯员就会举起手做一个通用的“停止”手势，或者把头转开表示不感兴趣。《里德技巧之要点》说：“有罪的嫌疑人越是否认参与犯罪，他说实话的可能性就越小。”随后，审讯者给嫌疑人提供一些挽回面子的出路——**伙计，他们付给你那么少的工资，谁会责怪你多拿了点呢？**——这样可以最大限度地降低其道德上的负罪感。至于坦白带来的法律后果，探员们都被教导要避免讨论这个问题：“如果嫌疑人决定说真话，那么提及任何后果或可能的负面影响，从心理学角度来说都是不应该的。”

当嫌疑人坦白的时候呢？探员们会要求嫌疑人提供书面供述。

梅森和里特加恩在玛丽的公寓外找到了坐在草地上的她。当时已是傍晚。他们把她接回警局，将她带入一间会议室。

从梅森后来提交的报告来看，他单刀直入立刻与玛丽对质，告诉她，她的陈述和其他证人的陈述不一致。玛丽并没有当即反驳，至少没有做出探员们心目中说实话的人该有的反驳。她没有“坚决表示自己的确被强奸了”，里特加恩后来写道。玛丽告诉他们，她没有意识到有任何不一致之处。她又把事情的来龙去脉说了一遍，只是这次她说她相信（而不是发誓）强奸的确发生了，她这种表述方式让两位警探都觉得颇能说明问题。

玛丽泪流满面地讲述了她的过去——受虐待、不稳定——以及她现在独自生活的孤独感。

据玛丽后来回忆，审讯的转折点出现在警察说出有两个人对她持有怀疑的时候。

两位警探告诉玛丽，佩吉不相信你的故事。

乔丹也不相信你，他们说。

对玛丽来说，这两个名字都让她感到震惊。她不知道该怎么想。

她问，乔丹为什么要这样说？

但她只得到一个含糊的回复：我不知道。你来告诉我。

里特加恩告诉玛丽，她的说法与证据也并不相符。他告诉她，性侵取证套盒采集的证据无法支持她的故事。他说，他认为是她编造了这个故事——是一时兴起，而非蓄谋已久。在里特加恩看来，玛丽似乎同意他的说法。于是他问她：是否真的有一个逍遥法外的强奸犯需要警方去追捕？

玛丽声音轻柔，目光低垂地回答：没有。

“根据她的回答和肢体语言，很明显，（玛丽）对强奸一事在撒谎。”里特加恩后来写道。

在没有向玛丽宣读米兰达警告——即她有权请律师，她有权保持沉默——的情况下，警探们要求她写下真实情况，承认自己撒了谎，承认自己实际上犯了罪。她同意了，于是他们让她单独呆了一会儿。在表格上，她填写了自己的姓名、地址和社会保障号码。然后她写道：

> 那天晚上，我在电话里和乔丹聊起了他的一天，我们什么都聊。和他通完电话后，我开始思考让我感到压力重重的所有事情，而且我也很害怕独自生活。睡着之后，我就梦见有人闯进来强奸了我。

警探们回来后发现玛丽在声明中把强奸说成是一场梦，而不是谎言。

你为什么不写是你编造了整件事？里特加恩问道。

玛丽哭着说，她相信强奸真的发生过。

我们已经讨论过了，里特加恩对她说，你已经承认强奸犯并不存在。

玛丽捶着桌子说她“相当肯定”强奸案曾经发生过。

梅森不知道该如何解读。攥紧的拳头。有所保留的回答。这是两种完全不同的信号。

相当肯定还是确实肯定？里特加恩问玛丽。

也许强奸的确发生过，却被我从记忆中抹去了。玛丽说。

你认为对于在这种事情上撒谎的人该如何处理？里特加恩问玛丽。

我应该接受心理辅导。玛丽说。

梅森又回到证据上。他告诉玛丽，关于她给乔丹打电话一事，她的描述与乔丹所说的不同。玛丽双手放在脸上，目光低垂。然后“她的眼珠来回转动，仿佛在想对策”，里特加恩后来写道。

警探们又回到她之前所说的——关于焦虑，关于孤独——最终，玛丽似乎放松下来。她停止了哭泣。她甚至还笑了一下。她道了歉，并同意再写一份声明，这无疑表明她的故事是个谎言。

> 我的生活面临很多压力，我想和别人一起出去消遣，但是找不到能陪我的人，所以我就编了这个故事，没有想到事情会发展到如此地步……变成了一件大事……我不知道为什么我没能做些不同的事情。这些原本都不应该发生。

这份陈述令警探们满意了。“根据我们（对玛丽）的询问，以及梅森警司在部分陈述中发现的前后矛盾，我们确信（玛丽）现在说的是实话，她并没有被强奸。”里特加恩后来写道。

玛丽感觉问话似乎已经持续了好几个小时。她做了她面对压力时总是会做的事。按她的话说就是“关掉开关”，压抑那些她不知道如何应付的情绪。在她承认编造故事之前，她无法直视那两位男性警探的眼睛。承认之后就可以了。承认之后她还笑了。她进卫生间洗漱了一番。关掉开关是一种解脱，而且能让她离开。

至于梅森，他在有人见证的情况下得到一份签了名的书面认罪书。他认为这个案子已经了结。

星期五，担惊受怕的玛丽给她在“阶梯计划”的个案经理打电话。她告诉韦恩，前一天她曾经和警察谈过——警察不相信她，他们不相信她被强奸了。她不想在电话里谈论更多细节，而是更愿意当面谈。不过她还提及想请一位律师。

他们结束通话后，韦恩给“阶梯计划”另一位主管亚娜打了电话。后者建议他直接联系梅森警司。

韦恩听从了她的建议。他致电梅森警司，对方告诉他，证据不支持玛丽的说法。梅森还告诉韦恩，玛丽已经签署了一份书面声明，承认自己编造了整件事。

韦恩把这些消息告诉了亚娜，并建议她也亲自给梅森打电话。她照办了。之后，亚娜告诉韦恩，让玛丽周末同她的朋友们呆在一起。他们会在星期一处理这件事。

在与警察对峙之后，玛丽还给另外两个人打了电话，想了解发生了什么事。

她问乔丹，你不相信我吗？

你在说什么？乔丹回答说。你到底在说什么？我当然相信你。

警探们不是这么说的。

我当然相信你。你知道的。

当玛丽给佩吉打电话时，她得到了不同的答案。佩吉说，是的，她对玛丽的说法有疑虑。佩吉说，报案当天早上玛丽给她打电话时，第一句话不是“我刚刚被强奸了”，而是“我刚刚被抢劫了”。玛丽不记得自己说过这句话。但她的钱包当时被扔在地板上。玛丽认为她可能说过什么关于她的学车许可证或钱包的话。佩吉还提起了关于自行车的争执，以及当佩吉想要安静时光的时候玛丽是如何发脾气的。也许编造这个故事是玛丽的一种反击方式。

玛丽觉得难以置信。**她认为我仅仅因为这些就编造了一个被强奸的故事？**

8月18日，星期一，亚娜和韦恩在玛丽的新公寓里见到了她。新公寓就在她原先住处的马路对面。此时距离玛丽报案已经过去一个星期。

亚娜陈述了梅森警司告诉他们的情况，即玛丽已经撤销报案的事。玛丽告诉亚娜自己是被胁迫的。警察们将她扣留在警局那么久，她签了那份声明只是为了能够离开那里。

那么确实有个强奸犯需要警方追缉吗？亚娜问道。

是的。玛丽说。

那你得向警察说明情况，亚娜告诉她。

韦恩并不相信玛丽——后来他在案例笔记中也是如此记录的。听完警方对证据的描述后，韦恩已经确信玛丽没有遭遇袭击。他告诉她，如果她对警察谎报被强奸，她就是在做虚假陈述。那是一种犯罪，并足以令她被踢出“阶梯计划”。那她就将失去她的住处。

然而玛丽没有退缩。于是，三人一起出发前往警局，让玛丽撤销那份承认自己报假案的声明，并告诉警探们，她第一次说的才是实话。

到了警察局他们得知梅森当天不在，但里特加恩在。里特加恩需要一名警官陪他一起询问玛丽，所以他找来了领导侵害人身罪小组的罗德尼·孔海姆（Rodney Cohnheim）警司。玛丽报案时，孔海姆正在达拉斯参加一个培训研讨会。里特加恩向他介绍了案情，以及4天前玛丽承认报假案一事。然后，两位警探把玛丽带到楼上的会议室，而亚娜与韦恩留在了楼下。

玛丽告诉里特加恩，她真的遭遇了袭击，强奸犯不是她编造的。她开始哭泣，说她总是想起被他压制的场景。

里特加恩不为所动。后来，他在书面报告中复述玛丽的话时会给代表强奸犯的“他”字加上引号。

里特加恩说，他们已经讨论过这个问题了。玛丽已经承认自己不想孤单一人。她已经承认撒了谎。她已经承认曾伪造证据。

玛丽说，我愿意接受测谎检查。

如果你不能通过测谎检查，我就把你送进监狱，里特加恩对她说。

这个威胁震慑了玛丽。心烦意乱的她再次退缩。她说，或许她是被催眠了才会相信自己被强奸了。

里特加恩觉得这太过分了。他后来在报告中写道：这是玛丽想出的“第4个荒诞说法”，她被强奸了，她失去了意识，她做梦了，她被催眠了。他告诉玛丽，如果警方给她戴上测谎仪，提问不会是：你做梦了吗？你失忆了吗？你被催眠了吗？而是会问：你被强奸了吗？里特加恩说，如果她回答的是谎言，他不仅会把她送进监狱，还将建议“阶梯计划”取消对她的住房援助。

再一次的，玛丽打了退堂鼓。

她说她的确撒谎了。

警察把她带下楼。韦恩和亚娜在那里等着她。

其中一人问道：

你被强奸了吗？

当周晚些时候，华盛顿州“犯罪受害者补偿计划”联络林伍德市警察局，要求提供有关玛丽案件的信息，包括报案报告、后续报告以及任何可能有助于确定玛丽是否符合补偿条件的材料。“犯罪受害者补偿计划的目的是尽可能快地为符合条件的犯罪受害人提供福利，从而避免他们陷入进一步的困难和痛苦。”信中说。该计划涵盖了从心理健康咨询费到医疗费用与工资损失等一切费用。

8月25日，即玛丽报案两周之后，林伍德警方打电话给补偿计划的执法记录协调员，让她不必在意玛丽的案件，因为这是一起虚假报案。玛丽不是强奸受害人，她是一个谎称被强奸的女人。

对玛丽而言，这两周时间就好像卷入了一个漩涡。在撤回报案之前她已经辞去了在开市客的工作，因为她无法站在那里看着人来人往，自己却神游天外。她也曾试过回去上了一两天班，向购物者提供免费的食物样品。但后来还是决定回家，说她不会再回去了。

在她承认报假案之后，她的损失越来越大。她想要的正常生活——获得自由，摆脱划分青少年与成年人的规则——逐渐远去。“阶梯计划”给她规定了每晚9点的宵禁时间，并要求她与工作人员见面的次数增加一倍。

乔丹和玛丽坐在她家门廊上，听着玛丽的朋友和老同学们接二连三打来电话。电话每响一次，她就哭得更厉害。她知道他们为什么来电。他们是要告诉她，他们不相信她，而且不明白她为什么要这样做。

当警方宣布玛丽已经撤销报案后，她高中时最好的朋友——教她摄影，为她润色从海浪中浮出水面的照片的那个朋友——专门创建了一个网页曝光玛丽与此事。警方并没有透露玛丽的姓名。但她朋友却在网页上公布了出来。她甚至贴出一张玛丽的照片，是从玛丽的聚友网页面复制来的。当玛丽发现这个网页时，她情绪失控，把公寓弄得一团糟。她告知了佩吉，于是两人一起去找那位朋友。

你为什么要这么做？玛丽想知道。

我不知道为什么这样做。朋友如此回答。

那位朋友当场就撤下了网页。但玛丽离开时还是和来时一样生气。她想要的是一个最起码直接的答案，而不是什么**我不知道为什么这样做**。“自此以后我们再也不是朋友了，”玛丽说，“真正的朋友不会这样对你。”

玛丽感觉，事情的余波似乎无穷无尽。最令她痛苦的也许是香农带来的决定。一直以来，香农的家都曾经是玛丽逃避或喘息的场所。她们俩会去树林里散步或者去划船，然后晚上在香农家留宿。现在，香农的丈夫担心自己会成为被冤枉的对象，因此决定最好不再留玛丽过夜。如果她能编造一次，有什么能阻止她再次编造呢？“当你成为养父母的时候，你就会面临这样的风险。”香农说。

最终还得由香农来宣布这个决定：玛丽可以来家里玩，但不能再留宿。宣布这件事令香农十分难过，听到消息的玛丽更是心碎万分。

在8月结束之前，玛丽收到一封信。

拆开信的那一刻，她意识到她的旋涡还没有结束。她已经失去了那么多，但还将失去更多。

9 内心阴影

科罗拉多州莱克伍德市

2009年6月24日，他签订租约，租下科罗拉多州莱克伍德市哈兰街65号。他和玛莎将在这栋两室两卫的房子里开始新生活。这栋低矮的建筑有灰色护墙板和低矮的铁丝网，它坐落在一条繁忙的街道上，半个街区以外有一座加油站、一家汽修厂和一家肉食店。夏天有枝繁叶茂的大树遮盖着屋顶。周围的社区比较破旧，都是小房子和四四方方的公寓楼。新居的租金是每月1 150美元。

这次搬家或许能令他的生活回到正轨。他的母亲和继父就住在附近。还有他的姐姐，她在丹佛市一家流浪汉收容所工作。他开始和高中的老朋友们交往，大家一起打台球、弹吉他。玛莎在橄榄园餐厅找了一份当服务员的全职工作。他开始在24小时健身中心锻炼。他们很宠爱自己养的沙皮狗阿里亚斯。他们去金·苏泊斯超市购物。他们计划要一个孩子。

但他内心的野兽不肯停止。它有自己的节奏——他称之为周期。有时候连续几个星期、几个月，他都感觉自己是正常的，行为也很正常。他会去健身房举铁。与父母共进晚餐。带他的狗去看兽医。但平静期从来不会持续太久。怪物会积聚力量。那种对控制、征服的欲望会在他内心升腾。于是他的夜晚就变成寻宝游戏，开着他的卡车或者步行在附近转悠几个小时，窥视别人家，侦察公寓楼。等达到周期的顶点，他就会找个目标破门而入，犯下强奸案。“我在正常人和强奸犯之间的转换绝对是有明确的节奏的。”他说。

他并非每次都能得手。有天晚上，在熬了几个星期之后，他撬开了科罗拉多州戈尔登市一位女性家的窗户。固定窗户的铁栏杆哗啦啦地掉在地上。他趁她报警时逃之夭夭。还有一次，他“过度侦察”了科罗拉多州利特尔顿市一位离异母亲的家。有天晚上她打开后门放猫时发现他潜伏在后院里。“你快走!”她大喊。等几周后他悄悄再来的时候，发现她已经安装了警报系统。

他在强奸方面还是生手。他从每一次失败中吸取教训。他发现可以从聚友网上获得有用的情报。他在该网站搜索女性的资料，寻找较年长的独居女性。这样的女人是不错的猎物，他想。

他就是这样找到多丽丝的。个人资料显示她已经65岁。单身。独自一人住在一个有26户人家的小型社区里，紧邻奥罗拉市一条繁忙的马路。在她家后面有一片公寓楼群，是一排排长长的两层楼建筑。一条小巷从几排楼中间穿过。他会蹲在一堵隔开小巷与多丽丝家后院的低矮的砖墙后面，从那里窥伺多丽丝。

她不常回这个地方，主要是在周末回来。有一次他偷偷溜到她家门口，在门垫下发现了一把钥匙。他想她是把它留给邻居应急的。这完全不出他所料。他去五金店复制了钥匙，然后把原件放回垫子下，神不知鬼不觉。他不请自入，在房子里检查了一遍，确保她家里没有枪。“世事难料，不得不防。”他提醒自己。他知道了她的名字，以及她睡哪间卧室。

2009年10月4日，他强奸了多丽丝。她对他家庭情况的询问，以及她恳求他寻求帮助的话语都困扰着他。因此他比原计划提早结束了攻击。离开时他带走了她的一条内裤，藏在一个黑色的15瓦卡瑞尔牌吉他音箱的背面。他把它放在哈兰街65号的卧室里。那是一件战利品。

玛莎开始让他心烦。虽然在他结束深夜跟踪回到家时，她不会问太多问题，但他总是不得不编些理由解释。或者是在外面喝酒，或者是和高中伙伴一起外出。他想要彻彻底底的自由。目前这样还不是。2月的一个晚上，他告诉她：“我想单身。我想一个人待着。”

玛莎努力挽救这段婚姻。她给了他空间，自己飞到佐治亚州和他们在韩国认识的一位朋友住在一起。一个月后等她回家时，发现沙发的坐垫间塞着一条黑色的蕾丝内裤。她很生气地质问他。他告诉她真相：他趁她不在期间和另一个女人发生了关系。

他只是不想再继续与她的婚姻了。

玛莎留下又呆了一个月。她之前做服务员的收入都用来养活他了。她需要攒够钱才能离开。他们商定了分居条件。那辆2004年产的白色克莱斯勒赛百灵归她。他则可以留着那条狗，阿里亚斯，以及另一辆车——1993年产的白色马自达皮卡。

这样分配让他很不满意。赛百灵是一辆看着无害的中型轿车。它停在居民区的街道上不会引起任何人怀疑。但他那辆破旧的皮卡呢？它的里程数已经超过28.6万公里了，前排座椅露出大块的黄色填充物，右侧的后视镜坏了，后面车斗里全是旧木屑。这辆车看起来怪模怪样的。

“这卡车有点显眼。”他心想。

2010年4月16日，玛莎驾驶赛百灵返回了佐治亚州。

他自由了。

他报名就读莱克伍德市的红石社区学院，这是一所走读生学校，坐落于6号公路上方的一座低矮山脊上。学生们从环绕着低矮校园建筑的广阔停车场走来，就能听到从这条穿越市中心的四车道高速公路传来的持续的嘈杂声。但在四周都是煤渣砖墙并配有荧光灯的教室内听不见噪音。红石并没有自诩为精英学校，但它能够提供的资源对于一个高中学历的退伍军人来说已经足够。他自认为是个聪明人，但没有接受过高等教育。他告诉教授们，他从来没有读过比网页更长的材料。

作为一个深受新的知识视野吸引的新生，他一头扎进学校的文科课程中。他选修了历史、人类学、哲学——一切能解释人类心理的课程。他拜读了天主教神学家托马斯·阿奎纳和苏格兰怀疑论者大卫·休谟、政治理论家约翰·穆勒和德国伦理学家伊曼努尔·康德，以及法国存在主义代表人物让-保罗·萨特和美国语言学家艾弗拉姆·诺姆·乔姆斯基的著作。他积累了几大本阅读笔记，足足几百页，就散放在哈兰街65号后屋的桌子上。他计划主修心理学。

他并非全盘相信红石的教授们教给他的一切。其中有些理论似乎对世界的真实运作方式一无所知。但他喜欢发现新事物——关于宇宙、认识论，还有他自己。他给老师和同学们都留下了深刻的印象。一位曾在心理学课上与他合作项目的女生对他的评价是“非常聪明，很可能是班里最好的学生”。

他告诉教他英语122课程的教授，上学是一个重新定义自己的机会。他正在努力写一些宏伟的东西。但他需要帮助：

> 当我反思自己以前的作品，发现它们是那么索然无味而语无伦次，不禁有些难为情。最近，我被伟大的作家们折服，我只希望有一天，我能达到我最崇拜的作家们一半的水平。

人类学101课程为他提供了与社会和权力抗争的机会。据他观察，不露面的、有权势的实体对大众的统治无处不在。在一次考试中，他抨击了资本主义。

> 媒体、教育系统和几乎所有的机构都教导我们，物质“财富”是重要的，在许多情况下，对我们的生存“至关重要”。正因为如此，所有的制度，不论是生存、社会、经济还是政治制度，无论好坏，都围绕着“万能的”美元。

然而，讲授哲学导论的梅琳达·怀尔丁（Melinda Wilding）教授令他真正有机会了解他生命中最神秘的东西：内心的怪物。他对人的二元性一知半解。他认为每个人都有两面性，一面是公开的，一面是私下的。这个想法是一种有用的哲学。它帮助他理解——虽然不能原谅——他自己的挣扎。怀尔丁教授引领他接触到一位更深谙人类心理的大师——瑞士分析心理学家卡尔·荣格——的著作。这位热切的学生认为，这才是一个真正了解世界的人。

荣格向现代世界介绍了原型的概念，即从他所谓的“集体无意识”中生长出来的全人类共有的普遍心理结构。它们是关于人、情境和概念的抽象形式，在心灵最深处产生共鸣。例如，神话贩卖的就是原型：它们讲述关于战士、骗子和智者的故事。荣格将其中一个最重要的原型称为“阴影”——一个存在于所有人身上的黑暗内心，但常常被有意识的自我所隐藏或否认。荣格认为，通往自我实现的道路涉及直面阴影：承认它的存在，但不接受它邪恶的目的。

荣格在其1938年的经典之作《心理学与宗教》(*Psychology and Religion*)中描述了“阴影”，以及忽视它可能带来的灾难性影响。

> 不幸的是，毫无疑问，人总体而言不及他自己想象的或想成为的那么好。每个人都带着阴影，它在个人的意识生活中体现得越少，就越黑越浓。如果自觉有了自卑，人总是有机会纠正它。而且，它不断地与其他利益接触，所以它不断地受到修改。但如果它被压抑，与意识隔绝，就永远得不到纠正，容易在不知不觉中突然爆发。

荣格的认识论在对他高歌。他想，就是这样。**被压抑的。孤立的。容易迸发出来。**

他有一个新的计划。他要竭尽所能地了解关于怪物的一切。

怀尔丁给全班布置了一篇论文题目：你生命中的阴影是什么？他在论文的开头解释了“9·11”事件后，拥有自由主义政治信仰的自己是如何决定参军的。他写道，军队点燃了他的“战士心态”。但当他退役后，他发现了一个让他吃惊的事实。

> 我意识到，开启“战士心态”远比关闭它容易得多。“过去的我”会说，我被军队洗脑了。然而，“现在的我”明白，我和以前一样，都是一个自由的思考者；甚至可能更自由。在许多方面，我觉得“战士心态”增强了我的人格、我的个性以及我生活中无数其他方面。然而，我开始发现，这种“能量”并不总是以最积极的方式显现出来。

他并不打算真正解释自己的阴影——它的黑暗程度，它控制他的方式——而只是提到它让他一直被蒙在鼓里。“就像所有个人的阴影一样，极难辨别出负面的东西，在某些方面，我甚至被愚弄了很久，相信那些负面的东西其实是正面的。”他写道。

他想让怀尔丁知道：他已经开始同他的阴影战斗。他希望能赢。但他没有把握。

> 和荣格一样，我不相信一个人可以完全扑灭自己的阴影。相反，最好的办法是对自身负起百分之百的责任，并将自己的阴影融入我们的意识中。显然，这是一个艰难的过程，它不会在一夜之间发生。但是，一旦我们尝试开始质疑并且拒绝“我们的意识思想和自我总是处于控制地位而又总是正确的”这样的想法，这个过程就会变得更容易。有时候，有必要质疑内心的权威。

怀尔丁批评他没有提供关于他个人阴影的细节。“这是这项作业的要求，但我尊重你拒绝的权利。”她写道。在他关于质疑“内心的权威”的最后一句话下面，她潦草地写着“为什么？什么时候？”她希望他能回答这些问题。她给他的论文打了8.7

分，满分是10分。

怀尔丁发现她的新学生对学习很有兴趣也很迫切。他比班上大多数人年长，但他很聪明也很投入，积极参与对话。

多年后，当她发现他的所作所为之时，她对自己给他上过的课产生了疑问。她认为他在课堂上表现得“聪明而有见地”。他是那种社区大学哲学课堂上并不常见的学生——“对学习似乎很有兴趣”。但是她有没有帮助他洞悉自己是谁？还是仅仅让他找到一个用博学的现代主义理论包裹的借口来为自己的行为开脱？

“我个人的看法是，引用荣格的原型概念是他转移罪恶感的一种方式，”她说，“或者，这种手法可以衬托出他对是非之分的认识——自始至终，他的行动都是出于对女性、她们的恐惧以及她们的身体的掠夺欲望。”

支付学费对他来说并非难事。退役军人的身份令他有资格享受《退伍军人权利法案》规定的福利。每学期，退役军人福利管理局给红石寄去3 834.35美元的学杂费。每个月，该机构还会寄给他一张1 531美元的房租支票。这个数额是根据住房公式计算出来的，高于哈兰街65号的租金。另外，美国政府还替他报销健身费用、偶尔在猫头鹰餐厅用餐的费用，以及在流行的网络游戏《魔兽世界》的注册费用。

当他需要更多的钱时，就会转而利用他的阴影。

多年来，他一直在网络色情的最黑暗角落里寻找解脱。他沉迷于有关捆绑和性虐待的色情片；以强奸为主题的色情片；关于年长女性的色情片；关于少女的色情片；关于极度营养不良的女性的色情片，她们的骨头在皮肤下支棱着，就像是饥荒受害者。他所追逐的是亵渎神灵的，下作的，淫秽的。他电脑屏幕上播放的图像越来越暴力，并且与现实脱节。他不断地自慰。对色情作品的搜寻吞噬了他。他称其为一种“瘾”。

他的习惯无助于满足怪物。但他想出了一个让它产生回报的办法。他开始创建自己的色情网站。

夜晚，他会溜进哈兰街65号的后屋开始工作。他告诉妻子和朋友们，他是一名网页设计师。但实际上，他只是在互联网上搜索新的淫秽图片和视频，然后将它们发布到自己的网站上，并附上原始来源网站的链接。当有人访问他的网站，点击链接前往原始网站时，他就能获得少量佣金。这就是联属网络营销，最基本的互联网商业模式之一。每个月，他都会收到一家德国公司开出的支票，这家公司是他和联属网站之间的中介。这些钱以欧元汇入他在博尔德县高地信用社的银行账户。支票涓涓而来，有一个月是520.57美元，另一个月是355.78美元。

他开始期盼更多。他在书桌上的一张纸上写下了一个“计划”。他的目标是把他较受欢迎的网站之一anilos.com的收入提高到每月1 000美元，这个网站的特色是老年妇女。他希望从一个联属网络获得的流量能达到每月2 000美元的稳定水平。他的策略是：以每周一个的速度建立更多新的小众色情网站，以寻找额外的收入来源。通过迎合更多隐晦的变态兴趣，他可以赚到真金白银。

在聚友网上，他将自己的职业登记为“色情作品制作者”。他收集了超过170万份色情图片和视频，有的供他私人使用，有的发布于网站上。他把它们存储在后屋的电脑硬盘上。他下载了一个名为TrueCrypt的免费软件程序，用数学上复杂的算法对文件进行加密。世界上最优秀的黑客——包括FBI和国家安全局的黑客——都认为TrueCrypt的技术几近无法破解。当年入伍时参加兵种倾向度测试，他的成绩已经表明他有通过学习成为密码学专家的潜力。现在，他已经是一名密码专家了。

他建立了数十个网站，旨在吸引同类。其中有几个是他的主要生财工具：skinnyteen.net，abusedteenwhores.com，grannypanties.net，以及hotteachsex.net。其他有一些迎合了强奸爱好者的兴趣，还有一些网站则以乱伦为主题。这些网站上的女性都被摆出怪异的姿势——被堵住嘴，被羞辱。头发花白的年长女性躺在床上，或与年轻男人发生性关系。还有一些是为恋童癖创建的网站。有一个网站，thinfetish.com，是专为吸引那些会被病态消瘦激起性兴奋的人。

但材料永远不够。为了保持资金的流动，他必须不断寻找新鲜的图片增添到他的网站巢穴中。新素材不仅吸引新的客户，也让老客户回头。他曾对一位朋友说，他已经厌倦了“低俗”的色情片。

他想要更正宗的素材。更真实的内容。尽可能真实。

在玛莎搬去佐治亚州一个月后，他就迷上了现代恋爱方式——网络约会。与往常一样，他依旧有备而来。他后屋的架子上摆满了现代搭讪指南。他是尼尔·史特劳斯（Neil Strauss）的大作《把妹达人》（*The Game: Penetrating the Secret Society of Pickup Artists*），以及艾瑞克·冯·马可维克（Erik von Markovik）所著《谜男方法》（*The Mystery Method: How to Get Beautiful Women into Bed*）的拥趸。这两本书都描述了受挫的拙男（average frustrated chumps，简称AFCs）如何脱胎换骨，成为无法抗拒的把妹达人（pickup artists，简称PUAs），从而能够和任何超级辣妹（super hot babe，简称SHB）上床。书中揭示了一些秘密社团，经验丰富的登徒子们（Lotharios）聚集在那里交换诱惑技巧。例如“Tic Tac糖”套路（给她一颗薄荷糖，再表示自己是一个索取回报的“印第安送礼人”，然后亲吻她）；“烘干机棉絮”开场白（手中暗藏一块烘干机棉絮进入酒吧，假装从她的肩头捡起棉絮，然后问：“那东西在那里多久了？”）；以及夜光项链的好处（能更好地“孔雀开屏”，吸引别人的注意）。

在PUA的世界里，女性是“目标”。这些书里还包含一些脚本来帮助PUA实现“全垒打”。有的专注于言语上的攻势，称为“打压”。例如：

> 如果你的目标打断了你，就说：“你好，我在说话，天哪。”或者“抱歉……可以让我先把话说完吗？”然后你对在场的其他人说：“她总是这样吗？”再俏皮地翻翻白眼。

换句话说，把SHB降低一个档次，这可能会让她感到困惑，从而对你产生兴趣。这是实用心理学。

为了搜寻目标，他在OkCupid和其他在线交友网站上四处寻觅。他浏览了丹佛市分类广告网站Craigslist的“偶遇”版块——那里的帖子大多数来自男性，充斥着男性生殖器图片、业余色情作品和对性爱的原始渴望。当有女性贴出寻找晚餐约会的广告时，他会用关于自己平淡生活的笑话来回应。

> 原本打算今晚待在家里看书（我知道，很刺激），但我决定浏览一下Craigslist，然后就看见你的帖子，觉得出去

喝几杯可能会很有趣。

我的个人情况：

32岁

1米88，100公斤

离异

读书多，旅行多，自信，幽默，善于交谈。

没什么期待。只是想出去玩玩。

不抽烟，不吸毒。

发帖的女性是一位业余摄影师。他告诉她，他对摄影挺有兴趣。“我有一台佳能Rebel xTi，但我技术很烂，哈哈！或许你可以给我一些指点。”他以一个笑脸符号结束。

也有些女性觉得他很危险。他对一位28岁的丹佛女子说，他偏好身材娇小、着装性感、化着浓妆的女孩。他告诉她，“每个女孩都有被强奸的幻想”。当一位31岁的约会对象告诉他，她喜欢市中心一家名为“避难所”的虐恋俱乐部时，他嗤之以鼻。该俱乐部会举办性爱派对，让男男女女进行有界限的施虐受虐活动。现场由一位“地下城主”控制暴力的程度，并要求每位参加者准备一个安全口令，说出口令就能立刻阻止让自己觉得不舒服的行为。放血和吃大便是被禁止的。“俱乐部里这些人根本不懂什么是控制。”他告诉她。

但是他懂。这也正是促使他寻找女人的原因。他说：“我能感觉到她们的存在。我会抓住一个女孩的后颈或头发。如果她们有反应，我就知道了。”这是一个他能支配的女人。他让那些约会者穿上高跟鞋，涂上艳丽的口红。有时，她们求他满足她们被强奸的幻想。他喜欢粗暴的性爱。“我喜欢羞辱，主要是贬低她们的人格。”他说。但这些总是两厢情愿的。“我对女孩们都很尊重。我从来不虐待她们——好吧，除非是以她们想要的方式。”

不过这些性虐接触并没有让他满足。他已经了解了这些女人。她们不再是目标。她们是真实的人。“我可以和一个女人做各种疯狂的事情，一个我很喜欢的、好看的、有吸引力的、聪明的女人，但这也是一种麻烦。”他说，“我喜欢她们，我了解她们。不管出于什么原因，这都让我兴趣大减。我就是没法从中获得与强奸同样的感觉。”

然后，有一天他在浏览OkCupid时发现了一个叫艾米的女子。她33岁，在丹佛中南部一家滥交者俱乐部当女招待。深色的头发和直刘海衬托着一张圆圆的脸蛋，还有一双富有表情的大眼睛。她工作时穿一套女学生装或比基尼。在她的个人资料中列出三个词形容自己:“狡猾”“好奇”“古怪”。

是我想要的那种女孩，他想。他给她发信息:“我必须知道你怎么个古怪法。”

第一次约会他去她家接她。他们去一家酒吧打台球。她形容他是位“完美的绅士”，迷人又机智。他在OkCupid上留下了对她的好评:“她不仅美艳动人，而且非常老练，思维速度很快。”

“你是世界上为数不多能与我产生共鸣的人之一。”他在给她的信息中写道。

他们约会的时间不长。但他们一直保持着联系。她有睡眠障碍。他为了维护他的色情网站会工作到很晚。他们会整夜交换电子邮件和短信。他把艾米当成了黑暗中的朋友。

她曾经告诉他一件在她的公寓楼里发生的事。她走在走廊上时，一个男人跳出来想抓住她。她挣脱了。“那个人最终会回来的。他还不够老练。他会回来的，会成功的。”他告诉她。在不同的情况下，这人甚至可能是他。“唯一阻止我成为那个家伙的就是我的家人和我的生活。”他说。

他告诉她，他是一个虐待狂，而且想拥有多名性伴侣。他吹嘘他的色情网站。他描述了关于暴力的、有辱人格的性幻想。他说女人都是受虐狂，希望男人伤害和控制她们。他告诉她，有些女人喜欢被强奸。“有些女人喜欢做爱带来满身伤痕，因为她们喜欢从中赚取同情。”他说。

有时，他会运用从泡妞书中学到的技巧。有一次，当艾米没有尽快回复时，他就在脸书上给她发了一条消息：“如果你愿意谈，我会把我的脸书页面保留一段时间。如果不愿意，那就去找一堆书托着个墙壁插座供电的巨大振动器满足你自己吧，这些书你可能从来没有读过。”一次很好的“打压”——打她个措手不及，然后用另一条透露着情感和理解的信息结尾：“当我们在一起的时候，我告诉过你，我感觉生活中好像少了点什么。我终于开始摸索到事情的实质。这很复杂。但话说回来，像我们这样的人都是复杂的存在。比你意识到的要复杂得多。”他写道。

2010年8月，他开始与28岁的丹佛女孩卡拉约会。有一天，他带她去了绿山枪械，这是一家小型购物中心里的家族商店。他向她展示了一把他希望购买的手枪：一把小巧的黑银色的点三八口径鲁格尔手枪。

当月晚些时候，8月10日，他强奸了莎拉。离开莎拉的公寓后，他把自己和玛莎的结婚戒指当了。他又去机动车管理局领取了新的驾照。最后一站他去了绿山枪械，用他的新驾照——加上328.13美元现金，其中包括从莎拉那里偷来的200美元以及当戒指所得——买下了那把鲁格尔手枪。

回到家后，他把莎拉的内裤藏在卧室里的黑色吉他音箱里。

他把新枪的照片通过短信发给卡拉。

他有两件战利品了。

2010年10月，他找了个新室友来帮忙付账：他的弟弟迈克尔。任何见到他们的人都能看出他们是亲戚。他32岁，体重100公斤，身高1米88，金发，浅褐色的眼睛。迈克尔30岁，体重105公斤，身高也是1米88，沙金色的头发，绿色的眼睛。他们有时候会被误认为是同一个人。

但外表的相似掩盖了内心深处的不同。他们是一家人。但他们并不亲密。

有时他觉得迈克尔很烦人。迈克尔喜欢运动，崇拜田纳西泰坦队，在房间里挂着一面巨大的田纳西州橄榄球队的旗帜，并且每天至少去后屋一次，查看他喜爱的橄榄球队和篮球队的情况。他试图提醒迈克尔：职业体育是给那些心智薄弱的人准备的。它们是在浪费时间，“是为了愚民”。

这就是问题所在。迈克尔是一个传统的家伙。他高中毕业后去参军。退伍后想去大学打篮球。他在约克学院找到了出路，这是内布拉斯加州东南部平原小镇上的一所小型基督教学校。毕业后，他发现自己的商业学位没什么用，于是就搬回科罗拉多州，靠配送家具养活自己。他决定把自己的未来寄托在普通人最平凡的工作上：他在丹佛入读了艾米丽·格里菲斯技术学院的理发学校。这就是他对自己的看法：只是一个普通的男人。他有一个稳定的女朋友，是他从高中就认识的，经常去教堂的一位女性。他们有一大群朋友。他们喜欢去餐馆和电影院。他的人生观远比他哥哥的简单许多。“我只是想过自己的日子，找到让我快乐的东西。”

迈克尔知道他的哥哥与众不同。“深沉的家伙，非常深沉，”他是如此形容的，“他聪明得不得了。”他的哥哥不喝酒，不抽烟，不嗑药。“他没有很多朋友，”迈克尔说，“我甚至觉得他一个知心朋友也没有。”他的哥哥几乎毫无交际，总是把自己锁在哈兰街65号的后屋里用电脑。他从来不让迈克尔看他在做什么。他坚持两人使用不同的账号登录电脑。“我不看他的东西，我很确定他也不看我的。”迈克尔说。

迈克尔对他哥哥的头脑印象深刻，但也觉得他有些不对劲。他哥哥在书架上摆满了关于符号、古代宗教、秘密社团的奇怪书籍。他偶尔会讨论一些奇怪的阴谋论。他说，他哥哥的思维就是不像普通人。“至于正常社会的那些东西，正常社会的思维方式，他都显得游离在外。”

举个例子，他会指出他哥哥那年秋天开始约会的女性是一个“外面那种”女人。

那人名叫卡丽克萨·巴克利（Calyxa Buckley，化名），32岁。她在圣米格尔盆地长大，那是科罗拉多州西南部一个由破败的矿区城镇和空旷的大草原组成的地区。她18岁时加入海军，但她讨厌海军，一年后就开了小差。她回到科罗拉多州，并因被控在诺伍德小镇一家药店和加油站行窃而被捕。后来她和一个叫查克·特拉弗斯（Chuck Travers，化名）的年长男子同居。他们在亚利桑那州东部纳瓦霍地区几乎没有城镇的沙漠中，辗转于各个拖车公园和单层汽车旅馆之间。查克找到了一份机修工的工作。卡丽克萨则专注于写一份基于霍皮人神学

（Hopi theology）的宣言。她称之为“万物理论”。

卡丽克萨和查克已经共同生活了13年，他们自认为是一对夫妻。他们也接受多角恋爱；两人都会定期与其他人约会并发生关系。因此，卡丽克萨对一个通过Craigslist联系她的科罗拉多州男子产生兴趣，这并不奇怪。起初，他们通过电子邮件交流。后来改成打电话。通话会持续若干小时。聊电影。聊书籍。聊枕边话。两人变得“比兄弟还亲近”，查克想。

卡丽克萨决定飞往科罗拉多州与新男友见面。作为前海军陆战队员，查克曾在信号情报部门工作。他自认为在审查人方面很有一套。他曾与Craigslist上的这位陌生人进行过电话交谈，并发现对方很紧张，很内敛。他最终的分析是：此人“聪明，好读书，是一个虐待狂和自大狂”，但足够安全，可以让卡丽克萨和他开始约会。2010年10月，查克开车送她去凤凰城空港国际机场。当时他们住在亚利桑那州霍尔布鲁克市紧邻66号公路的一家沙漠旅馆里。当地人口仅有5 053人，距离空港国际机场来回6小时车程。

他从丹佛的机场把卡丽克萨接到哈兰街65号同居了两个星期。她有高高的、尖尖的颧骨，瘦瘦的脸，窄窄的鼻子。她的头发又黑又卷，长长的发卷披散在肩头。她有时会涂深色的睫毛膏，她的眼睛看上去几乎是凹陷的，充满威胁。她知道这个世界是复杂的，遍布强大的秘密团体，对大众施加控制。他找到了一个对世界的理解与他相同的女人。他感到了一种联系的悸动。“我很喜欢她。”他说。

他的弟弟迈克尔则恰恰相反。卡丽克萨让他感到不安。他说她“怪异，热衷于阴谋论”。他无意中听见她长时间小声地打电话，并谈到炼金术和原型以及无限等概念。她暗示她是一个强大的秘密社团的高级成员。一天晚上，迈克尔与卡丽克萨和他哥哥一起外出。他哥哥提醒他，他们必须小心。卡丽克萨在世上是无迹可寻的，甚至连政府都不知道她的存在——她没有社会保障号码。有一队秘密保镖在保护着她。他们甚至跟着她到了科罗拉多州。迈克尔答应他哥哥不透露任何信息。“我不想最后死掉。”

按照迈克尔的理解，他的哥哥认为自己属于一个开明的精英核心阶层，他们洞悉世界真正的运作方式，并利用这个真相来主宰世俗和普通人。迈克尔知道这听起来很疯狂，但他相信。“我现在就告诉你，这不是一堆废话，”他会这样告诉那些对于他哥哥狂热描绘的隐藏的社会权力结构抱有怀疑的人，“我在他身边，所以我知道这是真的，不是扯淡。”

迈克尔还知道，他的哥哥和卡丽克萨一样，对神秘学有着浓厚的兴趣。他查阅《巫术师》，这本19世纪的魔典是关于卡巴拉、行星的影响，以及油膏、护身符、符咒的自然魔法。他认为自己是研究《秘文集》的专家，这是一本可以追溯至公元200年的神秘主义著作集。他以自己是一个独具慧眼的读者而自豪。他对一位朋友说，他不太喜欢他读过的一本基督教新柏拉图主义版本的《秘文集》。“我在网上见过其他——至少在我看来——从希腊原文翻译过来的更好的版本。”

他对数字命理学很着迷。他的笔记本上写满了潦草的异教符号。他到处搜罗难觅的书籍进行研究：例如包含完整埃及通神学的42本《托特之书》。他也接受能支持他的社会理论的现代科学，比如伯特·荷尔多布勒与哈佛大学E.O.威尔逊合著的描述昆虫等级社会的《超个体》。催眠术也引起了他的兴趣。

他想开个博客记录自己的见解。他给博客想了很多名字：

蜂箱理论、那本然、原始思维、双零部落等等。他给朋友写道，他的博客主题是“灵性、神秘学、哲学等。基本上就是一个发表我的想法的普通博客”。

11月，卡丽克萨再次造访哈兰街65号。这一次她住了一个月。他希望能和她建立更长久的关系。这是自从认识玛莎之后他第一次感受到情感上的连接，而且他仍然想要孩子。“我已经很久很久……没有如此喜欢一个女人了。”他告诉人们。和她在一起时，他是一个不同的人。这令他震惊。他不再看色情片。也不再出去游荡。她能让他保持冷静。那个怪物也不再蠢蠢欲动。“我和她是如此融洽，我和她在一起是如此舒服，以至于我连想都没想起过怪物，”他说，“我没有理由去想任何别的事情。”

然而，卡丽克萨却有不同的想法。她告诉他，她对更深的关系不感兴趣。她有她的书要写。她的丈夫还在沙漠中隐居。是时候向前看了。突然间，猝不及防地她就变成了前女友。她在12月15日离开了他。

他再次孑然一身。

“她本可以帮我的。”他心想。但相反，她就像他曾经为母亲弹奏的那首歌《小翅膀》里的女人。

> 这就是她想要的一切，
> 乘风而行。

1月5日，他强奸了安珀。

他把另一条内裤藏在吉他音箱的背面。

周期又开始了。

10　好邻居

2011年1月25日

科罗拉多州威斯敏斯特市

亨德肖特和埃利斯已经共事很久。她们曾分享过一个玩笑：如果遇到特别无聊的会议——在警界有很多这样的会议——被困住的人会要求另一个人帮忙。“发个短信，让我有借口离开会议。文字加上‘911’，让它看起来很紧急。”这是一个互助开小差计划，尽管她们从未真正实施过。

所以当亨德肖特收到埃利斯的短信时——它甚至包含“911”字样——她以为这是一个开玩笑的营救任务。当天上午，亨德肖特刚在威斯敏斯特市政厅参加了一个强制训练会议。有意思，她想。但下一秒，她就意识到这不是玩笑。

埃利斯带来了重大消息。她说她刚刚收到莱克伍德市强奸未遂现场留下的手套印和鞋印的照片。发现这些印记的刑侦专家是她的朋友：岛本雪莉（Sheri Shimamoto）。两人是在弗吉尼亚州匡蒂科参加FBI学院为期两周的培训课程时相识的。岛本是松散的丹佛地区执法分析员网络“蓝网”的成员之一。

由岛本发现这些痕迹是很有道理的。她对鞋子情有独钟。她拥有50双鞋，包括5款阿迪达斯超级巨星球鞋。这种三条箭尾纹的贝壳头是全世界运动鞋爱好者都梦寐以求的。在当警察之前，她最中意的工作是在女士运动鞋品牌Lady Foot Locker做销售。岛本拥有数学学位，但她的鞋癖令她成为专门从事鞋类鉴定工作的刑事专家。

当然，鞋印不如指纹好。它们不是一个人独有的印记。但如果运气好的话，它们可以透露关于坏人的信息，或许有助于识别他的身份。一个鞋印可以指向某个特定品牌——耐克或迈乐。而某些印记——鞋跟上的裂痕、鞋底的磨损图案、高弓足之类——留下的痕迹或许能让犯罪现场技术人员将其与某一双鞋联系起来。为了确定犯罪现场鞋印的来源，岛本会花好几个小时在Zappos.com上搜索。这家网上超级鞋店提供了数千双鞋的鞋底、鞋面和鞋帮的精美细节图片。或者她会去当地的商场，在鞋店闲逛。这一切都是为了更接近犯罪者而进行的调查。

岛本到达莱克伍德市现场时曾搜寻过鞋印，她在卧室和厨房周围的地板上扫上一种双色粉末，它能让手指或鞋子留下的油渍或污渍显现。她发现了4个明显的印记，看起来像是网球鞋留下的。她在卧室窗外的湿土中又发现了一个类似的鞋印。当她在窗户上刷粉末寻找指纹时，发现了一个她认为是手套的印记。

一只手掌上有蜂窝状图案的手套。

埃利斯调出岛本发给她的图片时就立刻认出了那个图案。它的大小和形状与她在莎拉公寓后面的栏杆上发现的奇怪蜂窝状痕迹相吻合。当时，她还不确定是什么东西留下了这样的痕迹。她告诉岛本，现在她知道了。岛本非常兴奋，立刻跑到一家迪克体育用品商店，并在那里找到一双柔软的黑色安德玛牌手套，手指和手掌部位都有蜂窝状的凸起。

下一步：鞋子。埃利斯检查了戈尔登市同行卡莉·吉普森在安珀的公寓后面拍下的喷洒了荧光颜料的鞋印照片。它们看起来与岛本在莱克伍德市现场卧室窗户下的烂泥中提取的鞋印几乎一模一样。加尔布雷斯的搭档马特·科尔把鞋印的图片发到了执法部门的鞋类鉴定网站上。匹配结果出来了：鞋印出自一双2005年3月上市销售的阿迪达斯ZX 700网面鞋。

当看到两位刑侦专家找到的所有证据上的关联时，亨德肖特确信：2010年7月6日在莱克伍德市袭击女子的罪犯与强奸多丽丝和莎拉的一定是同一个人。

亨德肖特立即致电莱克伍德市警察局。

这是莱克伍德市警探亚伦·哈塞尔（Aaron Hassell）接到过的最蹊跷的案子。他被派去调查一起发生在某高档社区内的强奸未遂案件。报案人名叫莉莉（Lilly），她说在睡觉时遭到一名戴着黑色面罩的男子的袭击。当她大声呼救时，该男子跑去另一个房间查看是否有人在家。莉莉抓住机会逃脱了。她一头冲出床头的窗户，从离地2米多的高度坠落，头部先着地，肋骨摔裂了，背部的一块脊椎骨也断了。在剧烈的疼痛中，她踉踉跄跄地跑到隔壁邻居家敲门呼救。

然而当警察赶到时，他们没有发现有人强行闯入房子的痕迹。门上没有被撬的痕迹。没有窗玻璃被敲碎。门都是锁着的。窗户也是。哈塞尔与4位邻居聊了聊，他们都没有看见或听见任何异常情况。技术人员没有发现DNA残留。“什么证据都没有。”哈塞尔心想。

事实并非如此。岛本在现场发现了鞋印和手套印。它们与莉莉的所有东西都不匹配，但它们也没有指向任何嫌疑人，甚至不能证实袭击的确发生过。有一名园丁负责打理莉莉的院子。工人们会时不时进出她的房子。她还有一位年长的男性朋友偶尔会住在家里。他们中的任何一个都有可能留下那些印记。

莉莉本人也是个谜。她是个不羁的人，提出了各种不同寻常的要求。她打电话告诉哈塞尔，自从发生强奸未遂后，她的猫就会抓伤穿黑靴子的人，也许警察应该寻找一个有黑靴子的人。“她觉得这是对调查有用的信息。”他写道。她请一位俄罗斯画家朋友根据她的描述画了一张袭击者的肖像，并要求哈塞尔将其分发给媒体。画上的男子面罩遮脸，只有一条缝隙露出蓝色的眼睛和金色的眉毛，没有其他特征可以帮助人们认出他。哈塞尔拒绝了她的要求。还有一次，她让哈塞尔仔细排查丹佛市周围的健身房，寻找一名身材匀称、身高1米83左右的蓝眼睛白人男子。“会有很多人符合这些特征。”他告诉她。报警2个多月后，她突然想起在袭击发生前，她的电脑上曾弹出一个奇怪的无线网络。她说，网络的名称叫“纯粹的邪恶”。

最后，她要求哈塞尔找一位催眠师在轻度催眠状态下对她进行问询。哈塞尔联系了杰斐逊县地方检察官办公室的一名调查员，他是有执照的催眠师。在10月的一个大风天，三人在莱克伍德市警察局见了面，此时距离袭击事件已经过去大约3个月。调查员试图以一种常见的催眠技术将莉莉导入催眠状态。想象你在电梯里，他告诉莉莉。电梯一直往下，往下，往下。

她却打断了他。不，我不在电梯里，她告诉他。她有自己的技巧。她说，我正走过一片草地。她要求调查员允许她充当一个媒介，可以替目睹袭击的小猫、松鼠和树木传话。在催眠状态下，莉莉描述了她以前没有讲过，也不可能目睹的场景。她宣称，她看见袭击者是如何从车库溜进了她家。以及他如何站在窗前透过窗户看着她。

莉莉在恍惚状态下的陈述并没有打动哈塞尔，也没有打动调查员。调查员“告诉我，他认为这不是一次富有成效的谈话”，哈塞尔在报告中写道。莉莉并没有妨碍调查。不过在哈塞尔看来，她也一点忙没帮上。

莉莉也很沮丧。她对警察普遍没有什么信心。袭击发生前的几个月，她在莱克伍德市曾与警察发生过一次摩擦。她喜欢在邻居家的一棵参天大树前做礼拜。那家的新主人搬进来时看到一个陌生女人在他们的院子里又唱又跳，就报了警。警察要求莉莉离开，她则投诉他们骚扰她。

还有一次，那是在被袭之后，她在凌晨3点半听见自己住处外面有动静，于是就报了警。一名丹佛市警官接警后赶到。他敲门时将手电筒举至肩膀处。莉莉觉得他拿手电筒的方式和袭击者拿刀的方式一模一样，就拒绝让警官进门。次日，她要求哈塞尔将这名警官作为可能的犯罪嫌疑人进行调查。哈塞尔没有同意。

她对哈塞尔很失望。他总是对她说不。当她要求警方的画家给袭击她的人画像时，他拒绝了，因此她才会求助于她的俄罗斯朋友。警方没有把她当回事。“这没那么重要。这不是什么大事。”她记得他们这样对她说。

“这很重要，”莉莉抗议道，“我知道他长什么样。我知道他如何动作。我知道他很多情况。我看见了他的眼睛。我看见了他的身体。我是个艺术家。我能帮你们。”

袭击发生大约一个月后，她在照料园艺时发现一把木柄刀插在靠近她家后院围栏的地里。她认出这把刀来自自己的厨房，是她平时用来切西瓜的刀。这一定是强奸犯手里那把刀。他一定是在逃跑前把它插到了地上。为什么警察没有在她之前发现它呢？为什么她得打电话提醒他们这么重要的线索？她抱怨哈塞尔“没有反应”。

莉莉的父母对哈塞尔也不满意。他们雇佣了一名私家侦探进行调查。这位私家侦探是一位退休的丹佛警探，他在包围莉莉家后院的1.8米高的木栅栏顶上发现了一个看似擦痕的痕迹，但除此之外没有其他发现。尽管如此，这个发现对莉莉和她的父母来说是一个明确的信号：哈塞尔没有做好他的工作。有一天，莉莉的母亲来到警局，当面质问哈塞尔。

告诉我真相，她说，你相信我的女儿吗？

这是个难以回答的问题。

哈塞尔是保守的基督徒，成长于一个军人家庭。他父亲是空军退伍军人，以修理电器为业。他母亲是一名教师。他念的是俄亥俄州代顿市外的一所小型浸信会学校——锡达维尔学院。该学院的学生都必须辅修《圣经》研究。教员们教的是创造论。头韵体① 的学院座右铭对自己的使命毫不含糊：“为了基督的冠冕和盟约。”校园里没有多少空间包容那些相信传心术和树精的人。

而且，哈塞尔了解女性可能会撒谎说自己被强奸了。在他职业生涯的早期，有一次出警是因为某公寓有位女性报警说遭到袭击。她说，她用胡椒喷雾击退了袭击者。哈塞尔发现她的卧室里到处都是胡椒喷雾。但有别的事情让他困惑。报警女子说袭击者扯掉了她的裤子。但他发现牛仔裤卷成一堆，就像是有人把它褪下之后抬腿从裤子里迈了出去。随后他又发现一张收据，显示该女子在前一天购买了胡椒喷雾。当他就这些发现

① 原文“基督”（Christ）、“冠冕”（crown）和“盟约”（covenant）三个词都是C开头，押了头韵。——编者

询问她时，她退缩了，承认自己编造了整件事。哈塞尔还发现，几周前她曾向邻居抱怨被另一个男人袭击。他认为她“不择手段地想要博取关注”。他将这一案例定性为报假警。

不过，哈塞尔也有自知之明，明白自己并非无所不知。距离锡达维尔仅11公里之外坐落着另一所私立学校，它提供的教育似乎是另一个世界。安提奥克学院是典型的小型文科院校。它强调民主、学生治理与社会正义。学生们被要求参加社区工作。教员们不仅给学生们打分，还提供叙述性的评价。安提奥克的校训是：“只有当你们为人类赢得一些胜利时，才不会在离世时感到惭愧。”哈塞尔有很多机会和安提奥克的学生相处。他意识到，一个人与众不同并不意味着精神错乱。这一认知让他在评价莉莉时陷入犹豫。“我的许多同事都说‘她是疯子’。我不这样认为。我觉得她有不同寻常的信仰。”

随着经验的积累，他也认识到将可能的受害者称为骗子的危险性。他并不觉得自己在职业生涯之初的那个判断是错误的——虚假报案浪费了警方的时间和精力。但现在作为一名警探，他意识到，如果信息提供者担心因为撒谎而被捕，那他们就可能不愿意分享线索。事实上，莱克伍德市警局高层不鼓励逮捕报假案的人，除非是极端情况。

此外就是性侵案件特有的风险。强奸本就是一种报案量低于实际案发量的犯罪活动，指控那些已经站出来却没能获得警方信任的报案人，会令强奸受害人更加不敢报案，使得强奸犯逍遥法外，而他们可能再次犯案。这将助长那种“许多妇女谎称被强奸”的错误观念。“制止暴力侵害妇女国际组织”在其警察培训材料中指出，虚假的强奸报案往往源于“严重的心理和情感问题……处置此类谎报最好的办法或许是将其适当地转介给社会服务机构，而不是针对报假案提起诉讼”。

哈塞尔就莉莉案件提出一种理论。莉莉告诉他，她在入睡前曾喝过一种草药茶。他上网研究后发现，有信息表明生动的梦境与饮用大剂量的茶有关。按照他的推测，莉莉可能是从一个逼真的梦境中醒来，并在清醒前跳出了窗外。这样既能避免称莉莉为骗子，又在证据的缺乏与莉莉的陈述之间找到折中的解释。

但他又动摇了。神秘的脚印和手套印无法用梦境理论来解释，而且莉莉的伤势也很严重。也许的确有禽兽闯入了她家。也许他还逍遥法外。他很难下定决心。

然而，可以追索的证据太少，哈塞尔觉得自己已经尽力了。

2010年10月，他停止了对此案的积极调查，但仍将其归为未结案件，以备将来有新的信息出现。

他最后的记录是："没有切实的线索。"

莎朗·韦兰（Sharon Whelan）是位好邻居。她和丈夫盖瑞已经在莱克伍德市的苹果木小区生活了15年。她在当地学校教艺术和戏剧，其丈夫是一名地质学家。他们有三个孩子，一大家子住在距离湖边一个街区之外的一栋有五间卧室的大房子里。他们认识几乎所有的人。当社区附近的一家餐馆试图扩大规模时，他们曾带头反对。"这是一个关系紧密的地方。"她是这样描述她的社区的。

她特别留意住在街正对面的邻居，89岁高龄的寡妇凯瑟琳·埃斯特斯（Kathleen Estes）。2010年6月14日，一个夏日星期一的晚间，韦兰抬头看见一辆白色皮卡停在埃斯特斯家门前的马路边。这让她觉得很奇怪。当时已经太晚，不应该有工人上门，而大部分邻居都会把车停在车库内或自家车道上。

她给埃斯特斯打电话。“有一辆卡车停在你家门外。是有人来拜访你吗？”

埃斯特斯没有注意到那辆卡车。也许是另一位邻居家的人？他们家有十几岁的孩子。他们的朋友总是来来往往。“我也会留意它的。”她告诉韦兰。

半小时后，韦兰准备睡觉了。她看了看钟，当时是晚上10点49分。那辆卡车还停在埃斯特斯家门口。但这次她看到驾驶室里有个男人。他似乎只是坐在那里，什么也没做。她丈夫记下了车牌号。当韦兰再次来电时，埃斯特斯决定联系警察。她把韦兰丈夫写下的车牌号告诉了接线员：935–VHX。

几分钟后，当一位莱克伍德市警察赶到时，卡车还在那里，但男子不见了。警员围着皮卡转了一圈。那是一辆白色的马自达。看起来没有什么异常。他搜索了车牌号，结果显示没有问题。警员敲开了埃斯特斯家的门，告诉她，他没有发现任何问题。回到警局后，他为这次出警做了一份简短的记录，即“现场询问报告”。他把那辆皮卡标注为“可疑车辆”。

第二天清晨，韦兰偶然向窗外看去，并注意到那辆卡车不见了。她不再担心了。埃斯特斯也是。

社区又恢复了正常。韦兰直到8个月后看到一则当地新闻时才又想起那辆白色皮卡。

2011年2月初，莱克伍德市有位警探走向犯罪分析员达内尔·迪吉奥西奥（Danelle DiGiosio）的隔间。他参与此案是为了寻找莉莉遇袭和其他几件强奸案之间是否存在更多的关联。在一次情况通报中，他得知强奸犯曾跟踪这些妇女，并从她们家中带走了内裤。他知道迪吉奥西奥有各种各样的数据库可以挖掘。他想问问她，能不能查查是否有报告内裤被偷的入室盗窃案，而且她能否当天完成搜索？因为专案组准备第二天开一个大型会议，回顾案件中的所有证据。

迪吉奥西奥差点放声大笑。她可以用数据库搜索很多信息，但不包括这个。"如果我发现我最喜欢的内裤不见了，我会认为它一定是卡在裤管里的什么地方，或者是洗衣机把它吃了。我绝对不会想到去报警。"她告诉这位探员。

迪吉奥西奥已经习惯于接到各种不可能的要求。她在科罗拉多州格里利市附近的一个小镇长大。那是地势起伏的农业平原上的一个宁静、安全的地方。高中时她就读于科罗拉多州吉尔克雷斯特市的山谷高中，并且是校排球队、篮球队和田径队队员，但她一心想要加入FBI。随后她进入丹佛大学，希望获得犯罪学学位。一位教授告诉她，她需要具备某种优势才能进入FBI，并建议她学习统计学。FBI已开始加大对数据分析的投资。

数学并不是迪吉奥西奥最强的科目。"我的英语非常好。我也喜欢音乐。"她说。但她想要加入执法部门。如果必须学习统计学，那她就去学。"我让自己喜欢上了数学。"她说。而且她对统计学解决现实世界问题的能力很感兴趣，她称之为"有目的的数学"。她于1999年毕业，但她从未申请过FBI的工作，而是找到一份培训其他警察利用地图进行犯罪分析的工作。在结了婚有了孩子之后，她决定，比起教书和旅行，她更喜欢稳定。2008年时，她在莱克伍德市工作——作为科罗拉多州为数不多的拥有全日制统计学学位的犯罪分析员之一。

在莱克伍德市，她在办公桌上堆放着电脑显示器、孩子们的照片和一个咖啡壶。房间另一头有一台巨大的打印机，能打印出卷筒状的城市地图，纸质看起来和牛皮纸几乎一样。打印机是她的首选武器。她用它绘制汽车盗窃案和便利店抢劫案的分布图，帮助警察想办法阻止这些案件。她告诉来咨询的警探，她或许没有研究内裤盗窃案的数据库，但她可以用她的制图软件标记出莉莉家方圆400米内曾被举报的每一辆可疑车辆和每一个可疑人物。

“虽然好比大海捞针，”她说，“但这是我能做到的。”

当天下班前，她找到了她要的“针”：8个月前埃斯特斯的报警电话记录，当时她举报了停在她家门口的可疑的白色卡车。在迪吉奥西奥看来，这起报案的地点和时间值得注意。6月14日这个日期比莉莉遇袭仅仅早了3个星期，而埃斯特斯家距离莉莉的家只有几个街区。

“嗯，”她想，“为什么那么晚你会出现在那里？你不属于那里。”

第二天早上，即2011年2月9日，哈塞尔和迪吉奥西奥驱车前往威斯敏斯特市警察局。当他们走进警局二楼的房间时，迪吉奥西奥惊讶地看见已有大约二十几名警察和FBI特工围坐在一张长长的会议桌旁。亨德肖特和加尔布雷斯都在场。还有伯吉斯和格鲁辛。此时距离安珀被强奸已经过去35天。

形势并不乐观。加尔布雷斯调出了她的主要嫌疑人，那个被指控性侵犯的大学生弗兰克·塔克的手机记录。结果发现，安珀被强奸时他正在韦尔市滑雪。当他被带到警局问话时，他展示了自己小腿上的斑记。安珀以为那可能是她在强奸犯身上见过的胎记，结果发现是一个蓝色的圆形火焰纹身。

FBI的ViCAP数据库比对结果也未能奏效。格鲁辛和加尔布雷斯与堪萨斯州劳伦斯市的警探们讨论了后者之前调查过的困扰大学城的一系列强奸案。案件之间存在关联的可能性是诱人的，但堪萨斯州调查人员遇到了和科罗拉多州这一屋子警察所面临的相同的难题。他们能够把手头的强奸案件联系起来，但他们无法确定嫌疑人。

科罗拉多州调查局分析员刘易斯报告了亨德肖特要求做的测试——将威斯敏斯特市的DNA样本与奥罗拉市和戈尔登市的样本进行比对——的结果。他们只有一次机会，因为测试程序已经破坏了提取到的少量细胞。但他们发现这些DNA样本的确是有关联的。这一结果虽然无法锁定罪犯，但侦探们现在终于有了具体证据来佐证他们心中共同的怀疑，即强奸多丽丝、莎拉和安珀的是同一个人，抑或是来自同一个家族的多名男性。

威斯敏斯特警察局负责与媒体打交道的特雷弗·马特拉索（Trevor Materasso）警司意识到，他将不得不向媒体公布，有一名连环强奸犯在丹佛郊区四处作案。而且，他还必须承认，警方对罪犯的身份尚无头绪。他脑子里千头万绪。警方应该如何告知公众？公众能提供什么可能有助于缩小嫌疑人范围的线索？他又将如何回答记者们必将提出的那个问题：警方认为强奸犯是否会再次作案？

迪吉奥西奥聆听着警官们分享他们掌握的一切证据。她不确定是否要汇报自己的发现。毕竟，这只是一份关于一辆白色卡车曾停在莉莉家附近的报告。在他们开车去开会的路上，她甚至没有将此事告诉哈塞尔。她不想让自己显得很傻。也许调查人员会因为她是犯罪分析员而非街头警察而否定她。也有些人可能会因为她是女性而轻视她。执法是男人的世界。即使有亨德肖特和加尔布雷斯，房间里大部分还是剪着短发的高大的白人男性。“在这一行，女性必须与众不同才能占有一席之地，”她说，“你必须有足够的实力来保持自己的地位，但又不能强大到被人们称为悍妇。你必须找到自己的位置。你还是要做你自己。”

参加会议之前，迪吉奥西奥并没有意识到这名强奸犯有多残忍，也不清楚他已经袭击了多少位女性。“这对我来说是新闻。”现在会议开始散场。一些警察起身三五成群地交谈。其他人则准备离开房间。

迪吉奥西奥最终决定说出来。

“我查了一下可疑车辆和可疑电话的记录，”她对在座的警察们说，“我不确定这是否有价值。我发现了一通电话，是关于一辆白色卡车上的一名男子。”

加尔布雷斯当时正在和另一名警察交谈。说到一半她就停了下来。迪吉奥西奥刚刚说了什么？“白色卡车？”加尔布雷斯脑海中立刻闪现录像带中出现过的那辆白色卡车，在安珀被强奸当晚它曾绕着安珀的公寓楼转圈。

“你有什么细节吗？”加尔布雷斯一边说一边站了起来。

迪吉奥西奥带着她的笔记本电脑走向加尔布雷斯。她用车牌号追查到一辆1993年产的白色马自达皮卡。

录像带上的卡车也是一辆马自达。

登记的车主是谁？加尔布雷斯问道，她的眼光在屏幕上飞快移动着寻找答案。

迪吉奥西奥已经做过调查。她又调出另一个文件。那是白色卡车车主的驾照图片。

驾照上方是车主姓名。

11　一项严重行为不检

2008年8月最后一星期

华盛顿州林伍德市

它看起来就像一张交通罚单。它甚至就贴在和登记交通违规登记表一样的表格上——一张填空式的单页传票，顶部有一个方框标着“交通”，另一个标着“非交通”。在玛丽手里拿着的这页纸上，“非交通”那个方框打了一个×[①]。

信件是8月下旬寄来的，距离她报警被强奸不足3周。她打开信封，发现自己被指控犯罪。传票上有手写的“报假案”几个字，全部都是大写字母。表格上并未说明这是什么样的指控——轻罪？还是重罪？——也没有说明可能招致的处罚。但是，传票列出了她被指控违反的州法规条款：RCW 9A.84.040。有了它和谷歌，她可以找到自己想要的答案：报假案是一项严重行为不检，是除重罪之外最严重的指控。如果被定罪，她可能得在监狱里蹲上一年。

这条法规的内容是：

① 美国的表格多以在方框中打 × 表示选择该项，而非打√。——编者

> 如果明知所报告、传达或传播的信息是虚假的，并明知其行为有可能造成建筑物、集会场所或交通设施的疏散，或造成公众的不便或惊恐，但仍然发起或传播虚假报告或警告，声称已经发生或即将发生火灾、爆炸、犯罪、灾难或其他紧急情况，则构成报假案罪。

简而言之，玛丽被指控制造虚假恐慌，在明知自己没有遭到强奸的情况下谎称被强奸。

这个消息击溃了玛丽。她已经给了警方他们想要的东西——给了他们一份书面声明，而且放弃了接受测谎检查的要求，然而却得到这种下场。现在，任何继续前进、渡过难关的希望都破灭了。她不了解法院系统，她不知道这次起诉会花多长时间，也不知道结果会如何。但她知道她很可能得独自面对。她的朋友们已所剩无几。他们不会争相陪伴她去法院。

玛丽需要在林伍德市法院出庭认罪。如果她没有出席法庭传讯，她就会被逮捕。

邮寄一张填空式表格提醒别人有被判处一年监禁的危险，这种方式似乎太随意了。但通知玛丽的手段与作出起诉决定的方式是一致的。起诉过程毫不复杂——既没有经过警局内部的强制性审核，也没有检察官的签名，就只是梅森警司填写了传票，并在底部签字。起诉玛丽是他一个人的决定——对梅森来说，作出这个决定很容易。

梅森完全确信玛丽说了谎。法律规定她的谎言是一种犯罪。哪里有犯罪和罪犯，哪里就会有指控。“就是这么简单。”梅森说。

对报假案的处罚可以很严厉。阿肯色大学法学教授丽萨·阿瓦洛斯（Lisa Avalos）的研究表明，尽管包括华盛顿州在内的42个州将报假案定为轻罪，但有8个州将其定为重罪。在伊利诺伊州和怀俄明州，这一罪名的最高刑期是5年监禁；在阿肯色州则是6年。报假案在联邦法律层面也是重罪，可以导致5年的刑期和最高25万美元的罚款。但这些与英国法律相比可谓小巫见大巫，在那里，报假案属于“妨碍司法公正”，最高可判处终身监禁。

对于警方来说，作出严厉处罚属于情理之中。每一次报假案都是对资源的浪费。在玛丽的案件中，若干巡警、犯罪现场技术人员、探员以及一名警方指挥官和一队救护人员紧急赶往她的公寓，这使得他们无法完成其他职责或响应其他报警电话。随后，在医院里，一名医生和一名受过专门训练的护士花费大量时间为玛丽做检查，令他们无法照顾其他病人。在接下来的日子里，梅森和他的同事们投入了更多时间调查案情。还有就是此案对广大公众的影响。玛丽被强奸的消息在西雅图市区广为流传：一个陌生人闯入民宅并持刀袭击了一名妇女。这无疑引起了恐慌，尤其对于她所住公寓楼内的邻居，以及与她共享同一个住房资助项目的其他参与者。

玛丽一案中，警方没有嫌疑人。若是有，一个无辜的人就要经受被警察审问的严峻考验。嫌犯的家人或者同事，又或许邻居也都可能遭到盘问。更有甚者，一个无辜的人可能会被指控，甚至被定罪。虚假指控会引起舆论的轩然大波，从而损害无辜者的名誉。2006年，杜克大学三名长曲棍球运动员被控强奸了一名艳舞女郎，直到第二年他们才洗脱罪名。负责案件的检察官被发现隐瞒了能为他们洗脱嫌疑的DNA证据，结果被取消律师资格并坐了一天牢。2014年，《滚石》杂志发表了一篇爆炸性报道，文中一名大学生讲述了她被弗吉尼亚大学某兄弟会成员轮奸的悲惨遭遇。然而她的说法很快被其他媒体和警方拆穿了。次年，该杂志将这篇报道全部撤回。一家新闻学院将其评为“年度错误”。《滚石》杂志被该兄弟会和弗吉尼亚大学一位高级行政人员（她指控报道错误地将她刻画成“机构冷漠的面孔”）以诽谤罪告上法庭，最终不得不支付赔偿以达成和解。

无独有偶，不久前林伍德市以南几英里外也曾出现与玛丽案件类似的事件。2008年3月——在玛丽报案5个月之前——华盛顿州金县一名女性承认谎报案情，并因而被判入狱8天。但她的案件造成的伤害比玛丽的更大。她的强奸指控指向一位特定嫌疑人——她的大学教授。为了让人觉得他曾表达对她的非分之想，并曾承诺只要她满足“若干条件”就能获得更高的分数，她甚至不惜篡改了来自这名教授的邮件。教授因此被逮捕，在监狱里呆了9天才重获清白。

对林伍德市警方来说，正式认定玛丽报假案意味着强奸案的调查就此结束：没有什么好调查的。警方不会再收集更多证据，也不会继续完成邻里排查。对于此前排查时未能询问到的住户——6家是玛丽原先公寓楼的住户，7家住在邻近公寓楼内——不会再有警官继续跟进。已经收集到的证据会按照警方的章程进行处理。一旦过了规定的时间，玛丽的床上用品就会被销毁。从她床上采集的毛发和纤维以及从玻璃推拉门上采集的DNA拭子也会被销毁。她的性侵取证套盒也将被销毁。

甚至玛丽的陈述本身也会从官方记录中消失。FBI每年都会从全美各地警察局收集犯罪数据。执法部门利用这些数据来规划预算，研究人员运用它们进行趋势研究，而立法人员则将它们用于草拟犯罪法案。在提交给FBI的年度文件中，林伍德警方将玛丽的强奸报案认定为“无稽的”——这是对所有被视为毫无根据的或虚假的报案的总称。2008年全年，林伍德市警察局总共接到10起强奸报案。其中4起被警方定为“无稽的”。

9月11日，法庭提审当天，玛丽没有出庭。不出庭是一种犯罪，因此控方要求法官签发对玛丽的逮捕令。法官同意了。如此一来，玛丽面临着两项潜在的指控，有可能她下次遇到警察时就会被逮捕，并被送进监狱。

林伍德市法院是个混乱的地方。一方面由于它非常繁忙。玛丽的案件是该院2008年审理的4 859起行为不检案件中的一件。同年，该院还处理了13 450起违法行为，其中大部分与交通有关。对于那些被指控或被开罚单的人来说，法院就像个令人眩晕的蜂巢，一群群西装革履的人不断地进进出出。关键职能被外包出去。负责案件起诉的是私人律师事务所Zachor & Thomas。另一家承包商nCourt则负责网上或电话付款，并为其提供的便利收取额外费用。随着案件的推进，罚款、收费和其他法律义务会成倍增加。像玛丽这样的被告通常被要求参加每一次听证会，即便该听证会仅仅用于宣布延期和安排下一次听证会，而在下一次听证会上，被告出席后可能又被告知一切再度推迟。

在该法院发布于网上的一条消息中，法官斯蒂芬·E.摩尔（Stephen E. Moore）表示，法院旨在“纠正行为——让林伍德市成为一个更好、更安全、更健康的居住、工作、购物和游览之地”。法院的“首要价值……是客户服务。对于被开了交通罚单或被控犯罪的人来说，有时很难把自己当成‘客户’，但他们就是客户”。每一个人——受害人、证人、陪审员或被告——

“都可以期望得到专业和尊重的对待”，这位法官如是说。

9月12日，玛丽来到林伍德市法院的柜台前询问她的案子。她对前一天的听证会一无所知。她也不知道有一张她的逮捕令。一位书记员查阅文书后发现，听证会通知不知为何被寄到了西雅图的一个地址，而不是玛丽在林伍德市的住处。于是法庭重新安排了提审日期并撤销了逮捕令。如果没有玛丽的勤勉——主动来打听进展——她可能会被抓起来投入监狱。

9月25日提讯时，由公设辩护律师詹姆斯·费尔德曼（James Feldman）代表玛丽。费尔德曼与公诉人一样，都是依据合同在林伍德市法院兼职工作。他还经营着一家小型私人律所，负责代理从家庭暴力、酒驾到狗咬人、滑倒等各类刑事和民事案件。

当他审阅玛丽的案件时，有34年经验的费尔德曼对她被起诉感到惊讶。她的故事没有伤害任何人——没有嫌疑人被逮捕，甚至没有人被讯问。他猜想，起诉原因是警方感觉被利用了。他们不喜欢自己的时间被浪费。

在听证会上，玛丽表示不认罪。她的下一次出庭日期定在6周后的2008年11月10日。

2008年10月6日，华盛顿州柯克兰市一名63岁的妇女报案称遭到性侵犯。

柯克兰市就在西雅图东面，毗邻华盛顿湖，其郊区遍布艺术画廊、青铜雕塑和游艇码头。报案女性是一位祖母，独自住在一栋两层公寓楼的底楼。公寓楼周围都是参天大树组成的树林，点缀着斑驳的阳光，粉色和紫色的杜鹃花，以及覆盖着树叶、树皮和小松果的小径。她告诉警方，她在凌晨4点左右惊醒，发现自己被一个脸蒙黑网的男子用戴着手套的手捂住了嘴。他另一只手持刀抵住她的喉咙。不许叫，他命令她。他用她的粉色网球鞋的一根鞋带绑住了她的双手。他猥亵了她。还拍了她的不雅照片。他把刀尖放在她的一只眼睛下面，威胁要把它挖出来。在她挣扎的时候，刀子划伤了她的虎口。当她问他为什么这样做时，他笑了。他威胁她不许报警，并且说，他能够知道她有没有照办。

报案女性说，袭击者“皮肤很白”，削肩，手很光滑，有口臭。至于年龄，她无法确定。“他可能已经40岁了。也可能15岁。我说不好。”她告诉警察。她也分不清他的体型。“他就是普通身材，”她说，“不算高大，但也不矮。肌肉不发达，但也不瘦。”

柯克兰市警察局指派了两名警探负责此案，警士杰克·基西（Jack Keesee）与奥德拉·韦伯（Audra Weber）。两人都觉得此案非比寻常，首先是它的残忍程度以及策划的周详程度。“你知道，这是柯克兰。你不会想到这里会发生这种事情，”基西说，“我们经常自比为北部比弗利山庄①。”

对韦伯来说，这个案子具有密室元素，类似埃德加·爱伦·坡或埃勒里·奎因小说的风格。这位老妇人已尽其所能守好门户。她用一根金属棒加固了前门，并在公寓后面的玻璃推拉门和卧室窗户的轨道上都放置了杆子。袭击者是怎么进来的？韦伯很疑惑。受害人提供了一种可能性。她前一天晚上很累，开着电视就睡着了。当她醒来关掉电视后，有可能忘了锁上推拉门就上床睡觉了。

---

① 比弗利山庄位于洛杉矶，是好莱坞明星和富豪们的居住地，有“全世界最尊贵住宅区”称号。——编者

这位祖母还告诉警察，在袭击发生前的两三个月里，她一直感觉似乎被人跟踪了。性侵发生后她拨打了911报警电话，却被接线员的声音吓了一跳。那声音听起来好像就是袭击者的声音。她想，他一定是拦截了她的电话。看来他说能知道她有没有报警并非恫吓。她对此深信不疑，所以拒绝回答接线员的任何问题。

基西对受害人进行了长时间的询问。有时，她的回答会朝着意想不到的方向发展。

“你有没有觉得谁很古怪？”基西问道。

“有啊。”

“能跟我分享一下吗？”

“嗯，有浣熊。”

“啊哈。”

“有人把他们的狗放出来。它们来回走动。”

“嗯哼。”

“你知道，有小动物和花栗鼠。嗯，有几次我都觉得很诡异。”

在警察局里，基西听说了一些同事的怀疑。他们不相信如此恶毒而狡猾，足以入选A&E电视台犯罪节目的犯罪活动会发生在他们平静的郊区。“有好几个人来到我的办公桌前说，‘啊，拜托，这不是真的吧’。我的回答是‘我不确定这事没有发生过’。……我想，这就是人性吧。又或许这只发生在警察的世界里。每个人都会撒谎。每个人都会对警察撒谎。”但无论何时都没有人让他停止调查。“那只不过是你时不时会听到的办公室闲谈。”

办案探员们有自己的疑惑需要解决。不过，这位祖母级受害人的特异反应基本上没有令基西感到吃惊。作为一名侦办家暴案的警探和人质谈判专家，他有着非常丰富的应对创伤的经验。“并非所有人都有一样的反应。”他说，“我曾无数次传达死亡通知。我见过你能够想象到的各式各样的反应。强奸受害人、性侵受害人也是如此。”受害人在细节陈述上的不一致也没有困扰他。“大多数受害人会……对核心问题很坚定。但对周围发生的事情，他们的记忆会出现偏差。这并不稀奇。”

“在我找到不能相信她的理由之前，我会一直信任她。”基西说。

当香农从电视新闻里得知柯克兰市强奸案时，她正和丈夫一起在家。

哦，我的上帝，她想。我错了。警察也错了。玛丽一定是真的遭到了强奸。

柯克兰市袭击案发生在玛丽报案两个月之后，其案发地点距离玛丽在林伍德市的遇袭地点仅有21公里。香农抓住了两起案件的共同点——深夜闯入、捆绑双手、拍摄裸照。香农的父亲曾担任西雅图南部肯特市的警察局长。她成长于警察家庭，她信任警察，她了解警察的工作方式。她一刻也没耽误，立即打开电脑查到电话号码，然后马上致电柯克兰警方，向他们提起玛丽的案件以及两件案子的相似之处。和她通话的警探说柯克兰方面会调查此事。

随后，香农又给玛丽打电话。她把新闻报道一事告诉了玛丽，并敦促她自己联系柯克兰警方，向他们讲述她在林伍德市遭受的袭击，以确保两起案件之间可能存在的任何关联都会得到调查。

但玛丽拒绝了。她已经受够了——更何况，背负着悬而未决的刑事指控，她未来还将面临更多困境。她无法说服自己去找警察——任何警察——再次谈论自己的案件。但她确实上网查了一下柯克兰市那位祖母的遭遇。读新闻时她忍不住失声痛哭。

对于警察而言，将两件未破的案件并案能够重振调查。证据倍增，犯罪模式也会显现。韦伯警探给林伍德市警方打了不只一次，而是两次电话，以确认两桩案件是否有关联。对方两次都告诉她：我们没有任何相关的案件。我们的受害者不是受害者。她已经承认她的故事是编造的。因此韦伯也就不再追究："我只是相信了他们的判断，毕竟这是他们的案子，他们远比我更了解情况。"不过，得知对方已对玛丽提起诉讼，她还是"有点震惊"。挂了电话后她想："好吧，希望这对你们有用。"

"这样做太极端了。"韦伯说。她想这背后一定有什么缘故，也许林伍德市的那名女性有撒谎和浪费警察时间的前科。和韦伯一起调查柯克兰市案件的搭档基西也给林伍德市警方打过电话，并得到同样的答复。他的反应和韦伯一样。听说报假警指控时他想，哦，这可不好。"仅仅因为法律条文如此规定，不代表你必须据此指控某人。"他说。

柯克兰市两位警探中的一人给香农回了电话，与她分享他们了解到的情况。林伍德的案子已经结案，所以柯克兰市放弃了香农提供的线索。香农建议柯克兰警方亲自去找玛丽谈谈。但他们从来没去。"就这样结束了。"香农说。

香农此时陷入前所未有的迷茫。她对柯克兰市案件的态度让她意识到：也许她并没有那么确定玛丽是个骗子。"我真的愿意相信她，"香农说，"我爱她。"

然而，玛丽不愿意跟进的态度，以及不愿意重申自己清白的做法，让一切疑虑又卷土重来。柯克兰市的案件给了玛丽第二次机会向警察陈述——是不同的警察，不再是林伍德市的警官们——她可以坚称自己被强奸，坚持重启自己的案子与柯克兰案件合并调查。但玛丽却不愿意这么做，这让香农再次认定她之前说了谎。她并没有被强奸。香农不得不再次怀疑，当天玛丽的公寓里究竟发生了什么。

11月，玛丽再次上庭。坐在那里等候时，她完全不知道旁边的人被控什么罪名。可能是超速驾驶，也可能是入店行窃。可能是肇事逃逸，也可能是家庭暴力。当轮到玛丽的案子时，她的公设辩护人费尔德曼向法官表示，辩方没有审前动议要提出。当天的提讯就这样结束了。玛丽被告知下个月再来。

12月出庭时，她的案子被推迟到1月。1月再次出庭时，被告知她的案子延迟到2月。2月提审，案件继续被延到3月。

最终，检方向玛丽提出一份“审前转处协议”，内容如下：如果在未来一年内玛丽满足了若干条件，那么针对她报假案的指控将被撤销。条件包括：她必须为自己的撒谎行为接受心理健康辅导；她必须接受监督缓刑；她必须保持清白，不再犯法；她还得支付500美元的法庭费用。

费尔德曼认为，这是份不错的提议。如果玛丽满足了协议条款，就能够避免留下案底。

玛丽只希望一切尽快过去。

所以3月，她第6次出庭时表示接受这份协议。当时陪伴她的只有她的律师。

在柯克兰市，基西警士仍在追查手头的案子。他一家一家地走访受害人所住公寓楼与附近另一栋公寓楼内的住户，询问是否有人见过或听到什么。他找来维修工人查问情况。他问询的一位邻居在案发两三个月前曾进过受害人的家，帮助受害人安装了电视。另一位邻居则宣称此前曾有人试图闯入她家。基西还走访了附近的商家——一家杂货店、一座加油站、一家药房——为了查看案发当天早上的监控录像。他还搜集了周围市镇——包括西雅图及其附近的海岸线市、肯摩尔市和西塔科市——的袭击案件信息，看看是否有任何关联。

但两个月后，所有线索都走进死胡同，基西不得不放弃这个案子。他被调回了巡逻队。任何后续工作都将由韦伯来处理。在圣诞节和新年之间，两位警探一边回顾调查情况，一边进行交接。他们得出的结论是，还有最后一线希望：DNA。

前期调查曾发现一名可疑的嫌疑人。在老妇人报案后，出警的一位柯克兰警官于5点半左右驱车赶到公寓大楼。他在停车场注意到有名男子坐在一辆丰田车的副驾驶座位上，车子的引擎正打着火。警官上前轻拍车窗，此人说出了自己的姓名和出生日期。警员将这些信息传给调度中心，进行电脑联网检索。

男子告诉警官，他和朋友住在公寓楼其中一个单元。他是一名机械师。他的室友也在同一车间工作。当时他在车里抽烟是等着室友出门开车载他一起去上班。警官感谢他接受询问，并准备转身离开。正在此时，他听见调度中心的回复。这位机械师名下有一张6月份签发的逮捕令，罪名是有伤风化的露体。

也就是说，这名机械师出现在案发区域，并且有一条性犯罪记录。他还穿着一件运动衫，正符合警察搜索的目标。

但机械师不承认自己是袭击者。他说前一天下午2点以后他就一直待在公寓里。当警察开车带着老妇人去辨认时，她也说虽然不能确定，但她觉得这不是袭击她的人。另外，机械师身高1米93，体重109公斤，很难算作普通身材。尽管如此，他仍然被视为嫌疑人，除非有一天他能被排除。

在华盛顿州巡警队犯罪实验室，一名分析人员用棉签擦拭了用来捆绑祖母的鞋带，并从中检测到男性的DNA。采到的样本并不足以形成完整的基因图谱，但可以进行Y-STR分析，以缩小嫌疑人父系家族的范围。州政府没法做这种分析，但有一些私人实验室可以做。

韦伯问机械师是否愿意提供DNA样本进行比对。他同意了，让警察采集了他的口腔拭子。

2009年7月，韦伯将这些口腔拭子和鞋带送到一家私人实验室。然后等待结果。

鉴于Y-STR分析的局限性，即便结果匹配也不能百分百确定机械师就是罪犯。但若是结果不匹配，则能够完全排除他的嫌疑。

6周后，在8月的最后一天，韦伯收到了检测结果。机械师被排除了。案发现场采集到的DNA属于另一个人。

对韦伯而言，能做的都做了，已经别无他法。9月2日，她将此案定为搁置案件，就此罢手。

玛丽签署的认罪协议令她免受牢狱之苦。但她的失落感却挥之不去。在被侵犯之后的几个月甚至几年时间里，她感觉自己被掏空了。

她不再去教堂。“我在生上帝的气。”她说。随着她退出教会，她和乔丹的关系也疏远了。“我们仍然是朋友，但我们不再像从前那样推心置腹。”

她对摄影失去了兴趣。她呆在公寓里，长时间地看电视。

她搁置了上大学的念头，找了一些要求不高的工作。“我伤得很重，陷入黑暗的深渊。我很难做什么。”她曾找了份服装店的工作，负责收银、贴标签、盘货。她也曾在一家收账公司做记录留言，录入数据的工作。她还曾在一家出售派对用品的折扣商店做销售。

警察在她公寓里发现的那张学车许可证是临时的，那是她走向独立之路的一步。但她从未迈出下一步，从未考取驾照。她选择坐公交车上下班。

自尊让位于自我厌恶。她开始抽烟、喝酒、发胖。她做出种种错误的选择，和偷她钱的问题人物交往。

她觉得大家都在躲着她——她并不是唯一感觉到这一点的人，香农也注意到了。“她所有的朋友和支持她的人都不想再和她有任何交集。”香农说。

玛丽饱受抑郁症和创伤后应激障碍的折磨。这是她按认罪协议的要求接受心理咨询时专家对她的诊断。有时她会宣称自己开心得不得了，但其他日子里她疲惫不堪，对世事不闻不问，无法摆脱这样的想法——她已经自暴自弃，她所渴望的正常生活永远不会属于她。

按照法院的要求，玛丽接受了一年的心理咨询。一开始她很害怕，后来就适应了。“在咨询中你不会被评判。当我没有自我封闭时，向人倾诉的感觉很好。”咨询师和玛丽本应该先回顾玛丽过往的人生，再慢慢触及她撒谎的问题。但“一年时间太短了”，玛丽说。当她诉说完那个夏天之前的人生际遇之后，她只来得及向咨询师谈起过一次案发当天的事情。

“我把整件事原原本本地告诉了她。”玛丽说。

她无法判断咨询师是否相信她的话。

12 印 记

2011年2月11日

科罗拉多州莱克伍德市

马克·帕特里克·奥利里（Marc Patrick O'Leary）。

这就是加尔布雷斯面前的笔记本电脑屏幕上出现的驾驶证上的姓名。奥利里身高1米80多一点。体重100公斤。金发。浅褐色的眼睛。他的脸看起来方正厚重，像个陶土玩偶。他的嘴唇很厚，头发很短，眉骨突出。他的家庭住址为莱克伍德市哈兰街65号。出生日期为1978年6月22日。加尔布雷斯算过了，他现年32岁。

“**就是他。**”她想。

加尔布雷斯感到一阵遗憾。她没有把那辆白色卡车的事告诉参与调查的同僚们，因为她当时认为这并非一条有力的线索。迪吉奥西奥能找到它是靠运气，纯属运气。但有时，需要的就是运气。加尔布雷斯迅速向威斯敏斯特警局会议室里的其他警察解释了其中的关联。

有两名受害者附近都曾出现过一辆白色马自达卡车。

奥利里的驾照照片也符合受害人们对袭击者的描述。

房间里的警探们——亨德肖特、加尔布雷斯、伯吉斯和哈塞尔——在安珀被强奸后的一个月里都忙得不可开交。他们翻找过垃圾箱和沟渠，询问过大学生和有线电视工人，成立了临时专案组，并且与各自城市的犯罪现场调查员和犯罪分析员多方合作。他们已经竭尽全力，只因确信有一名连环强奸犯正逍遥法外。现在，嫌疑人终于被锁定，他们将会更加努力。威斯敏斯特市警察局的会议室人去屋空。警探们飞快地赶回自己的办公室去挖掘一个问题的答案。

此人到底是谁？

加尔布雷斯搜索了美国国家犯罪信息中心，结果显示此人没有犯罪记录，甚至连一张交通罚单都没有。她请丈夫大卫帮忙在互联网上搜索。他们又一次对坐在客厅的沙发上，各自捧着一台笔记本电脑。大卫搜到了第一条信息：马克·帕特里克·奥利里注册了一个叫teensexhub.net的色情网站。那名强奸犯曾威胁受害者们要把她们的裸照发布到网上。大卫一看到这个链接就知道自己将很久见不到妻子了。“面对重大案件时，史黛西是一个非常有干劲的人。她会连续工作三四十个小时来抢占先机。”

格鲁辛联系了美国国防部调查部门的同行，想了解奥利里是否曾在军中服役——这一点曾是安珀和莉莉共同的怀疑。他很快得到了答复，但没有什么详细情况。奥利里的确参过军。在陆军部队升到了中士军衔。目前已经光荣退伍。

迪吉奥西奥也在继续挖掘。莱克伍德市警察局和美国70%以上的执法机构一样，配备了一种打击犯罪的工具，名为车牌读取器（license plate reader，简称LPR）。这种每分钟可以拍摄1 800张照片的小型高速照相机被安装在巡逻警车的前部。它会自动拍下从警车前经过的每一辆车的车牌。照片的拍摄日期、时间和地点乃至车牌上的信息，都会被自动输入数据库。日积月累，这个数据库已经被证明比内裤被盗之类的记录有用多了。

事实证明，有一名车上装有LPR的警察驾车上班途中恰好经过哈兰街65号。所以当迪吉奥西奥输入车牌号后，她得到了三张照片。一张照片拍到奥利里在自家车道上站在他的白色马自达旁边。另一张则显示那辆车副驾驶一侧的后视镜弯曲——与戈尔登市监控视频中出现的那辆白色马自达皮卡一模一样。

之后，亨德肖特在警局办公室里仔细钻研迪吉奥西奥的发现。其中一张LPR照片拍到的是2010年8月10日这辆马自达皮卡驶过莱克伍德市的情景。亨德肖特意识到，那正是莎拉被强奸的同一天。她看了看照片的时间戳：早上8点49分05秒。距离强奸犯逃离莎拉公寓仅仅两个小时。随后，亨德肖特发现了更加惊人的情况。科罗拉多州机动车管理局的记录显示，奥利里曾在同一天上午11点13分拍了一张新的驾照照片。照片中，他穿着一件白色T恤衫。莎拉曾说袭击她的男子就是穿着白色T恤衫。这真是一连串惊人的发现。但亨德肖特依然保持谨慎。谁知道他们还会有什么新发现呢？

“我想将真正的罪魁祸首送进监狱，你明白我的意思吗？但你不能目光狭隘。你可以有那么一点兴奋，但还有那么多工作要做。我无法想象，妄下结论抓错人会有多么可怕的后果，对吧？我是很激动……但还有很多工作等着我们去做。”亨德肖特说。

2011年2月11日，星期五。天空晴朗。对负责监视的两名FBI特工来说，这是一个寒冷的早晨。气温徘徊在零摄氏度左右。他们坐在车内，车停在距离哈兰街65号奥利里家不远处的街边。马路上车来车往。

中午12点13分，一男一女从屋里走了出来。男子身高约1米85，金发，体重约90公斤。女子一头黑发，看上去20岁左右。这是奥利里和谁？一个女朋友？两人上了一辆丰田卡罗拉后开车走了。两名特工驾车尾随。他们希望奥利里能去做一次大汗淋漓的运动，或者往地上吐痰，或者做出任何可能导致他在公共场合留下体液的行为。这样的遗留物被称为“被遗弃DNA”——被留在公开场合的遗传物质。尽管第四修正案要求，警方必须持有搜查令才能从嫌疑人的家中或身体上收集基因特征，但法院将“被遗弃DNA”裁定为警方可以自由采集的证据。警察们有权收集它；州犯罪实验室可以检测它。如果奥利里的DNA与强奸犯留下的部分基因图谱吻合，警方就能确定这两个人即便不是同一个人，至少也是亲戚。

奥利里和这名女子开车前往半英里外一家融合希腊、美国和墨西哥菜式的餐厅——真棒餐厅酒吧。他们花了一个半小时进餐，特工们就一直守在外面。当他们离开时，一名特工冲进餐厅，阻止了正在收拾桌子的服务员。与餐厅经理简单交谈后，他拿着奥利里用过的咖啡杯走了出来。它的杯沿上会留有足够的“被遗弃DNA”。

与此同时，格鲁辛与一名当地警察冒险来到哈兰街65号门前。他们身着便衣。他们想在确保家中无人的情况下安装一个监控摄像头来监视这所房子。但当格鲁辛敲门时，一名男子前来应门。格鲁辛立刻认出了他。

此人正是马克·奥利里。

真要命。虽然已经做好有人在家的准备，但格鲁辛万万没想到来开门的会是他认为刚刚已离开的嫌疑人。他回过神来，依旧执行既定计划。他的搭档解释说他们是警察。格鲁辛从口袋里掏出一张警方画像给奥利里看。

这一带发生了好几起盗窃案，格鲁辛说，你见过画像上这个人吗？

实际上，这幅画像来自FBI调查的一起谋杀案。格鲁辛密切观察着奥利里的反应。他起疑心了吗？奥利里拿着画像端详。如果他是强奸犯，格鲁辛想，他绝对掩藏得很好。他似乎在思考，但看起来并不慌张。

“不，我没有见过这个人。”奥利里这样回答格鲁辛，并把画像递了回去。

能告诉我你的姓名和出生日期吗？格鲁辛问道。奥利里十分配合。还是没有慌张的迹象。

还有别人住在这里吗？格鲁辛问道。

只有我弟弟迈克尔，奥利里说。他答应把盗窃案的消息转告给弟弟。

离开的时候，格鲁辛感觉这一招似乎奏效了。他研究过罪犯们，知道他们是怎么想的。他们风声鹤唳，见到的每一个警察，每一辆经过的巡逻车，都会引发他们的恐惧和疑心。“坏人总是觉得有人在追缉他们。”他说。

他也知道他们是如何调整的——他们会习惯于此。奥利里会对他产生怀疑，但这和他对每一个太过接近自己的警察产生的不信任没什么两样。他会把它合理化为另一次险情，他不会知道有多险。

事情很快就弄清楚了。监视人员一直在跟踪的是迈克尔·奥利里和他的女友。咖啡杯上有迈克尔的DNA。他们能用迈克尔的DNA和强奸犯的DNA比对吗？格鲁辛打电话咨询州犯罪实验室主管。是的——不管是哪位男性亲属提供的样本都可以和强奸犯的DNA进行比对。主任告诉格鲁辛，实验室可以连夜进行分析。

第二天，2月12日下午2点15分，加尔布雷斯拿到了结果。强奸犯的DNA——它是从多丽丝的泰迪熊、莎拉的白色厨房计时器以及安珀的脸上采集到的数十个细胞中提取的——与咖啡杯口提取的迈克尔·奥利里的DNA是吻合的。白人男性中这种匹配随机发生的概率是四千一百十四分之一。如果你是个赌徒，你会赌强奸犯就是奥利里家的男性。

调查期间，格鲁辛会定期在他的办公室和加尔布雷斯会面，办公室位于丹佛市尘土飞扬的畜牧场中间的一栋世纪初的红砖建筑里。它曾是丹佛联合畜牧场公司的所在地。爱奥尼亚式立柱，宽大的楼梯，以及陈旧的木板，让整栋建筑颇有银行大楼的感觉。位于顶层的FBI办公室更像是一个男士俱乐部。特工们在办公室内部装饰了美国鱼类及野生动物管理局缴获的用非法捕猎动物制作的标本——这里一头野猪，那里一个麋鹿脑袋。男士卫生间里有一个和小冰箱差不多大小的白色瓷质小便器。格鲁辛办公桌后面的金属百叶窗是弯的——它是一场临时的办公室间足球赛的受害者。

眼下，两人就一系列新的事实进行了讨论。就在一天前，他们还不知道迈克尔·奥利里的存在。现在，他们知道他几乎像是马克的孪生兄弟。两个人长得很像——他们的身高几乎一样，体重只相差大概5公斤。由于强奸犯蒙着面罩，受害者很难分辨究竟是他们两人中的哪一个。而且迈克尔也曾是军人，也曾在陆军服役。会不会是迈克尔开着马克的皮卡出去作案呢？又或者是两人同谋，轮流作案？

他们仍然相信马克·奥利里是强奸犯。但他们都知道，一个优秀的辩护律师会毫不费力地提出合理怀疑。**陪审团的女士们先生们，没有一位受害者能确定是哪个男人侵犯了她。现代科学也无法确定。我们的法律制度说，让十个有罪的人逍遥法外好过给一个无辜的人定罪。你们必须宣判他无罪。**

他们需要更多证据。

当天晚上，加尔布雷斯写了一份书面陈述，向法官申请哈兰街65号的搜查令。她列出了所有指向马克·奥利里的证据：他的外貌体形，他在部队服役的时间，匹配的DNA。她还逐条列出了他的犯罪行为以及被他侵害的受害人。她用枯燥的法律文件语言，写下了她希望在房子里找到的能证明他罪行的所有东西：

- 上述案件中受害者丢失的物品：粉红色索尼Cybershot相机、蓝黄花卉图案的睡袍、女式内裤、绿色缎面枕套、绿色床单、一条纯粉色床笠和两个配套枕套、一条白色保守型内裤、亮粉色床单、雪花图案睡衣、黑丝绑带。
- 白色T恤衫（胸前可能有颜色），膝盖有洞的灰色运动裤，绿色卡其布裤子，灰色连帽衫，黑色面罩、帽子或类似组合，有蜂窝图案或印记的手套或其他物品，黑色带白条的阿迪达斯鞋。
- 拉链袋或背包，绳索、细绳、合股线或其他可用于捆绑的材料；人造阳具，人体/性润滑剂，水瓶，湿纸巾，高筒尼龙袜或丝袜，振动器，黑色照相机。

加尔布雷斯当天晚上很晚才收工。值班法官不想阅读电子邮件，坚持要传真件。加尔布雷斯在城里东奔西走，终于找到一家很晚还在营业的西夫韦超市，那里有传真机。法官在星期六晚上10点签署了搜查令。突击搜查定在第二天早上。

加尔布雷斯明白，能在奥利里家找到物证将有助于检察官立案。但她本人只需要一件事来确定马克·奥利里是否是那名强奸犯。

她给另一个警局的犯罪分析员发了邮件："我就想看看这家伙的腿！"

2月13日，星期天，早上8点15分，加尔布雷斯敲响了哈兰街65号的侧门。那是一个晴朗而寒冷的早晨。积雪覆盖了院子。周围的树木在冬日里光秃秃地立着。

"警察！搜查令！开门！"她喊道。格鲁辛和6名来自戈尔登市和莱克伍德市的警官站在她身后，紧贴着房子的南墙。他们都穿着防弹背心和卡其裤。他们都拔出了枪。

加尔布雷斯听到屋内有声响。门开了。马克·奥利里站在门内。他的狗阿里亚斯，以及迈克尔的狗，一条比特斗牛犬，都翻滚着跑在他前面。见到警察后，奥利里准备跪下。

出来，出来！加尔布雷斯命令道。

当他走到冬日阳光下时显得很茫然。他穿着一件灰色的连帽衫，宽松的灰色运动裤，脚上趿着一双居家鞋。他告诉加尔布雷斯，他的弟弟迈克尔昨晚出去后还没有回来。他独自一人在家。

加尔布雷斯把他拉到一边。她搜了他的身。然后蹲下身子撸起他的裤腿。

在那里，就在奥利里的左小腿上：一块鸡蛋大小的黑色胎记。

就是他。他就是那名强奸犯。

加尔布雷斯朝着格鲁辛竖起大拇指。

我们有搜查令，要搜查你的房子，格鲁辛向奥利里解释道。后者表示要找律师。这时，加尔布雷斯走到他身后。

“你被捕了，由于涉嫌2011年1月5日在戈尔登市犯下的入室盗窃和性侵犯罪行。”她告诉他。上午8点35分，加尔布雷斯给奥利里戴上手铐。她目送另一位警官开车送他去杰斐逊县监狱登记。在那里他被采集了指纹。一名技术人员用棉签在他口腔内侧擦拭以获取完整的DNA图谱。在摄影室里，他脱光衣服以便警方拍下他身体每个部位的照片。2011年2月14日，奥利里第一次出庭时被控犯有性侵、绑架、盗窃和恐吓罪行。保释金被定为500万美元。法官担心奥利里是“一名极度危险的人物”。

实施抓捕那天早上，加尔布雷斯穿了一双新靴子。以后每当看见这双靴子，她都会回想起缉拿奥利里的情形，回想起她曾经有多么想亲手逮捕他。“我就想见到他脸上的表情……也让他知道我们逮到你了。”

戈尔登市犯罪现场调查员阿曼达·蒙塔诺（Amanda Montano）率领着11名警察、FBI特工和刑侦专家对房子展开搜查。威斯敏斯特市警察局的凯瑟琳·埃利斯是自告奋勇前来帮忙的，同样如此的还有莱克伍德市的亚伦·哈塞尔警探以及戈尔登市的马库斯·威廉姆斯警探和刑事专家卡莉·吉普森。他们身穿连帽的白色连体服，戴着蓝色手术手套，足蹬白色靴子，看起来就像一个生化危机小组聚集在有毒的废墟现场。

队员们对房子里的房间逐间进行地毯式搜查。马克·奥利里的卧室在东北角。黑色窗帘遮住了窗户。床紧挨一面墙，米色床单堆在床中间。地板很干净。一张梳妆台上放着电视机。抽屉里面所有东西都摆放整齐，有条不紊。他的衬衣和裤子码放在一个抽屉里，足足有三摞。在壁橱的底部并排摆放着几双鞋。蒙塔诺注意到，其中有一双是黑色运动鞋，上面有三条明显的白色条纹。正是阿迪达斯ZX 700款。和网站上说的一样，蒙塔诺想。

她又来到房子后面的电脑室。绛紫色的窗帘遮住了一扇通常可以远眺落基山脉的窗户。房间角落放着一张L形的棕色书桌。桌上放着一台电脑、几本螺旋笔记本和一部iPhone手机。电脑上方的墙上挂着一个有军方盾形纹章的带框架的时钟。钟的下方有铭文，感谢上等兵马克·帕特里克·奥利里对第503空袭步兵团A连第三排“公鸡”的忠诚奉献，这是他在韩国时服役的部队之一。从军经历，就像受害者怀疑的那样，蒙塔诺想道。

书桌上还有书架。蒙塔诺记下了上面书籍的名称：斯蒂芬·霍金的《时间简史》。巴鲁赫·德·斯宾诺莎所著《伦理学》。朵思·伊斯顿和珍妮·哈帝合著的《道德浪女》。西格蒙德·弗洛伊德的传记。《你需要的唯一占星术书》。《圣经》。《性爱起源与私密之物》。

另一个书架上放着一叠装在蓝色塑料封套里的只读光盘。在它们上面是一台粉红色的索尼Cybershot相机。

这几乎太完美了，蒙塔诺想。

整整一天，蒙塔诺和其他队员都在仔细筛查奥利里的生活。他们在浴室的脏衣篮里发现一块打着结的黑布可以当作面罩。

在厨房的篮子里，他们发现一副带有蜂窝图案的安德玛手套。在床垫下，他们发现一把黑色的点三八口径的鲁格尔手枪。弹匣里有六发子弹。电脑室的壁橱里挂着一个黑绿色的逸客背包。里面装着好几个袋子。其中一个装着一双有粉色丝带的透明的塑料高跟鞋。另一个是透明的塑料密封袋，袋子上用黑色记号笔涂写着整齐的方块字，标示了里面装的东西。**长筒袜。夹子。人造阳具。塞口物。**

在壁橱深处，威廉姆斯警探注意到一个小小的黑色吉他音箱。他把它转过来。只见两个塑料密封袋从背面探出头来。威廉姆斯把它们取了出来。蒙塔诺把袋子放在地板上。她在里面发现了女式内裤。桃白条纹的、亮粉的、白色的、浅粉的、棕色的、丝滑的婴儿蓝，还有白色带彩花的。一共有10条。

他的战利品。

证据之丰富让现场每一位警察都大吃一惊。这就像完成了一幅拼图。参差不齐的碎片形成了一幅清晰的画面：马克·奥利里。

“作为一名警探，执行搜查令是家常便饭。有时你会找到好东西。有时，你只能找到一点。但通常不会有这样的情形——你找到的几乎每一样证据都能把一件案子与其他每一件案子联系起来，”哈塞尔说，“找到如此之多的证据会让人觉得，这太傻了。”

逮捕完成后，加尔布雷斯开车去了安珀的新公寓。距离强奸案已经过去39天。她想亲自去通报这个消息。

安珀在公寓外面的停车场和她见了面。加尔布雷斯告诉她罪犯名叫马克·奥利里。在袭击她之前他还侵犯过其他女性。她还谈到安珀对破案的帮助：她对细节的关注，她吸引他对话的能力，她对他背景的直觉，以及她的报警电话。加尔布雷斯很少有情绪化的时候，但此刻，她感到无比的欣慰、满足和幸福。她开始热泪盈眶。她想，**我为你做到了**。

安珀却没有表露任何情绪。她只是对加尔布雷斯表示感谢，并给了她一个短暂的拥抱，然后就回家了。加尔布雷斯原本期望得到更多反应，尽管她也明白她对安珀的情绪无法感同身受。受害人被强奸的经历是非常个人化的。

亨德肖特也给莎拉打了电话，告诉她，她们得见个面。莎拉说她正忙着，不知道能否抽出时间。

“嗯，这真的、真的很重要。”亨德肖特告诉她，“我去找你。不管你在哪里，我都会去。”

当天晚上，亨德肖特驾车去丹尼连锁餐厅找她。亨德肖特看见她在后面的角落里独自用餐。莎拉没有家人在身边。她的丈夫已经去世。她经历了一次又一次痛苦。

亨德肖特坐下来，宣布了这个消息。

“一切结束了。都结束了。我们逮到他了。”她告诉莎拉。

两个女人坐在卡座里，相顾流泪。

“当我坐在她面前告诉她，在你经受了这么多痛苦之后，现在再也不用担心这家伙会再次伤害你，这就是我的幸福时刻。”亨德肖特说。

迈克尔·奥利里不明白发生了什么。他开车回到哈兰街65号，发现那里挤满了警察。一群人围在警戒线周围。新闻工作者站在外面，记者们正对着摄像机播报。他下车向一名警察表明了身份，随后就被戴上手铐，塞进了一辆巡逻车的后座。

现在，他正坐在科罗拉多州调查局总部的一个房间里，在他对面坐着两位警探。其中一位自称是斯科特·伯吉斯，另一位自称是埃德娜·亨德肖特。

“那么你知不知道自己为什么会来这里？”伯吉斯问道。

“当然不知道。我完全不明白。”迈克尔回答道。他知道他哥哥被捕了，但他不知道为什么。他在电视上看到过一则新闻，说亚利桑那州某人因为向人群开枪而被捕。这让他想到自己的哥哥：一个独来独往，离群索居的家伙。马克是在制造炸弹还是什么？

“你不会因为一张交通罚单受到如此待遇。”伯吉斯告诉他。

伯吉斯和亨德肖特开始对迈克尔连珠炮似的发问，询问他每天是怎样度过的？

他每天早上8点去理发学校，下午在一家家具配送店上班。

他有没有开过马克的皮卡？

是的，开过一次。他曾驾驶那辆卡车为丹佛郊区某处配送过一个电视柜。

他是否使用过后屋的电脑？

当然，但他有自己的账户和密码。他用电脑查看他喜爱的橄榄球队的比分。有时，他也会浏览一个名为“许多鱼”（Plenty of Fish）的交友网站。

他有没有去过奥罗拉市？威斯敏斯特市？或者戈尔登市？

没去过。去过。没去过。

“你有没有堂兄弟住在丹佛地区？”亨德肖特问道。

没有。只有他爸爸。而且他住在亚利桑那州。

伯吉斯问了最后一个问题，问他能否把裤腿拉起来？

迈克尔给他看了自己小腿上的一道疤痕。是小时候的一次自行车事故留下的。这跟什么有关系？

“你们到底会不会告诉我马克为什么被捕？”迈克尔问道。

伯吉斯犹豫了一下。此事非同小可，而此人一无所知。伯吉斯告诉他，有几名女性被强奸了，据她们描述，袭击者身高1米80多，体重100多公斤。DNA检测显示强奸犯与奥利里家族有关。有一名受害人在强奸犯的腿上见过一块胎记。

“我很遗憾地告诉你，对于一个家庭来说这将是一件很难面对的事情，”他告诉迈克尔，“但很不幸地，警方十分确信马克就是我们的嫌疑人。”

迈克尔一言不发。伯吉斯和亨德肖特继续发问，但他不再回答。两名警察沉默了几分钟，等待他开口。

最后，他终于再次开口。

“这会让我妈妈心碎的。”他说。

“她肯定接受不了，我确信，她完了。她的生命就此结束。她将永远受到此事的煎熬。不重要了，对此我无能为力，任何人都无能为力。”他说。

他追问伯吉斯，警方确定抓对人了吗？也许马克是被陷害的？

伯吉斯回答他没搞错。警方在房子里发现了很多证据。“在我看来，证据是压倒性的。”他告诉迈克尔。

迈克尔不想背叛他哥哥，毕竟血浓于水。但这，这一切，超过了他的承受能力。

“我其实很尊敬他，觉得他很厉害。我再也不知道该怎么想了。我只是，我很尴尬，甚至不好意思露面。”

“他还不如死了。他将永远消失，”迈克尔说，“我真希望我能一枪崩了他。”

他告诉警探们，他的哥哥在参与神秘的事情。占星术。炼金术。秘密社团。他说，他哥哥及其朋友们对世界的社会秩序有着奇怪的信仰。他们认为世界上只有两类人：除了上层人士，剩下的都是被上层人士奴役的人。

“在他们的世界里，一切都被划分成两类，就像部队把士兵分为A等和B等那样。”他说。

这些话引起了伯吉斯的共鸣。强奸犯曾对安珀隐晦地提到狼与亡命徒。现在，嫌疑人的弟弟也使用了类似的词汇。想象一下把这个巧合摆在陪审团面前。**有可能是两个不同的人相信相同的秘密哲学吗？这概率有多大？**这是把另一块拼图归位的好机会。

伯吉斯问道：“你听说过‘狼和亡命徒’这种说法吗？”

“是啊，狼和亡命徒。”迈克尔说。

“什么是狼和亡命徒？”

“狼基本上就像A等人，而亡命徒就像大多数人民群众一样。他们没有强健的身体，也没有强大的心理，他们什么都不是。他们只是处在下一个等级上。他们就是这样分类的，和狼一样，因为狼就是这样看待世界的。”

“他是这样看待自己的吗？这就是他在研究的东西？”

“他们基本上把他归类为A等，在那个社会里A等男性基本上可以和多名异性发生性关系，他们不受约束。”迈克尔说，“我不明白这和他妈的出去强奸之类的事情有什么关系，但我的意思是这一切都太深奥了，我甚至都不想去思考，你明白吗？”

“这家伙就是个该死的精神病。”迈克尔说。

当蒙塔诺走进奥利里家时，她身后跟着另一个人，约翰·埃文斯（John Evans），一位50岁的电脑专家。埃文斯是

CBI的民间调查员，他知道此案的强奸犯曾威胁要把受害人的照片发布到互联网上，而且奥利里拥有自己的色情网站。埃文斯的任务是挖出奥利里家里所有的电脑、硬盘和手机。蒙塔诺搜寻的是奥利里犯罪的物理证据，而埃文斯要找的是数字痕迹。

埃文斯有着多年与电脑打交道的经验。年轻时，他购买了第一代家庭计算机，一台康懋达64。那是20世纪80年代的事了。它不能做太多的事情，只能将数字相加，打印HELLO字样，显示块状图形。但他爱上了这台有着笨重的棕色键盘和发光屏幕的机器。当时，它就像魔法一样。

他将自己的爱好发展成了事业。在海军服役期间，他曾在南极洲工作过3年，震撼于那里的极夜与极昼现象。从海军退役后，埃文斯搬到了科罗拉多州。他找了一份动物管制员的工作——过去被称为捕狗人——后来加入了戈尔登市警察局，担任证据文书和犯罪现场技术员。他大部分时间都是独自工作，在一个摆满架子的办公室里记录指纹卡片和DNA拭子、手枪和照片、床单和破损的衣物等等。由于醉心电子技术，他参加了计算机取证和视频取证课程，这种对数字媒体的分析可以在案件庭审中被采用。他成了一名合格的电脑法证人员——既是戈尔登市的头一个，也是当时丹佛地区为数不多的几位之一。

埃文斯作为一名电脑密语者的名声传扬开来，其他机构开始把他们的电脑犯罪案件发给他。起初主要是在戈尔登市及其周边地区，但很快，科罗拉多州各地警察都开始向他求助。你的案子有模糊的监控录像吗？埃文斯可以增强它。需要打开硬盘吗？埃文斯也能做到。破解加密的电子邮件？埃文斯就是你要找的人。

埃文斯这才知道，电脑里也有黑魔法。他处理的许多案件都涉及儿童色情。这意味着他不得不花很长时间去看那些最令人不安的图像。他从而了解了一套标准的典籍——经由互联网在世界各地的变态之间流传的数万份儿童遭受性虐待的照片与视频。这向来不是容易的事，也不寻常，但他已经习惯了，就像警察面对尸体一样。"一段时间后你会对它形成一种粗糙的免疫力。但有些时候我还是必须站起来走开。"他说。埃文斯一直警惕着新的图像。或许他还有机会拯救那些从未见过的画面里的孩子。

在后面的电脑室里，埃文斯清点了奥利里电脑系统的每一个部件。有两台电脑，一台在他的桌子上，另一台和背包以及吉他音箱一起放在壁橱里。一部iPhone。书架上还有两个U盘。若干只读光盘。奥利里的两部相机也都有SSD存储卡，一部是偷来的粉色索尼Cybershot，另一部与他在Craigslist上和女性交流时提过的型号一样——佳能Rebel XTi。

埃文斯把所有的东西都运回了洛基山脉地区计算机取证实验室，该实验室坐落于丹佛最南部郊区之一森特尼尔的一个不起眼的办公园区内。该实验室由FBI资助，汇聚了联邦特工和科罗拉多州调查员，作为当地的犯罪实验室处理所有与计算机取证有关的事务。州执法机构会送来加密文件、半删除的会计记录、互联网IP日志等，希望能从中找出犯罪证据。作为FBI项目的一部分，埃文斯被从戈尔登市警察局长期借调过来，他很享受这种合作。"你试着尽力帮助每个人。"他说。

他的办公桌所在的那一层长长的楼面布满了隔间。他桌上有7台电脑——PC机和Mac机——每台都配有双屏。它们呼呼地运转着，发掘着数字化的秘密。埃文斯看起来好似华尔街交易所大厅里的股票经纪人，不过他的14个屏幕上显示的永远都是损失，而非收益。

“我们每天都在看非常糟糕的东西，整天整天都在看。”埃文斯几乎立刻就在奥利里的电脑里找到了证据。他找到了奥利里iPhone的备份，里面有他跟踪安珀时记下的笔记。笔记时间可以追溯到9月28日，也就是强奸发生前3个多月。那一天，他在安珀公寓外蹲守了5个多小时，期间在手机上输入了若干条记录。最后一条记录于凌晨2点30分，安珀“回到家，宽衣解带，在浴室里呆了很久，然后坐在书桌前开始写东西”，他写道。11月10日，他描述了对安珀与其男朋友的观察。安珀“大约10点30至10点45分与白人男友一起回到家，男友穿着睡衣，游戏结束”。1月3日，他担心安珀可能要搬走。他能看见她家里正在收拾箱子。当天晚上，他撬开了门锁，准备溜进她的公寓。“1点左右到家，独自一人”，他在实施强奸前一天这样记录道。

在同一部iPhone上，调查人员发现了奥利里一直在跟踪另一名女性的证据——一位利特尔顿市的离异女性。没有迹象表明他真的出手了。他还在计划当中。

从iPhone还获取了奥利里的通讯录。他的联系人不多。有他的弟弟迈克尔，他的母亲和继父，一些本地朋友，还有一个区号为602的号码——属于一位亚利桑那州的女性，她的名字叫卡丽克萨。

埃文斯把他的全部发现都转发给加尔布雷斯或亨德肖特，并附上简短而熟悉的留言：“这是今天发现的一些有趣的东西。”埃文斯最好的朋友是迈克·亨德肖特，埃德娜的丈夫，他们相识于戈尔登市警察局——埃文斯也是在那里认识加尔布雷斯的。埃文斯也是蓝网成员。

在奥利里下载的文件中，埃文斯发现了一本关于警察技术的电子版书籍：《强奸案调查手册》(*Rape Investigation Handbook*)。这本书的作者是两位有几十年性侵案件调查经验的街头警察：前纽约警察局警官约翰·O.萨维诺(John O. Savino)与犯罪心理侧写师布伦特·E.特维(Brent E. Turvey)。这本手册的写作风格很亲切，有很多轶事。其中很多内容是关于强奸犯的罪行和对他们的剖析的，但书中也介绍了调查技术：触碰DNA检验法，ViCAP的使用，连环强奸犯的特征等等。埃文斯认为，奥利里可能研究过这本书。

他是个不断学习的强奸犯。

有一天，埃文斯在奥利里桌上那台电脑的硬盘里偶然发现一个奇怪的文件。它有一个暗示性的名字："可怜虫"。它占了超大内存，将近75GB，大到足以存储图书馆某一楼层的全部书籍，或者存放数万张高清质量的照片和视频，而且它被保护得非常严密。埃文斯发现，奥利里运用了TrueCrypt软件程序给这个文件加密，以保护文件不被像他这样的人窥视。

埃文斯开始痴迷于挖掘"可怜虫"的秘密。

虽然被加密了，但"可怜虫"本身提供了线索。奥利里曾将图像从别处转存到"可怜虫"内。这样移动一整个文件夹的照片的行为在电脑里留下了一条记录。埃文斯发现了一个被奥利里命名为"女孩们"的文件夹，里面包含很多子文件夹，每个子文件夹都以一个女性名字命名。埃文斯在其中发现了安珀和莎拉的名字。他还发现多丽丝的名字在211个不同的文件中被提及1 422次。

他还发现了另外8个他没听说过的名字。他把它们放在一边。它们可能会有助于调查人员追踪其他受害者。

“如果你看到他是多么的一丝不苟——哪怕连内衣抽屉的摆放都是如此——那就很容易理解”为什么他要给每个文件夹标上女人的名字，埃文斯说。“他对自己所做的一切都非常仔细。”

埃文斯把他的一台电脑专门用于破解“可怜虫”的防护。在等待的同时，他开始对付从哈兰街65号缴获的最小物证：奥利里相机里的两张存储卡。每张卡都只有邮票大小。

他在卡里找到了他要找的证据。

受害者们的照片。

奥利里曾试图隐藏它们。根据埃文斯的发现，奥利里曾将照片从相机转存到他认为很安全的“可怜虫”文档内。然后，他删除了相机卡中的全部内容。只是他并没有成功。这些图像的文件名虽然消失了，但构成图像本身的电子字节仍然留在相机卡上，直到被另一张照片永久覆盖。这位最谨慎的强奸犯再次留下蛛丝马迹——数字痕迹。

埃文斯使用软件恢复了被删除的文件，其中有400多张安珀的照片，摆着各种姿势，脸带惊恐。还有100多张莎拉的照片，她被迫平躺在床上，双手被绑在背后。不可能有错。出现在这些照片中的男人就是奥利里，他折磨侵害她们的方式与这些女性事后所描述的完全一致。

在浏览这些照片时，埃文斯有时不得不停下来，到外面去抽烟透口气。他估计，在他25年的执法生涯中曾看过数百万张色情图片，许多是暴力的，许多涉及儿童。但那些图片中的人对他来说是陌生的无名氏。现在，他清楚地知道电脑屏幕上那些瞪着他的惊恐面容叫什么名字。“你没法安坐在那里全部看完，”他说，“这个过程变得有点难以承受。它是如此真实。你知道每张照片对应着一位真实的受害人。”

接到埃文斯的电话后，加尔布雷斯和亨德肖特迅速赶到实验室查看这些图片文件，并立即从中找到了她们各自的受害人。

亨德肖特的简洁评价是："我想不出比这更邪恶的人了。"

亨德肖特注意到，有一张照片上莎拉穿着一双厚重的红色凉鞋。她记得在搜查莎拉的公寓时曾在一个盒子里见过这双鞋。莎拉说强奸犯给她穿上了鞋，但她记不起是哪一双。亨德肖特决定再试一次。她给莎拉打了电话。聊了几分钟之后，亨德肖特再次问了她以前问过的那个问题，问莎拉能否记起罪犯给她穿的是哪双鞋？

事实上，她能。莎拉说，几周前她在翻看一本相册时，看见一张自己穿着红色凉鞋的照片。她的记忆突然闪现：那就是强奸犯拿来的鞋子。

亨德肖特很惊讶。在强奸案发生6个月之后，莎拉受到创伤的大脑恢复了丢失的影像。她的记忆还在寻找拼图碎片，还在努力把它们拼凑起来。

埃文斯继续挖掘那些奥利里以为已经删除的文件。他发现了8张若干年前拍摄的照片。它们原本属于一个更大的图片集，但随着奥利里强奸更多女性并拍下更多照片，大部分删除掉的照片都已被覆盖。只要再犯一次案，这8张照片也会同样被覆盖而永远消失。

不过现在，埃文斯设法复原了它们。他和加尔布雷斯一起查看了这些照片。照片里是一位年轻女性，穿着一件粉色的T恤。她的表情和其他受害人一样惊恐。

加尔布雷斯的心沉了下去。又一名奥利里的受害者。但自己怎样才能找到她呢？

最后一张照片提供了答案。马克·奥利里拍照时把这位女性的学车许可证放在了她的躯体上。点击放大。

照片上清楚地显示了她的名字，以及她的地址。

华盛顿州林伍德市。

13　观察鱼缸

2008年8月11日，星期一，早晨7:55之前

华盛顿州林伍德市

他在黎明前到达，然后守在她的公寓外，潜伏在她的卧室外偷听她讲电话。夜色空茫，让他很快适应。墙很薄，他能听到她的声音。

他喜欢树木，因为它们提供了掩护，而这幢公寓楼周围就有很多树。对他而言，公寓的私密性虽然不如独栋房屋，但还是有它的优势的。其中之一就是所有那些玻璃推拉门——即便锁着也非常容易撬开，更别提它们经常压根儿没锁。然后是那些窗户。有的时候，他会躲在黑暗中用眼睛扫视一栋大楼，每一扇百叶窗都是拉开的，每一盏灯都亮着。他就像在观察一个鱼缸。

几周前他就锁定了她。他一直在外面开车转悠，侦察不同的公寓大楼，寻找符合他标准的目标。他想找的是能够提供潜藏机会和隐蔽位置的楼群。如果外面开阔明亮，他就会暴露。他希望能从窗户偷窥到卧室的情形。他希望公寓能提供多条逃跑路线，他不想被困在里面。有时，为了评估一座大楼，他会进入一间空的公寓或是样板间，研究其布局并记下准确方位。

他还希望这个楼群离他家至少超过一英里。他的说法是，兔子不吃窝边草。她的公寓离他家有4英里远，开车10分钟就到。而且他意识到自己经常去林伍德市——主要去购物，像其他人一样。电路城，费雷德·迈尔购物中心，百思买，沃尔玛。他会在这里的橄榄园和塔可钟餐厅用餐，并曾光顾当地一家昏暗的、烟雾缭绕的韩国烤肉店——秘密花园。就在上个星期，他还逛过阿尔德伍德购物中心和巴诺书店。

林伍德市有很多以独栋住宅为主的社区。这种房子也有其吸引力。除了更多的私密性，它们的可预测性更高。房子里有人时，周围走动的人往往会减少，他需要顾虑的人也就少了。不过，公寓楼周围更便于闲逛、开车经过或走过，站在楼前也不显眼。他可以融入这样的环境。然而，即使是在这样的公寓楼，他也知道自己不能在一个地方滞留太久。所以他从她卧室外面蹲守的位置离开过几次，四处走动一小会儿，以免引起怀疑。

然后他回到原位，继续监听。他知道她在打电话，因为房间里没有其他声音回应她。他在等她入睡。

她年方十八。他偏好18岁至大约30岁的女性。扭曲如他，他的堕落也是有限度的，至少他是这样告诉自己的。18岁是他愿意侵害的最小年龄。他也避免去有孩子的家庭，因为他不想让孩子们被卷入。他偏好独自生活的单身女性。他也避免去有狗的地方，因为狗会叫。狗比安全警报器还可怕。

除了她的年龄，她其实并非他真正喜欢的类型。之前他在偷窥她卧室的时候就意识到了这一点。但他已然花了这么多心力去“狩猎”（这是他的措辞），耗费了几百甚至上千个小时，所以他尽可能扩大自己的口味，把更多类型的女性纳入自己的幻想中。

他在华盛顿州已经呆了两年半了。离开韩国后他就搬到此地，并加入了陆军预备役，负责训练预备役军官学校学员。他到路易斯堡报到，但住在西雅图北面的芒特莱克泰勒斯。

在华盛顿州，他早期的犯罪尝试往往和在韩国的那两次一样可悲。他说不清自己究竟失败过多少次。

“我也不清楚。”他说。

“反正不少。”他会说。

如果被逼急了，他会说“至少七八次”。

其中有一次，他持刀进入一个女人的卧室。她一看见他就立刻从他身边逃走了。就是这样。然后他就放过了她。如果他抓住她，也许他会砍伤她，而他并不想那样做。他所做的一切工作，一切准备，都随着她跑入门外的夜色中而付之东流。她的行为很愚蠢，但他心里有一部分对此表示尊重。

另一次，他在一间公寓周围转悠时发现了一位看似60来岁的妇人，但他看不清楚她的样子。公寓的后院暴露在外，所以他躲在10到15码远之外的小树林里的栅栏后面窥视她。他等待着，然后伺机溜进了她家。她的电视开着。他走进卧室，看见她在熟睡。她看起来相当老，这令他惊讶。这我可没想到，他心想。他花了15或20分钟来作思想斗争。然后他走到床边，捂住她的嘴不让她尖叫。她看起来那么害怕，他担心她会心脏病发作。他拉下被子，随之意识到自己没法下手。她年纪太大了。他又把被子重新给她盖上。他告诉她:“我来这里是个错误。我不会偷任何东西。也不会伤害你。对不起，我吓到你了。请不要叫警察。我会从后门离开。”

他的确这样做了。

但后来他很烦恼。在接下来的几天和几周里，他不断责备自己：你在浪费你的生命；你夜复一夜地潜行着，准备着，然而一个女人如果不符合你的幻想，你就立刻放弃。于是，他致力于扩大自己的幻想范围。他找来以老年妇女为主角的色情片，反复观看，以确保下一次自己的做法会有所不同。下一次，他的功夫不会白费。

她的电话一直打个不停。

在和乔丹通话的时候，玛丽注意到了黑暗中的一些东西，但她并没有多想。

"它就在我的窗外。只是一个影子。"

也许是有人走过，她想。阴影本来在那里，后来就消失了。

当她屋里完全安静下来时，已经是日出前15分钟了。他翻过栏杆，蹭到了栏杆的表面。后廊有一个储物柜，他走过它，来到玻璃推拉门前。门没有锁。他进入了客厅。

他知道这间公寓有62平方米，客厅连着小餐厅，那里有通往卧室的门。自从两周前锁定她之后，他已经溜进她家好几次，就为了仔细检查这个地方。他翻阅了她的文件，搜查了她卧室的抽屉，以确保她不会有任何武器在手。

他的犯罪活动是有学习曲线的。他的说法是："当你变得越来越内行，你犯的错就越来越少。""内行"是他特有的用词。他有一整套强奸语汇；他的用词缺乏人性，经常借鉴军事术语。公寓楼群是一个"目标丰富的环境"。在"监视"时，他希望"有多种潜力可供利用"。他把最后的准备工作——作案当晚在受害人住所外面清点面具、捆绑工具、手套等——称为"战前检查"。

当时，他可能正处于学习曲线的一半。之前，他也曾失过手，引起警察的注意。2007年4月，芒特莱克泰勒斯的一名警察在凌晨5点拦住了他。警察没有逮捕他，但记下了他的名字并写了一份报告："此人在公寓和住宅周围徘徊，穿着深色衣服。"他给警察瞎编了些狗屁理由，说他的车坏了，想找一家人敲门借电话。但在随后的几个星期里，他注意到警察会开车经过他家，开得很慢，仔细打量。妈的，他心想，我被他们盯上了。之后，他蛰伏了一段时间。

他知道，他的痴迷和鬼鬼祟祟也让身边的人有理由怀疑。他会彻夜不归，早上回到家时衣服脏兮兮的，好像在什么地方爬过似的。在西雅图艺术学院上课期间，他曾付钱给一位摄影师同学，请他为一个网站拍照。那位同学到场后发现摄影棚里面有恋物癖的装备，还有一个带锁扣和挂锁的金属笼子，现场还有三名裸体女模特。用摄影师的话说，她们"瘦得可怕"。他的婚姻正在解体。他真不应该要求开放式婚姻，更糟的是她居然同意了。一直以来都是靠玛莎工作来养活他们俩，他每次在电脑前一坐就是好几个小时，假装在做网页设计，实际上是开始涉足色情行业。

在建设网站和暗夜潜行之余，他在部队的职责大受影响。他缺席了战斗集结，即陆军预备役的每月训练演习。他甚至已经有一年没有和他的指挥官联系了。

在客厅里，就在玻璃推拉门的另一侧，他看见一双黑色网球鞋——她的。他取下鞋带，把鞋放回原处。一名警探后来注意到这双鞋的摆放过于恰到好处，就如同整洁中的一点不整齐一样刺眼。

他只是保持整洁的习惯，这是他一贯的对待一切的方式。

他把其中一根鞋带穿过她的一条内裤，另一根他打算用于捆绑。

他并不是每次都带同样的装备。有时他带着手铐或眼罩，有时他就地取材；有时他会带枪。这一次，他会利用早先搜查公寓时发现的一种武器。随着他的幻想逐步发展，他的装备清单也在发展。当晚他就为自己策划了一个“新节目”，他带了一台相机。

进入公寓后，他花了半个小时或是更长时间来做准备。一部分是精神上的准备——用他的话说，就是在悬崖边自言自语。

他走到厨房的刀架前，从最上面一排的最左边取出一把黑柄刀。

然后他走向卧室。

早上7点左右，也可能还差一刻钟的时候，他站在她卧室门口，左手举着刀。

他看着她醒过来。

转过身去，他对玛丽说。她照做了。趴在床上，他又命令道。当她这样做之后，他骑在她身上，把刀子放在她的脸旁边。

双手放在背后，他又命令道。他绑住她的手腕并蒙住了她的眼睛。他把布塞进她嘴里，以掩盖所有声音。

你们刚才的对话挺有趣。他告诉她，让她知道他一直在那里偷听着，等待着。

他对她说，你应该懂得不可以不锁门。

他要求她再翻过身来。她照做了，然后他强奸了她，同时用戴着手套的手在她身上摸索。

他找到了她的手袋，把它扔到一边，拿起她的学车许可证放在她的胸口，然后拍下照片。

玛丽听到了沙沙的声音，但不明白那是什么声音。她辨认出了照相机的咔嚓声，这种声音她很熟悉。她无法说话，无法尖叫，只能祈祷。她祈祷自己能活下来。

当他结束后，他威胁说如果她敢报警，他就把照片发到网上，这样当她有了孩子，她的孩子也会见到这些照片。

他取出塞口物，摘下她的眼罩，让她把视线移开，把她的头埋在枕头里。

他说的最后一句话是他很抱歉。他说觉得自己很愚蠢，还是他脑海里的想象更好。

他走出房间，然后从前门离开了。

2008年8月14日——玛丽被带到林伍德警察局审问，并迫于压力改口说她编造了整件事的同一天——马克·奥利里来到99号公路旁的林伍德枪械弹药商店购买了4盒弹药和一支步枪。

下一个月，他又注册了5个色情网站，包括teensexhub.net和porninjector.com。10月，他在西雅图东部的柯克兰市又强奸了一名63岁的妇女，作案手法与在林伍德市犯的案子几乎完全相同，包括用受害人自己的鞋带捆绑她。

第二年，他从陆军预备役退役。虽然他曾光荣退伍，但从预备役的退伍却是“不光荣的”。在一份价值评估清单上——清单要求填写人作出是或否的二元评价——每一项上他得到的都是“否”的评价。这些项目包括忠诚、职责、尊重、无私服务、荣誉、正直、个人勇气。他的评估报告说：“不能指望他完成任何任务，哪怕是被分配到那些只需要较低技能水平的任务。”他已经下落不明大约两年了。

2009年夏天，奥利里驾车驶上90号州际公路，离开了华盛顿州西部。他向东向南行驶，翻山越岭到达雅基马。然后，他选择84号州际公路，驶往俄勒冈州的贝克城、爱达荷州的伯利、犹他州的奥格登市，再转上I–80公路前往怀俄明州的罗克斯普林斯。之后继续向东穿过怀俄明州，几乎抵达内布拉斯加州，继而向南开往家乡——科罗拉多州。他将在那里的丹佛市郊区定居，重新开始。

14　一张500美元的支票

2011年3月

华盛顿州林伍德市

对加尔布雷斯警探来说，这是一个值得期待的电话。她将从4个州以外的地方伸出援助之手，帮助另一个警察局解决一个大案子：**嘿，看我给你们带来了什么**。至少她是这么想的。

致电林伍德市警察局时——那是3月3日，星期四——加尔布雷斯表明了自己的身份，然后提供了玛丽的姓名，询问该局是否有任何涉及此人的案件报告。在被告知有之后，加尔布雷斯向对方索要一份副本。

林伍德警方说，把你的请求用带有抬头的信纸传真给我们。他们想确认加尔布雷斯真的是警察。所以加尔布雷斯抓起印有她警局徽章的信纸开始打字："请尽快将这份报告转发给我。我们有4起相似案件，一名嫌疑人在押。先行感谢！——史黛西"

大约20分钟后，她收到一份林伍德市警局档案部门发来的传真。她看了看封面页，然后又看了一眼，注意到底部潦草的字迹。那行手写文字是她最不希望看到的：

我市案件的受害人被控报假警。

报假案。照片中的女人。“受害人被起诉。”

加尔布雷斯被这句话吓了一跳。

她的心沉了下去。然后她发出一声咒骂，因为她知道这个罪名有多离谱。

加尔布雷斯对身边的警官们说：**嘿，听听这个**。然后她浏览了手上的文件。科罗拉多州的调查产生了数千页的文档，记录了追查的线索、开展的实验室工作，以及完成的排查，林伍德市发来的传真却只有44页。加尔布雷斯仔细阅读了这仅有的一点内容。她读到玛丽第一天向警察讲述的有关被袭击的情况；她知道——因为有奥利里的照片——玛丽的讲述是真实的。那些照片证实了玛丽的话。

加尔布雷斯意识到，她不是在帮助同行解决一个悬案，而是要通知他们犯了一个不可想象的错误，一个警察可能会犯的最糟糕的错误。当她回顾林伍德市的调查时，看到疑点从哪里开始，如何蔓延，以及玛丽在受到质疑时如何屈服，甚至接受认罪协议，加尔布雷斯能够想象照片中的女人经历了什么。她也能够想象林伍德市警方未来的日子。

接到电话通知时，梅森警司正在前去上班的路上。

两个月前，他从刑侦处调到了缉毒专案组，这是他最熟悉的领域。工作之余，他还在补课。他在斯卡吉特谷学院完成了一门刑事司法程序课程的学习，获得了A的成绩，扩充了他大学成绩单上的A等记录。

在他了结玛丽的案子至今的两年半时间里，他没有一次怀疑过自己的决定。“没有任何迹象表明，我的结案方式是不正确的。”

梅森的调查曾因佩吉的一个电话而转变方向，后者说她怀疑玛丽在撒谎。现在，林伍德市警局的同事罗德尼·孔海姆警司又打电话告诉他，玛丽说的都是实话。她的确被强奸了。强奸她的男人已经被捕。逮捕他的警察找到的照片证实了玛丽的说法。

她那令人难以置信的说法。

他曾与一名被人持刀袭击的女性对质，说服她放弃主张，还指控她犯罪。他独自坐在自己的车里消化这个消息。他是如此震惊，以至于周围的一切变得模糊不清。他很可能把车停在了路边，虽然他不记得了："这是法律规定。我肯定停车了。"孔海姆很可能在电话里表达了安慰："我肯定他这样做了。但我完全没印象。"

他进了警局，见了上司。周围的人都在谈论重启调查，引渡奥利里，以及通知玛丽，偿付她的费用，删除她的犯罪记录——可对于梅森来说，这一切都只是一片嘈杂。周围的人都感觉很糟糕，不知道该对这位当事警探说些什么。

当他的同事们开始工作时，梅森思考着这件案子，回溯着他采取的所有步骤，思索着他是在哪里迷失了方向。佩吉打来的电话。"阶梯计划"项目经理说玛丽想换公寓。玛丽在被叫到警局时说：**我有麻烦了吗？**每一条，单独，都不算什么。但在当时，它们似乎叠加在了一起。他当了20多年警察，现在第一次怀疑自己能否胜任这份工作。像每位同行一样，他也曾经历过创伤；也曾见识过死亡，面临过危险。他都表现得很好。他渡过了难关，继续前进。但这次不一样。虽然此时此刻他想到了自己以及自己必须面对的一切，但他想得更多的是玛丽。如果他能把这样一件案子办砸，那他是否还应该继续手头的工作？或许他该放弃了。

科罗拉多州的调查人员不仅在2 000多公里之外帮助林伍德市破了案，他们还在海军罪案调查处（Naval Criminal Investigative Service，简称NCIS）的协助下，帮助解决了发生在华盛顿州柯克兰市的案件。

2004年，NCIS创立了执法信息交流平台（Law Enforcement Information Exchange，简称LInX）。这个项目旨在保护海军的资产，从联邦、州、县和市等各级执法机构收集调查记录。对搜集到的记录进行检索，可能会发现一些作案规律，或将不同辖区的案件联系起来。截至2011年，仅美国西北部地区就有至少275个机构参与分享了1 300多万份刑事调查记录。这种热情的参与使得LInX项目的威力远远超过了FBI的ViCAP项目。

在将奥利里与林伍德市强奸案联系起来后，加尔布雷斯运用LInX数据库搜索华盛顿州是否还有其他具备类似特征的未侦破案件。就这样，她找到了柯克兰市的案件，即在玛丽遇袭两个月后发生的那位63岁老妇人被侵犯案件。自此，一切都水落石出。在奥利里的电脑上搜索到了柯克兰市受害人的名字。经过比对，奥利里的DNA与老妇人鞋带上提取的基因图谱也是吻合的。

在对柯克兰市案件提出指控之前，华盛顿州金县的检察官写信给加尔布雷斯，要求她复核一份准备好的证据摘要，以确保其准确性。加尔布雷斯在文件上做好标记，并回信：

文件文件文件！！！坏家伙！

周末愉快。

在林伍德市警察局，善后的任务交给了史蒂夫·莱德（Steve Rider）警长以及孔海姆警司。孔海姆之前参与过一次对玛丽的询问，当时玛丽曾最后一次试图让警方相信她真的被强奸了，可是依旧徒劳。他们二人需要会见科罗拉多州的同行，这注定会是一次难堪的会面；他们还要找到玛丽，向她通报奥利里被捕一事。

“这真是我们不得不做的最糟糕的事情之一。”莱德说。

他们先去了科罗拉多州。3月14日，两人见到了抓住这名强奸犯的两位警探，并做了自我介绍。虽然两位林伍德市警官对本部门在处理此案中的不当做法感到心烦意乱，但他们事后的处理方式却让加尔布雷斯大为赞赏。“他们人很好。他们态度很好。你能看得出来，他们在设法解决问题时心里装着那位受害人的利益。他们并不傲慢。没有隔阂。没有那种……‘我们要辩解’的感觉。事已至此，我们现在要采取行动补救。”加尔布雷斯和亨德肖特简要介绍了她们案件的情况，并提供了一份奥利里被捕后采集到的指纹的复印件。

在柯克兰市，警方还保留着涉案物证，包括被证明与奥利里相匹配的DNA。但林伍德市警方在断定玛丽是个骗子后，就销毁了留作物证的床上用品、毛发、纤维，甚至销毁了性侵取证套盒，里面装有在医院收集的全部证据。当时玛丽为了帮助警方抓住持刀的陌生人，做了她被要求做的所有难以启齿的事情。任何匹配DNA的希望都消失了。林伍德警方检查剩下的东西时，只发现了一张卡片，上面有一些从玛丽家玻璃推拉门上提取的不完整的指纹。这张卡片，加上奥利里的指纹复印件，是林伍德市能凭借遗留的物证证明奥利里有罪的唯一希望。

与科罗拉多州两位警探见面的当天，莱德和孔海姆还去了杰斐逊县监狱，看看奥利里是否愿意开口。可是一听说他们是谁，他们想要什么，奥利里就立刻要求请律师，从而中止了一切询问。

第二天，两人去了莱克伍德市的CBI办公室。在那里，所有参与逮捕奥利里的科罗拉多州执法机构——戈尔登市、威斯敏斯特市、奥罗拉市与莱克伍德市警察局，以及CBI和FBI——都派出调查人员来与林伍德市的两位警官会面。会议并不舒心。因为如果林伍德警方当初能认真处理，而不是以“无稽”为由结案，或许就能避免科罗拉多州这几起强奸案的发生。

“我们坐在一群杰出的调查人员中间，他们整理好了一个令人难以置信的连环案，还帮我们破了案，我们却只能面面相觑，感觉自己甚至不配出现在那里。我们局把案子搞砸了。”莱德说，“他们看着我们，仿佛在问‘你们怎么能让这种事情发生呢？’”

科罗拉多州各机构之间的良好合作给林伍德市两位警官留下深刻的印象。“这就是合作精神。”孔海姆说。他们共享信息。他们召开例行会议讨论案情。“他们互相都认识，”孔海姆说，“你可以看出沟通并非被迫的，也不是新近才开始的。”而在华盛顿州，林伍德市警方曾经打消了柯克兰方面的协调努力，尽管两个城市相距仅有26公里。另外，尽管香农提供了线索——而且她坚持认为，只要有人愿意寻找，两起案件可能会联系起来——两市的警探们从未见过面，他们也没有把电话中传递的任何信息记录下来存档。两市警察局的调查档案中均没有任何提及双方之间沟通的信息。

莱德和孔海姆在科罗拉多州见识到了团结协作的力量。他们还发现，科罗拉多州警方拥有林伍德警方所没有的调查工具。两人回到家乡后，他们确保了林伍德警察局也配备上车牌自动读取器。

同行的审判结束后，莱德转向了下一个审判，也是他最害怕的审判。现在他必须面对玛丽。

玛丽的案子虽然很特别——遭到侵犯的受害人却被警方指控——但其实类似案件在全美各地都时有发生。这反映出有些警察部门对涉及性暴力的报案持不以为然甚至是充满敌意的态度。

玛丽的平反凭借的是一张照片。一张侵犯她的人所拍摄并保存的照片，证实了玛丽所说的是事实。对明尼苏达州白熊湖的一名13岁女孩来说，则是靠视频。2001年，这位13岁的女孩报案说，她遭到绑架和性骚扰，然后被丢弃在一家购物中心。“你从来没有去过那里。你从来没有被扔在那里。”一名探员对女孩说。他告诉她，他查看了商场的监控录像，它不能支持她的说法。

“你一直在撒谎，撒谎，撒谎，撒谎。”他说。

一个多星期后，女孩的父母亲自查看了商场的监控录像。他们发现录像显示女儿说的一直都是实话。

2015年，在加州瓦列霍市，理疗师丹妮丝·霍斯金斯（Denise Huskins）从家中失踪。当她两天后再次出现时，警方拒绝相信她所说的被绑架和被性侵的经历，并将她的讲述比作畅销小说《消失的爱人》的情节。警方称她的故事是个骗局，一位警督说，霍斯金斯“欠这个社区一个道歉”。几个月后，警方发现她的说法是真实的。他们发现了她被性侵的视频以及其他证据。一名曾就读哈佛大学的被取消律师资格的律师承认了绑架霍斯金斯的罪行，并被判处40年刑期。但即使在那之后，霍斯金斯仍然遭受网暴。一名男子在脸书上发帖称：

> 你将为你所做的狗屁事下地狱……吃屎吧，婊子。

霍斯金斯在自己的脸书上写道：

> 我所做的一切只是为了活命，可我却因此被惩罚。

在美国，不知道有多少女性被指控谎称遭强奸，后来又证明她们所说属实，没有相关的确切统计数据。但即便是玛丽这样的案例——在这个极端的例子中，起诉成为迫害，受害人不仅被控撒谎，还被刑事起诉——也不是孤例。自1990年代以来，至少还有三起类似的案件曾出现在媒体报道中。

1997年，在威斯康星州麦迪逊市，一位名叫帕蒂（Patty）的法定盲女报案称被人持刀强奸，但记者比尔·吕德斯（Bill Lueders）在根据此案撰写的《谎报强奸》（*Cry Rape*）一书中称，警方认为她的行为并不像一个强奸受害人应该有的。负责调查的警探审讯了她，并且欺骗了她。他谎称警方检测了所谓的嫌疑人留下的避孕套的乳胶残留物，而测试结果是阴性。（其实根本没做这样的测试。）他告诉她，护士没有在她身上发现受伤的迹象。（其实护士发现了。）他质问帕蒂的抑郁症史以及服用百忧解的情况，并询问她眼盲的程度。帕蒂没有扛住，承认自己撒了谎，因而被控妨碍公务。“她面对的是一个疯狂的世界，”她的律师告诉法官，“这真是一个卡夫卡式情境。**我是盲人**。不，你不是。**我被强奸了**。不，你没有。**有物证**。不，没有。”在帕蒂被起诉后，警方才对她的床单进行化验并发现了精液，之后针对她的指控被驳回。2004年，一名被定罪的性犯罪者受审，并最终在强奸帕蒂一案中被判有罪。帕蒂针对警方提起的诉讼被驳回，但市政府官员通过了一项决议，以表麦迪逊市对她“衷心的歉意和最深的遗憾”，同时送到的还有3.5万美元。

1997年，就在帕蒂被强奸的同一年，纽约市一名少女在她16岁生日时遭遇强奸。皇后区的探员们了解到，这名少女范茜·菲格罗亚（Fancy Figueroa）已经怀孕两周，就此认定她的强奸报案是借口。菲格罗亚的身份也被公开。后来她承认报了假案，并被判捡拾垃圾3天作为处罚。2003年，一项DNA检测将袭击菲格罗亚的罪犯绳之以法——继她之后此人又强奸了另外2名青少年。他在2004年被定罪，并被判处22年徒刑。在强奸犯被捕前的几年里，菲格罗亚一直在与抑郁症作斗争，并搬到了北卡罗来纳州，以逃离纷扰。“我觉得他们对我的伤害比强奸犯对我的伤害更大。”她如此评价那两名指责她说谎的警探，“强奸犯来了又走了，但6年来没人相信我。我失去了我的家庭。我失去了我的自由。我失去了一点理智。”菲格罗亚的母亲向《纽约每日新闻》这样描述自己矛盾的情绪：“我为范茜能结束她生命中的这一篇章感到高兴，但说实话，我更希望她真的撒谎了。如果她从来没有被强奸，那该多好。”

2004年——强奸帕蒂的罪犯在威斯康星州被定罪，以及侵犯菲格罗亚的罪犯在纽约市被定罪的同一年——19岁的怀孕少女莎拉·里迪（Sara Reedy）在宾夕法尼亚州蔓越莓乡一座加油站当收银员，借此负担自己的大学学费。有一天晚上，一名男子在加油站抢劫了大约600美元，并以枪威逼对里迪实施了性侵犯。事后，一名探员在医院对她进行询问。里迪后来回忆说："他问我的第一个问题就是：'你一天服用几次兴奋剂？'"他指责她偷了那笔钱，并编造了性侵故事来掩盖。"当我终于开始哭泣时，他居然还说：'现在你的眼泪也救不了你。'这就像一部永不会落幕的恐怖电影。"里迪因偷窃和报假案的罪名被捕，并在监狱里呆了5天才得以保释。在她受审前一个月，一名建筑工人在宾州布鲁克维尔一家便利店里袭击女性时被当场逮捕。随后他承认在本州侵害了包括里迪在内的一系列女性。对里迪的指控被撤销了。选择公开自己身份的里迪起诉了警方，并获得150万美元的和解赔偿。

上述案件的核心问题是轻忽，而这种轻忽由来已久。苏珊·布朗米勒在她1975年所著的《违背我们的意愿：男性、女性与强奸》一书中写道，她前往纽约市格林威治村某警察局询问强奸案的统计数据，她了解到，该分局当月收到35起报案，却仅实施2次逮捕。

"这样的记录不算太好吧。"她向一位警司表示。

"你知道这些报案代表了什么吗？"那位警司问她，"没能收到钱的妓女。"

布朗米勒认为，该警司的态度反映了执法部门的一些深层问题。她写道："一个不相信强奸罪行存在的警察，他只会作出一种决定。"

近年来类似状况依旧比比皆是，在玛丽被强奸后的几年里时常出现在媒体报道和学术文献中。自2009年至2014年，巴尔的摩县（Baltimore Country）警察局以"虚假"或"毫无根据”为由驳回了34%的强奸指控。这个比例本身已经够令人不安，而更大的问题还在于它们是如何被驳回的。新媒体“BuzzFeed新闻”的一项调查发现，该局往往连由性犯罪探员询问受害人这一基本步骤都不采取，就将报案否决。

2014年，密歇根州一位社会工作教授基于对“五大湖区某中等城市”警察的采访发表了一项研究。一位警官谈到出轨的妻子们时说，她们“整晚都在外面，你知道的，诸如此类，‘哦，我被强奸了’”。另一位说："我们发现女孩们利用强奸这张牌来搅乱人们的生活……她们用它来报复男朋友或者哗众取宠，她们过了糟糕的一周，你懂的，‘如果我哭诉被强奸，全家人都会围着我转，这就是我想要的’。”2016年，爱达荷州宾厄姆县的警长在当地一家电视台的镜头前表示："我们大多数的强奸案，并不是说没有强奸案，有是有的，但大多数我们接到的强奸报案，经过调查发现，实际上都是自愿的性行为。”

玛丽回到了西雅图以南的皮阿拉普。现在她20岁，快满21岁了，她搬回了从前的一个寄养家庭——也就是高中第一天，一切似乎都还顺利时她所在的那个家庭。但是现在，就像那时一样，出了点岔子。玛丽和那家人发生了争执，于是她搬去同一条街上的另一户以前的寄养家庭住。

玛丽仿佛回到了过去，又开始辗转于不同的寄养家庭。她一如既往地得不到安定。她仍然没有拿到驾照。她的就业前景依旧有限，只是换着一份又一份零工。她的生活陷入了怪圈。

在她搬进新家几天后，玛丽收到一条来自林伍德市警方的电话留言。他们说正在找她，需要和她谈谈，但没有说为什么。

玛丽顿时想起梅森警司在她被强奸3天后打来的电话，当时他也说想和她谈谈。她现在的疑问与当时一样：**我有麻烦了吗？**

也许我错过了某个开庭日，她想。无论如何，玛丽都不想让警察因为寻找她而感到焦躁不安，她可以想象他们拿着逮捕令冲进她家门的景象，所以她给他们回了电话，并提供了自己的新地址。

3月18日，他们来了——在玛丽被强奸2年7个月零1周之后。来者有三人：莱德警长，孔海姆警司，还有一位女性是家庭暴力协调人——这是林伍德市最接近受害者代言人的角色。

他们询问是否有一个安静的地方可以谈话。玛丽把他们带到自己的房间，并关上了门。

莱德已经为这一刻做好了准备，但当它真的到来时，他有些无言以对。怎么说呢：现在，我们相信你。现在，我们希望你能信任我们，与我们合作，帮助我们将强奸你的人绳之以法。现在，我们想把你当作一位受害人，而不是一个骗子。他知道，无论玛丽做过什么疗伤的努力，“我们只会再次撕开她的伤口”。

多年后被问起时，莱德已经记不清当时自己的措辞，但他仍然记得当时玛丽脸上的表情。“目瞪口呆。”他说。当她理解了他的话后，她哭了，并在同一时刻感受到震惊、解脱与愤怒。

他们告诉玛丽，她的犯罪记录将被删除。

他们递给她一张500美元的支票，退还她支付的法庭审理费用。

他们还递给她一个信封，里面有针对强奸受害人的心理辅导信息。

孔海姆上一次见到玛丽时，她在试图收回自己承认撒谎的供词。他看着里特加恩警探威胁她，如果她没有通过测谎测试就会被关进监狱。再次见到玛丽时，孔海姆明白她遭受了“二次伤害”——先是被强奸犯所害，然后是被他所在的警局。

他自问，我们怎样才能让她恢复完整？

他认为这是不可能的。

我有件事要告诉你，玛丽在电话里说。

警察刚刚来过，玛丽告诉香农，他们说强奸我的人已经在科罗拉多州被捕。现在——他们相信我了。

对香农而言，这个消息可谓一石激起千层浪，令她心中百味杂陈。解脱、悲痛和负罪感，全部涌上心头。奥利里的被捕意味着玛丽得到了平反，它意味着玛丽的确遭到了强奸，还意味着玛丽被抛弃了——“在她人生最绝望的时刻”，香农说。

“知悉他们抓住了罪犯，同时又了解到事情确实发生过，我的心情十分复杂，”香农说，“她被强奸了，却没有人相信她，特别是她生命中那些曾经支持她、照顾她，并试图疗愈她、帮助她的人。我们也不相信她。这太可怕了。”

香农问玛丽，她们能否见个面。无论她有什么话要说，她都想当面告诉玛丽。

她们俩一起去树林里散步，就像从前经常做的那样。在小径上大约溜达了30米后，两人停了下来。“我已经做好道歉的准备。”香农说。香农告诉玛丽，非常抱歉以前没有相信她。她还为要求玛丽不要再在她家过夜而道歉。她说，如果玛丽永远不原谅她，再也不和她说话，她也能理解。

玛丽给了香农一个拥抱，并告诉她没关系，自己原谅了她。

没有“我早跟你说过”，没有“你为什么不相信我”，玛丽立刻原谅了香农，无条件地。“我震惊于她愿意原谅我，”香农说，“因为这件事是如此严重，而且它持续了这么久。”

“我是个宽容的人，”玛丽说，“或许生来如此。可能需要一段时间才能原谅或信任，但我确实原谅了。”

玛丽打电话给韦恩，那位曾在“阶梯计划”负责她的个案经理。

我知道你没有说谎，韦恩对玛丽说。

韦恩的话令玛丽震惊。玛丽不知道说什么好。她思绪万千——那你当时为什么不说呢？你为什么不为我撑腰？你是我的**个案经理**——但她什么也没说。

对于韦恩来说，也许这样的记忆或者这样的说法能让他更好受些。但他的话与他之前的记录内容不符：袭击发生一星期后，他在书面个案笔记中表示，他不相信玛丽曾经被强奸。

玛丽还给乔丹打了电话。

乔丹告诉玛丽，对于发生在她身上的这一切，他是多么遗憾。

在同乔丹的交谈中，玛丽从来没有动摇过，从来没有收回她被强奸的说法，乔丹也从未动摇过对她的信任。是的，他曾考虑过她说谎的可能性，但他很快就否定了它。她不是那种人。有时候你就是知道。“而且最重要的是，我了解她以前是怎样的人，以及事后她变成了什么样。截然不同。因为她受到了伤害。”

但除了威胁玛丽的自由外，警方还破坏了她的友谊。他们让她以为乔丹不信任她。乔丹告诉她这不是事实。不过，她还是感到疑惑，对那些背着她说的话全都产生了怀疑。之后的几年里，玛丽和乔丹渐行渐远。

玛丽没有读过警方的报告，所以她不知道他们完全没有提过乔丹怀疑她。乔丹告诉她的是实话：他没有给她打上骗子的烙印。

玛丽也给佩吉打了电话。

“她说她很抱歉，”玛丽说，“但听到我的话时，她似乎并没有多么惊讶——倒像是人们耸了耸肩那种反应。”

这种平淡的回应让玛丽感到失望。她希望从佩吉那里获得更多，但佩吉——至少在最初——无法给予它。她不想反思自己的角色，因为她知道自己的思考会得出什么结论。玛丽与香农的和解是干脆利落的：香农的道歉与玛丽的原谅都是毫无保留的。但她与佩吉的清算是复杂的。若干年后，佩吉已记不清她是如何得知奥利里被捕的消息的。也许是香农告诉她的，甚至要早于玛丽的来电；也可能是佩吉的妈妈告诉她的。佩吉的确记得她妈妈曾剪下一篇关于奥利里被捕的报道，并交给了她。“当时仍然有很多负罪感，我就把它放在一边说，好吧，是的，这确实发生了。但要承认这一点还是很痛苦的。”

“我想我当时有很强的否认情绪，”佩吉说，“因为实在是太痛苦了。我……当我听说所有证据时，我知道玛丽说的都是真话。可是，强奸案的的确确发生过，而我却不相信她，这两个事实都太可怕了。”

随着时间的推移，佩吉回想起来会深深地后悔自己给警方打了那个电话，告诉他们自己怀疑玛丽的说法。“我觉得如果我闭上嘴，他们或许能完成他们的工作，而不是依赖我的判断，但我当时只是试图表现我对他们很诚实。”她说。

“其实我只是想做一个好市民。你知道吗？我不希望他们把资源浪费在这种可能是个人做戏的事情上。我应该做出更好的判断。在没有确切证据之前，你应该一直相信受害者。这是我犯的一个错误。我的确犯了这样的错误。我很抱歉。”

佩吉会主动联系玛丽，并和她进行比之前电话里更推心置腹的对话，类似玛丽与香农在树林的谈话。“最后，我确实曾带她出去一起用餐，我为不信任她而向她道歉。我们试图就此事进行一次交心。我知道，她还是花了一点时间才原谅我的。我们现在的关系还算不错，但这花了很长时间。”

玛丽向林伍德市警方提出，她想要一个道歉——不是来自警察局，也不是来自某个代表警察局发言的高层。

她想要的是那些不相信她的警探们的道歉。

在约定的日子，玛丽走进了林伍德市警察局的一间会议室，等待着。她不会从里特加恩那里得到任何道歉。他已经去南加州做私家侦探了。他在领英网上的个人资料称，他为离婚案和工人索赔案提供跟踪监视服务。此外，他还依据合约为联邦政府提供就业背景调查服务。

不过，梅森还在。他走进会议室，看起来“像一只迷路的小狗”，玛丽说。“他挠着头，看起来像是真的对他们的所作所为感到羞愧。”他告诉玛丽他很抱歉——“深深的歉意”。在玛丽看来，他显得很真诚。

他的道歉有“一点点”帮助，她说。“你不可能回到两年半前，修复我所经历的一切。一个道歉并不能真正解决问题。”

玛丽本可以利用这次会面深入探讨梅森不相信她的原因。但她问不出口，因为，她说，“我不知道我是否想知道答案”。

15　327年半

2011年3月—12月

科罗拉多州戈尔登市

3月的一个早晨，鲍勃·韦纳（Bob Weiner）的电话在7点响起。当时他正站在丹佛西边一个郊区的足球场边，观摩他女儿在上学前挤出时间参加的一场训练赛。电话是史黛西·加尔布雷斯警探打来的。

“哦，天哪，你不知道我们刚刚发现了什么。”她以此为开场白。他们发现了奥利里的另一位受害者。她描述了埃文斯是如何发现华盛顿州受害人玛丽的照片，照片中她被捆绑着，被堵着嘴，而且被吓坏了。

“你绝对不会相信这个，”她最后说道，“她因为报假案而被起诉了。”

“你在开玩笑吧。”韦纳说。

这是奥利里一案的最新转折。韦纳认为，此案是他在杰斐逊县地方检察官办公室的15年职业生涯中经办过的最恐怖的案件之一。韦纳所在的地方检察官办公室负责丹佛市以西的两个县，他是办公室里最资深的检察官之一。检察官和警察并不总能相处融洽——警察觉得，检察官可能会太挑剔；而检察官认为，警察可能会玩弄规则。但在此案的处理过程中，这些情况都没有发生。加尔布雷斯和韦纳几乎从一开始就一直保持联系。在6个星期的追捕过程中，他们经常交流，就搜查令和逮捕奥利里的时机等问题互相商量。

奥利里被捕后，韦纳把注意力转向了立案。加尔布雷斯和亨德肖特完成了被他誉为“不可思议的、杰出的调查工作”。但奥利里面临的是终身监禁。风险如此之高，他似乎不太可能接受认罪协议。这件案子必须经受住辩方的每一次攻击，并说服陪审团定罪。当韦纳复核事实时，他看到了漏洞。他说：“还没做好上庭准备。”

起初，他担心的是马克和迈克尔在身形外貌上的高度相似。任何一位优秀的辩护律师都会试图就此提出合理怀疑，辩称迈克尔·奥利里才是真正的强奸犯。也许是迈克尔实施了袭击，而与他酷似的哥哥则经营着他的色情网站帝国？“我们需要确认弟弟的不在场证明。”他告诉加尔布雷斯和亨德肖特。他让加尔布雷斯去迈克尔·奥利里当送货司机的家具店查阅了自2008年8月以来的每一张考勤卡。运气不佳。大部分案件发生时，迈克尔并不在工作岗位上。

亨德肖特和埃利斯也加入了协助韦纳的行列，启动了他们所谓的“马自达计划”。亨德肖特调出了科罗拉多州所有1993年产白色马自达皮卡的登记信息。一共有77辆。她召集了10名威斯敏斯特市巡警，派他们到全州各地给这些卡车拍照。她的策略很简单：如果辩方试图辩称安珀遇袭时间的录像带上出现的白色马自达并非奥利里的那辆，那么韦纳就调出全州所有这款马自达的照片，以证明只有奥利里的卡车符合特征。

不过，在奥利里的相机存储卡中发现的照片——安珀的，莎拉的，现在又发现了玛丽的——让警官们停止了奔波。韦纳在自己办公室里查看这些照片时将他的电脑屏幕背对着门口，以防被路过的人看见。虽然照片上没有拍到奥利里的脸，但确实拍到了他的胎记。韦纳甚至让一名犯罪现场技术人员将奥利里身上的痣与照片拍到的强奸犯身上的痣进行了比对。

用线条和箭头连接着相似印记的痣的对比图显示，马克与袭击者是同一个人。韦纳知道他抓到了奥利里。没有必要担心误认的问题。“我们发现照片的那一刻就好比拿到了上庭许可。”

韦纳对这些照片还有一个担忧。他让加尔布雷斯和亨德肖特查看奥利里创建的色情网站，确认他是否发布过任何受害人的照片。一天早上，两位女警探来到斯台普顿的FBI地区总部，它位于一个建在丹佛市旧机场遗址上的社区。在一个长长的、低矮的、摆满电脑的房间里，两人背靠背坐下，各自面对一台电脑终端。她们开始搜索奥利里拥有的每一个网站，甚至是他提供链接的那些网站。

“我们全天都在看色情内容。”加尔布雷斯说。

“整天。看了整整一天，”亨德肖特补充道，“老实说，我们真的一整天都在看色情片。”

“全是恶心的内容。”加尔布雷斯说。

最后，她们没有找到任何受害人的影像。不能排除这些照片被发布在互联网某个黑暗角落的可能性，但至少她们可以告诉这些女性，没有证据显示奥利里曾将他的威胁付诸实施。这给受害人——以及韦纳——带来一定程度的安心。

韦纳是FBI特工的儿子，他曾参与办理当地一些最重大的强奸案与谋杀案。在法庭上，他的形象很醒目，似乎能引起强烈共鸣。他又高又瘦，额头很高，身材像长跑运动员一样强健——这正是他的特点。韦纳跑过马拉松。他住在丹佛郊区，此地位于海拔约7 000英尺的落基山脉中。他会在他家周围的群山中慢跑作为练习。42岁时，他以2小时31分20秒的成绩跑完了波士顿马拉松，在他的年龄组中排名第二。如此优秀的成绩令他获得一家跑鞋制造商的赞助。

跑步让他头脑清醒，帮助他不再纠结于那些触目惊心的受害人照片，而能够专注于案件的机制。有很多事情需要思考——即使手头有照片为证。

例如，韦纳对于每次强奸暴行持续的时间有点担心。每位受害人都经受了三四个小时的虐待。“陪审员的典型思维是：‘好吧，她没有叫喊。为什么你没有尖叫？为什么你不反抗？你本来有可能轻松脱身的。’”而且他还担心，由于奥利里对每位受害人的情况都掌握得如此详细，陪审员可能会想：她是不是认识这个人？

诸如此类的担忧阻碍了许多强奸案的调查。研究人员称其为“顺流思维”——调查链中的每个人都倾向于考虑下一个审查强奸指控的人将如何看待它。这种顾虑从受害者开始，她担心警察是否会依据她裙子的长度或者她喝了多少龙舌兰酒来评判她；接下来，它影响到警察，他们想知道检察官会如何看待一起没有物证只有双方各执一词的案件；最后延伸到检察官，他必须考虑陪审员会如何看待一位女性的证词。强奸案起诉的每一个阶段都受到种种疑虑的困扰。

韦纳相信他能证明本案的事实——毕竟他有强奸犯实施犯罪的真实照片。然而，对强奸受害人的怀疑使得审判并非易事。他特别担心那些被奥利里侵犯过的女性，因为她们将不得不成为证人。她们要如何坚持下来？她们将面对充满敌意的询问。她们必须忍受被袭时那些痛苦而隐秘的细节在法庭上被披露给在座的陌生人，并最终被媒体公之于众。她们将坐在证人席上，而奥利里就坐在几米开外。最后，她们会愿意作证吗？

庭审定于2011年10月进行。韦纳知道他必须做好准备。毕竟，他要对抗的不仅仅是奥利里的辩护，还有法律界数百年的历史。

玛丽的案件牵涉一所警察局，它搞砸了一次调查，导致法院认定她是个骗子。但她的经历并非个案。当涉及强奸报案时，正如苏珊·布朗米勒所写，刑事司法系统长期以来一直信奉一种“被男性珍视的假设，即女性倾向于撒谎”。在全美各地的法庭上，怀疑是一贯的默认设置。

对美国法律体系如何应对强奸指控产生过最深远影响的，是一位生活在4个世纪以前的法学家——马修·黑尔爵士（Sir Matthew Hale）。他是与奥利弗·克伦威尔（Oliver Cromwell）和查理二世（Charles Ⅱ）同时代的人，他1671年出任英格兰首席大法官。有记载说，他是“迄今为止最有名望、最受尊敬的法官”。在法律界，他的名字倍受尊崇。一位传记作家在1835年写道：“总而言之，他的种种成就是如此辉煌，以至于直到今天，如果要举一个关于美德和公正的**独一无二的**例证，尤其是在法律界，人们必然会立刻想到黑尔法官，就像指南针会指向磁极一样。”相似的溢美之词也常常见诸此后的文字记载中。

黑尔以其虔诚、正直和冷静的判断著称，他撰写了一部上下两卷的庞大的刑法专著《国王诉讼的历史》（*The History*

of the Pleas of the Crown)。他把强奸称为“最可恶的一种罪行”，然后又补充了一句此后被多次引用的话：“必须记住，这是一项很容易被提出却难以被证实的指控，而且被指控的一方，即便清白无辜，也很难为自身辩护。”

黑尔的话引发了对诬告者的担心，并且为这种担忧提供了法律框架。甚至《圣经》中就存在这样的诬告者——波提乏之妻在遭到约瑟拒绝后就指控他强奸。黑尔描述了两起他认为男子遭到诬告的案例，其中一起是由一个14岁的女孩设计的勒索。黑尔写道，陪审员们应该考虑：那个声称被强奸的女人有“好名声”，还是“恶名声”？她有没有大声呼救？试图逃跑？她是否在事后立刻报案？是否得到其他人的支持？法官和陪审员们必须保持警惕，黑尔写道，以免受到恶劣罪行的刺激而变得“过于激愤，以致他们基于自信的证词，甚或有时基于怀有恶意说谎的证人，过于匆忙地将被指控之人定罪”。

这位英国法官的建议很多，甚至超出了法律的范畴。他曾给他的孙辈们写过一封长达182页的信，给每个人提了建议。给玛丽的建议是：“如果她不能让自己的心灵伟大，会让她变得骄傲、专横而报复心强……”给弗兰西丝的忠告是：“如果她保持敬畏之心，特别是在说谎和欺骗方面，她会成为一个好女人和好主妇。”至于安，他察觉她“天性柔弱”，因而禁止她看戏剧、歌谣或忧郁的书籍，“因为它们会给她的心灵留下太过深刻的印象”。

在信中，黑尔对周围的世界感到不寒而栗：“这个王国的全体人民已经堕落到放荡、酗酒、贪吃、嫖娼、赌博、挥霍，以及能够想象到的最愚蠢、最卑鄙的放荡行为……”他尤其鄙视年轻女性的现状：她们“学会了大胆”和“高声说话”。她们

“将涂脂抹粉、卷头发、寻找最新最贵的时装当作自己的事业。如果她们在早上10点之前起床，会将整个上午消磨于梳子、酒杯和粉盒之间；虽然她们自己不知道如何准备食物，但却要求必须为她们提供有选择的饮食……”他的抱怨还在继续，其中有句话竟然长达160个字。黑尔有过两次婚姻。有流言说他的第一任妻子背叛了他；他被人嘲笑为“大乌龟”。他把英国贵妇称为“家庭的毁灭者”。

“有……证据表明，马修·黑尔爵士对女性的看法可能有些低于时代的标准”，吉尔伯特·盖斯（Gilbert Geis）和伊万·邦恩（Ivan Bunn）在他们所著《女巫的审判》（*A Trial of Witches*）一书中这样写。书中详细介绍了一件给黑尔的身后名抹黑的事件，“哪怕只是那么一点点”。1662年，黑尔在贝里·圣埃德蒙兹主持了对两名老妪的审判，她们被控施展巫术。他对陪审团指示说，女巫是真实存在的，并说《圣经》已经肯定了这一点。在陪审团作出有罪裁定后，黑尔判处两位被告艾米·丹尼（Amy Denny）和罗茜·卡伦德（Rose Cullender）绞刑。（4年前他曾给另一位被定罪的女巫判刑。）黑尔主持的这次审判以书面记录的形式保存下来，并在30年后成为马萨诸塞州的司法典范。“事实上，假如没有贝里·圣埃德蒙兹的女巫案，塞勒姆猎巫可能根本就不会发生：众所周知，塞勒姆女巫审判案是效仿了贝里的案件”，盖斯和邦恩写道。

黑尔对巫术审判的影响会随着人们对巫师信仰的减弱而消失，但他对强奸案的影响却会延续下去。黑尔早已于1676年去世，但300年来，他的话仍被用来告诫美国法庭的许多陪审团。法院将其称为“黑尔警示”：提醒陪审员们警惕很容易在强奸案审判中出现却难以辩解的不实指控。

1786年12月16日，托马斯·杰斐逊（Thomas Jefferson）在巴黎出差期间，给詹姆斯·麦迪逊（James Madison）写了一封信。他抱怨右手腕脱臼——“肿胀难消”——让他只能带着“巨大的痛苦”写作。他提到很快就要出发去法国南部，希望那里的矿泉水能疗愈他。他写了美国和法国之间的贸易——鱼、面粉、松节油、烟草。然后，他几乎是顺便提到，他反对对强奸罪行实施严厉的惩罚，“因为女性会受到诱惑，将指控强奸作为报复见异思迁的情人以及令情敌失望的工具”。

《独立宣言》的起草者给将要起草《权利法案》的人写信，警告他，被蔑视的女人会谎称被强奸。

7年后，纽约市的一次刑事诉讼反映了早期美国法律体系是如何利用黑尔法官的标准来破坏一个女人的信誉的。亨利·贝德洛（Henry Bedlow）于1793年受审，被控强奸拉纳·索耶（Lanah Sawyer）。贝德洛是贵族，在历史记录中被描述为“登徒子”和“浪荡子”。索耶是一名17岁的女裁缝，是水手的女儿。夏日的街头，正在散步的索耶受到骚扰，贝德洛出面调解，两人因此相识。他报了个假名，告诉索耶他名叫史密斯，是位律师。几天后，她同意陪他夜里散步。她说，那天晚上贝德洛把她拉进一家妓院强奸了她；他则说，他勾引了她。

在审判中，贝德洛拥有5名辩护律师。其中一位提醒陪审团的12名成员说，这个案子把“一位公民的性命交到了一个女人手里，几乎完全按照她的意愿和喜好来处置”。另一位说：“任何一位女性，只要不是被抛弃的妓女，都会对索耶内心的欲望感到厌恶。”第三位辩护律师问，一个“女裁缝”怎么会认为她能得到一位律师的关注，“除非是抱着达成不正当交易的念头”。她陪着他走到深夜。“一个姑娘就这样放弃了她贞操的防御，让通往贞操的每一条通道都不设防，难道离她彻底放弃堡垒还会远吗？”

发言时间最长的辩护律师是亨利·利文斯顿（Henry Brockholst Livingston），他后来担任美国联邦最高法院大法官。（他是由托马斯·杰斐逊任命的。）在对陪审团发言时，利文斯顿引用了黑尔的话——“这是一种很容易提出的指控”——并将黑尔提出的问题运用到拉纳·索耶身上。她的名声好吗？尽管有“一堆证人”说是，“但或许她有本事装模作样，用清纯的外表来掩饰内心的肮脏”，利文斯顿对陪审团如此说道。她说她尖叫了。那她有没有也跺脚？还有，在同意停下来吃冰激凌之后，为什么她还要在夜色里逗留？“她没有像一个爱惜羽毛的女孩那样，吃完一杯冰激凌就回家，而是和他又在这里呆了整整一个半小时。”利文斯顿认为，索耶发现贝德洛没有给她更进一步的机会后，才编造了被强奸的故事。“你们都知道，女性心中存在多么强烈的复仇激情；一个被抛弃的女人的愤怒是无止境的。”

庭审持续了15个小时。陪审团只商议了15分钟。判决结果是“无罪”。

20世纪证据学领域的领军专家是约翰·亨利·威格摩尔（John Henry Wigmore）。他是一位留着小胡子的学者，精通12种语言。他参与创办了《哈佛法学评论》（*Harvard Law Review*），并担任西北大学法学院院长达28年之久。法学教授们和学生们将他的代表作称为《威格摩尔证据论》（*Wigmore on Evidence*），以取代其冗长拗口的原名：《普通法审判中的英美证据制度专论：包括美国和加拿大所有司法管辖区的法规和司法判决》（*A Treatise on the Anglo-American System of Evidence in Trials at Common Law: Including the Statutes and Judicial Decisions of All Jurisdictions of the United States and Canada*）。芝加哥大学某位法学教授认为，威格摩尔的这部巨著“也许是最伟大的现代法律论文”，并且说书中阐述的分析方法构建了“当代证据法的框架”。

威格摩尔还研读了精神病学和心理学，成为“心理学最好的法律朋友”。在妇女指控被强奸的案件中，他敦促精神病学与法律结合。在1940年出版的他的论著第三版中——也是他最后的权威版本——威格摩尔扩展了他在1930年代写的一些关于妇女和可信度的论述。他采用了亨利·列文斯顿在一个半世纪以前所表达的观念——**金玉其外败絮其中**——并加上了西格蒙德·弗洛伊德。

> 现代精神病学家对各种案件中出庭的不良少女和妇女的行为进行了充分的研究。她们的心理情结形成的原因是多种多样的，一部分是由于先天的缺陷，一部分是由于病态的紊乱或不正常的本能，一部分是由于不良的社会环境，一部分是由于暂时的生理或情绪状况。这些情结的表现形式之一，就是编造男人性犯罪的罪名。不贞（我们姑且如此称之）心态在叙述虚构的性事件时找到了偶然而直接的表达，叙述者是其中的女主角或受害者。表面看来，这种叙述是坦率而令人信服的。然而，这种情况下真正的受害者往往是无辜的男性……

一言以蔽之：强奸是她想象出来的。

"毫无疑问"，威格摩尔写道，每位法官和检察官都见过这样的案件。

接下来，他写道："任何法官都不应该将性犯罪指控交由陪审团审理，除非女性原告的社会历史和精神面貌已经得到合格医生的检查与证明。"

威格摩尔逝世于1943年。40年后，利·宾恩（Leigh Bienen）——当时是一名公设辩护人，后来也在西北大学任教——检查了威格摩尔据以建立其论点的科学原始资料，发现它们有欠缺。然而，尽管威格摩尔的研究有疑点，而且秉持着"压迫和厌恶女性的立场"，他的观点在律师和法官中间仍然很有市场。"如果说法律对性犯罪案件中诬告的担忧只有一个来源的话，那就是威格摩尔的学说。"宾恩写道。

对于声称被强奸的妇女来说，该学说的核心前提——"她想象出来的"——只是"她愿意"的一种变体，而后者是法院和法律文献中长期以来提出的一种推定。"虽然这位女性从来没有说过'可以'，不，更多的是，虽然她不断地说'不行'，并且保持像样的抵抗直到最后，但她仍旧很有可能非常乐意被这样对待。"纽约最高法院法官格林·C.布朗森（Greene Carrier Bronson）在1842年写道。1952年，《耶鲁法学杂志》（*Yale Law Journal*）发表的一篇文章称，"许多女性"需要"男性强势的示好。她们的性快感往往可能因伴随而来的身体挣扎而增强，甚至依赖于此"。

在1970和1980年代，女权运动形成的强大反抗推动了全美各地的强奸法改革。当玛蒂·戈达德和苏珊·伊里恩参与设计性侵取证套盒与创伤培训之时，立法机构通过了保护强奸案被害人的法律——对有关强奸案原告性史的证据加以限制，法院也放弃使用马修·黑尔爵士的言语来引导陪审团。

正如一些法律评论家所指出的，对黑尔的批判迟到了大约3个世纪。他的话在当下并不正确：在大多数强奸案受害人都选择不报案的现在，这种指控不能被认为是“容易提出的”。但他的话在他的时代也是不对的。那个时代发生了很多女性因为挺身而出而受苦的例子。1670年，弗吉尼亚州的两个契约佣工指控遭到她们的主人强奸，她们为此却被罚以额外的多年劳役。18世纪早期，在相隔7年的两桩庭审中，有两名缅因州妇女分别声称被强奸。其中一人因在公共场合无礼而受到训诫，另一人则因淫荡被处以15鞭。

黑尔虽然已逝，但他的遗风仍在。2007年，即玛丽报警的前一年，马里兰州一名州议员，也是兼任众议院司法委员会主席的刑事辩护律师，在一次听证会上援引了黑尔的警告。听证会的议题为：对于导致受害者怀孕的强奸犯，是否应该拒绝其亲权。尽管这位立法者小约瑟夫·瓦拉里奥（Joseph Vallario Jr.）表示，他引用黑尔的话是作为历史教训，但《华盛顿邮报》的头条报道称，他的话引发了“愤怒”。马里兰州某反强奸倡议团体批评瓦拉里奥引用了“陈旧的厌女主义学说”。法案没能通过。10年后，州代表凯瑟琳·杜迈斯（Kathleen Dumais）第9次试图推动通过这项法案，但一个从立法机构两院抽调的全男性小组再次令其夭折，使得马里兰州成为不允许受害者终止强奸犯亲权的16个州之一。

2011年7月的一个早晨，韦纳接到了奥利里的公设辩护人杰弗里·杜根（Jeffry Dougan）的电话。这位有3年经验的年轻的出庭律师传达了奥利里的口信。

“我的当事人想认罪。他想尽快了结。他不想让受害者们经历这一切。”韦纳记得杜根是这样说的。杜根曾劝奥利里不要认罪，但奥利里很坚决。他只有一个条件：韦纳必须撤销所有与绑架有关的指控。

奥利里的要求令韦纳惊讶，但他想他知道原因何在。这并非奥利里突然的良心发现。

韦纳知道奥利里很紧张。在一通被录音的监狱电话中，奥利里告诉他母亲，他觉得警方会在他的电脑里有所发现。他只是不确定到底有多少。

他会知道这点是因为韦纳曾把这一发现告知奥利里的公设辩护人。与法庭剧中的戏剧化时刻相反，现实的司法系统不喜欢意外。为了在审判前进行调查，双方都必须向对方展示自己准备提交的某些证据。韦纳最近向杜根提供了埃文斯找回的照片，这让奥利里第一次意识到，警方已经设法抢救出他——或者至少是一个与他有相同胎记的人——强奸妇女的图像。他还以为这些照片正安全地被锁在他的电脑里，受到不可破解的层层加密的保护。

现在，他暴露了。

然而，韦纳还是不明白奥利里能从这笔交易中得到什么。即使韦纳撤销了绑架指控，奥利里仍将面临终身监禁。他的刑期不会减少。那这样做意义何在？为什么不争取一下，不管证据多么确凿——毕竟，你有什么可失去的呢？“这很不寻常，”韦纳说，“但这本来就是一个非比寻常的案子。”韦纳认为此举对奥利里有心理层面的意义。或许奥利里可以接受自己是个强奸犯，但却不能是绑架犯。

无论是什么原因，韦纳认为奥利里手上可能有一些筹码。

就像埃文斯一样，韦纳也开始执着于奥利里电脑里的加密文件“可怜虫”。韦纳并不精通技术，他将这个电脑文件称为“容器”。但他知道，任何一个费尽如此心思隐藏文件的人都有值得隐藏的东西，他只是不确定到底是什么。会不会有其他受害者，其他强奸案？或者是某种秘密俱乐部的证据，成员们强奸女人并交换照片？是否有关儿童色情？

他得知道文件里到底有什么。

“我觉得里面的东西肯定非同小可。”他说。

韦纳给杜根打电话提出还价。他愿意考虑认罪协议——但奥利里必须交代“可怜虫”的密码。杜根很快回复：绝无可能。回复的速度和坚定性加剧了韦纳的怀疑。这“告诉我，那里面有相当重要的东西”，他说。加尔布雷斯在2011年7月7日发电子邮件与亨德肖特、伯吉斯和哈塞尔分享了这个消息。“奥利里**不会**交出加密代码的。**就是这样**。”

尽管奥利里不肯说出自己的秘密，但韦纳认为交易条件还算不错：撤销绑架指控以换取认罪。在他签字之前，韦纳在办公室里与每位受害者逐一协商。

每位受害人的反应都不同。多丽丝对撤销任何指控表现得犹豫不决。她并不害怕审判。“她真的很坚强，就像在说‘我不怕这个家伙’。”韦纳回忆道。安珀很紧张，担心案件的消息可能会传到她的朋友和家人那里。莎拉的情绪仍处于受打击中，她准备接受这笔交易。莉莉则抱着怀疑态度，她对哈塞尔很不满意——如果他对她的案子调查得更彻底，也许就能避免戈尔登市和威斯敏斯特市的强奸案。

韦纳向她们介绍，如果案件进入审判阶段，未来会有哪些程序。公开作证。艰难的交叉质证。奥利里可能会在审讯时试图通过语言或手势来影响她们的精神状态。“性犯罪者最擅长操纵人心。”他提醒道。

有时，法律似乎不太关心受害者。从最严格的法律意义上讲，这些罪行是针对州，并非针对这4位女性。虽然韦纳会认真考虑她们的顾虑，但他没有义务遵从她们的愿望——他的当事人是公众。而奥利里在被证明有罪之前是无辜的，法官和律师会尊重他接受公平审判的权利。“很多时候你们会感到沮丧，因为看起来焦点不在你们身上，而是在罪犯身上。”韦纳告诉4位女性，“不过放心吧，我们不会输的。”

最终，每位受害人都同意：接受认罪协议。韦纳认为这是最好的办法。这样可以让她们免于受审的屈辱，而奥利里仍将面临很长一段时间的监禁——他的最终刑期将由法官决定。

在签署认罪协议之前，韦纳又问了一次，奥利里愿意交出密码吗？

得到的答案依然是“不会”。

在12月初寒冷的一天，奥利里的量刑审判在拥有曲线形外观的高耸的杰斐逊县地区法院举行。你可以从一年前奥利里强奸安珀的公寓楼里看到它闪闪发光的玻璃穹顶。这很容易让人想到，奥利里在跟踪这位研究生的几百个小时里，也曾瞥见过它在白雪覆盖的落基山脉映衬下若隐若现的身姿。

灰褐色的小小法庭里挤满了人。加尔布雷斯、亨德肖特、伯吉斯和格鲁辛都在场。埃利斯和岛本也在。莉莉和多丽丝坐在一侧。奥利里的母亲、继父和妹妹坐在另一侧。奥利里坐在前面一张长长的、闪亮的桌子旁，正对着法官。他留着很短的平头，穿着黑色衬衫，系着一条厚厚的棕色安全腰带。他那张苍白的长脸每隔几分钟就会剧烈地扭动一下——这种紧张的抽搐有一种把他的五官都向鼻子方向挤压的效果。

菲利普·麦克纳尔蒂（Philip McNulty）法官坐在上首。白发衬托着他的秃顶。在15年的法官生涯中，他以公正、慈悲和超乎寻常的冷静赢得了声誉。日后，他被任命为地区法院的首席法官。麦克纳尔蒂宣布开庭。**科罗拉多州诉马克·奥利里案**开庭了。

韦纳率先发言。他描绘了一个冷静而有条理、执意增加暴力行为的反社会者的形象。他讲述了奥利里如何从奥罗拉市的多丽丝开始犯案，如何在莱克伍德市的莉莉身上失手。他如何从威斯敏斯特市莎拉的公寓里偷走现金后买了一把枪。他如何在戈尔登市用一把类似的枪威胁了安珀。这个男人把强奸当作一种工作，并宣称他喜欢这工作。这是个应该永远被关起来的人。按照韦纳的说法，奥利里至少应该被判处294年监禁。

开庭前一天晚上，韦纳向法官提供了被害人的特写照片，部分经过了处理以保护她们的隐私。“看看那些受害者的脸，她们所经历的痛苦与折磨。他从这些女性身上夺走的东西，以及夺走它们的方式是永远、永远无法替代的。”他对麦克纳尔蒂说。

韦纳告诉法官，被捕时奥利里正策划在丹佛市另一个郊区再次犯案。调查人员发现了他的监视笔记。“他像狼一样，是一个掠夺者。”韦纳说。

接下来陈述的是奥利里的受害者们。加尔布雷斯与亨德肖特宣读了安珀和莎拉的声明。

强奸改变了她，安珀在声明中说。她在门上装了三把锁，一到家就把它们全部锁上。以前她睡觉时喜欢开着窗子，让夏日微风透窗而入，现在却总是紧闭窗户。假期会激起她可怕的回忆。她曾经喜欢的颜色——那些她曾用来装饰她卧室的颜色——现在却会让她回想起强奸案。“我还在尽力遗忘这件事并继续前进，但很幸运的一点是，罪犯已经被抓住了，”她写道，“我不用再生活在恐惧中了。”

袭击发生时，莎拉正在从往日的伤痛中恢复。她的丈夫去世了。她刚搬进一间新的公寓。强奸案让她失去了更多东西。她认为她的手机被窃听了。她相信黑客渗透了她的电子邮件。当她看到楼上的邻居与强奸她的男人身形相似时，她变得很害怕。她把这些称为“生命中的损失”——失去了自由和安全，失去了信任，失去了安宁。“这件事没有击败我。我被暂时打倒了，但我又重新站了起来。我可能无法做所有我喜欢做的事情。我变得比从前警惕许多，但我还活着，我的生活还在继续。”

当亨德肖特念完莎拉的声明后，她向麦克纳尔蒂提出了一个不寻常的请求，一个在她的职业生涯中只提出过几次的请求：她能否发表自己的看法？法官说可以。

亨德肖特转向法官席，但她的目光一直盯着奥利里，希望能吸引他的目光。“法官大人，这起犯罪对我的生活产生了深远的影响，无论是个人生活还是职业生涯。”她说，“奥利里先生表现出的傲慢和蔑视之程度让人无法理解。每一次攻击都反映出他对社会价值观毫无认同，也没有伦理或者道德边界。”亨德肖特请求法官判处奥利里终身监禁。

接着，奥利里在莱克伍德市和奥罗拉市攻击过的女性们起身发言。莉莉告诉法官，她是一个有灵性的人，致力于祈祷、崇拜并为天地万物服务。但在遇袭后，她挣扎于寻找那个自我。她不能一个人呆在家里。她有暴力的想法。她与朋友们疏远了。

她雇用了武装保镖来保护她的家。她累积了数万美元的医疗费账单。她没有保险。催债公司不断打电话来，还到她家来催款。“我难以入睡。我做了很多噩梦。我有许多创伤。”她说。

她告诉法官，她相信奥利里需要帮助。她称他是一个“困惑的人”。但她也认为他需要终身监禁。莉莉告诉麦克纳尔蒂，正义得到伸张使得遭受他袭击的女性们正在战胜他的野蛮行为。“我正在恢复，每个人都在恢复。已经——你知道，已经产生了改变。我们正在尽力重塑我们的生活。”

随后站起来发言的是年已67岁的多丽丝。这位兄弟会舍管回忆遇袭时她心里的恐惧。事后，她购买了一套安保系统。每次洗澡时她都会启动警报器。她讲述自己曾多次前往医生办公室接受检测，以确保没有感染艾滋病病毒。“每次等待结果时都会有害怕、焦虑、不安的情绪。”表面看来，她已经恢复了正常的生活。但她的心理仍然需要修复。她在法庭上说：“没有人能够在情感上毫发无损。”

在她的陈述接近尾声时，多丽丝转向奥利里——直接问他，他是如何发现她这个目标的。“你为什么会在奥罗拉市？在我家附近有没有你的朋友或亲人是我应该担心的？我还有什么理由害怕吗？”

她问那个强暴她的男人：“我做了什么让自己成为脆弱的目标？”

辩方第一个发言的是马克·奥利里。

“我站在这里，因为我需要被关进监狱，”这是他的开场白，“我可能比这个房间里的任何人都清楚这一点。我知道这一点已经有一段时间了。

"我是一个性暴力掠夺者，而且我已经失控。"

奥利里告诉法庭，他想道歉。他还想解释。

他陈述说，他有周期性的、无法扼制的攻击妇女的冲动，并深受困扰。他从童年起就一直在与这种冲动作斗争。他有幸福的家庭，幸运的生活。"我找不到更好的词汇，我被我一生厌恶的东西所奴役；然而，你知道，我最终无法违抗，最终，我输了。在此过程中，我失去的不仅仅是我自己的生活。我还毁了很多人的生活。"

"我不知道原因何在。"他说。奥利里没有引用荣格的观点，也没有引用他那些神秘学书籍中的二元神论。他保持简单的语言。"我想，这听起来很陈词滥调，但它真的有点像现实生活中的杰基尔博士和海德先生。"

奥利里告诉麦克纳尔蒂，他并不指望获得同情，但他希望人们能够理解——即便不是他，也会有其他像他这样的人。"很多人会把我描述成一个怪物，"他说，"但事情远比这复杂得多。"

奥利里转向多丽丝，回答她的问题。他说，他是在一个社交网站上发现她的。仅此而已。她不必害怕社区里的任何人。

"可怕的现实是，你知道，这对我而言只是一个机会，这点令人厌恶，我知道，但你知道，这就是事实。

"你没有做错任何事。"

奥利里发言时，他的母亲坐在法庭里旁听。她相信马克是有罪的，但她从来没有听他说起过他童年的秘密折磨，从没听他说起过他觉得自己像分裂的两个人，也从没听他描述过捕猎女性的事。

岛本雪莉正好坐在奥利里母亲的身后。她注意到这位母亲手里拿着几张纸。岛本猜测那是她打算发表的声明，赞美她儿子的优点并请求宽恕。但当奥利里陈述他的罪行时，岛本看见他母亲将这些纸揉成了一团。

当她站起来发言时，她说，她对大儿子被捕感到震惊。马克一直是个快乐的孩子——健谈、爱玩、喜欢动物。“如果这些年来我了解，或有任何线索可以探知他内心的痛苦以及他需要帮助，我们一定会想尽一切办法让他获得帮助……但是，你知道，我们就是毫无察觉。”也许这和他在部队的时间有关，她说，退伍后的他似乎变了一个人，变得更黑暗，更孤僻。她认为他可能罹患精神疾病，并希望他能在监狱里获得帮助。

她与法庭分享了她过往的痛苦经历。她本人也曾是一名强奸受害者，15岁时在一次聚会上被侵犯。那是1963年的事。那时没有人谈论性。没有人谈论强奸。她曾和女儿讨论过这件事，但从未和迈克尔或马克提起过。她现在很后悔。也许她应该与儿子们探讨此事。她告诉马克的受害者们，她理解她们的遭遇。她为她的儿子，也为她自己，祈求宽恕。“作为一个母亲，我听到人们说，‘你不要为此自责’。为什么？为什么不该责怪我自己？我是他的母亲，我把他养大；如果不是我做了某些事，那应该就是我没做某些事才造成他这样。”

之后，奥利里的律师杜根也对法官作了陈述。按照他的计算，法官可以判处奥利里至少26年监禁。他也请求宽大处理。

现在，轮到法官发言。

“奥利里先生，让我先对你说，”麦克纳尔蒂开始发言，“你表示人们可能会恨你，认为你是个怪物。诋毁你不是我的工作。评判你也不是我的工作。我的工作是评判你的行为。”

麦克纳尔蒂指出，对奥利里的指控可能会产生一系列的判决。他对奥利里没有前科以及他表现出的悔意给予了肯定。“我相信，当你做出这些陈述时，你是真诚的。”麦克纳尔蒂说。

随后，法官列举了对奥利里不利的证据。跟踪。强奸工具。造成的恐惧。“本案中最致命的证据是你自己制造的，”他告诉奥利里，“这些都是女性被强奸的照片，正是你在强奸她们时拍下了这些照片。而我，当我看着这些女性的脸，我看到的是痛苦与恐惧，绝望与无助。我想，如果你看着她们的脸，你会想怎么会有人忍心拍下这些照片呢？”

为了做出适当的判决，麦克纳尔蒂根据自己以往判决的罪行来衡量奥利里的罪行。后者是他见过的最令人痛恨的恶行。

“先生，你在本案中掠夺这些受害者就好像她们是你的猎物一样，然后你对她们实施好几个小时的支配与控制，强迫她们做出难以言喻的行为。”他说，声音低沉而稳定。“你在本案中的行为是纯粹的邪恶。”

麦克纳尔蒂告诉奥利里，他已经失去了留在自由社会中的权利。他将评估可能的最高刑罚。

判决为327年半监禁。

奥利里将永远无法离开监狱。

回到科罗拉多州惩教局收押中心牢房的奥利里在几天后提出一个不同寻常的提议。他同意在没有律师在场的情况下，与调查人员谈论他的罪行。他说，他想帮助受害者们了结此事。但有一个前提条件：如果加尔布雷斯在场他就不说了。他说，有女性在场会让他不舒服。

格鲁辛自告奋勇接受了这项任务。在奥利里被捕后的10个月内，警方又发现明确的证据表明至少还有一起华盛顿州性侵案与奥利里相关，但他们没能把奥利里与更多其他罪行联系起来。堪萨斯州的强奸案仍旧陷入死胡同——也依旧没能破案。“可怜虫”文档仍然没有破解。格鲁辛不知道他能从奥利里嘴里得到什么。但一位FBI测谎员曾经告诉过他一个诀窍：**罪犯们说得越多越久，对我们越是有利**。这就是格鲁辛此行的目标。让奥利里开口说话。

量刑听证会举行一星期后，2011年12月15日上午11点15分，格鲁辛坐在奥利里对面，两人身处一间铺着方形黑色隔音砖的狭窄的白色煤渣砖牢房内。格鲁辛身穿蓝色Polo衫、绿色裤子和登山鞋。奥利里则身穿红色连体囚衣，领口处敞开，露出里面的白色T恤衫。他的头发被剃得很短。他穿着黑色的网球鞋，鞋带被去掉了，以防他自缢。他的脸不停地抽搐，五官挤在一起，然后又恢复正常。

格鲁辛坐下时，奥利里正抱着双臂。他告诉格鲁辛，他不愿意说话。他改变主意了。他在拘留所里受到了虐待。一个警卫曾威胁要将他单独关禁闭。“我现在没心情说话。”他说。

格鲁辛这次也是有备而来。他研究过奥利里是如何从每一次作案中吸取教训的。他有多么细心。他曾多么努力地隐藏自己的踪迹。格鲁辛想，这是个对自己的“杰作”充满自豪感的人。一个会因为有机会展示自己的专业知识而倍感荣幸的人。“你很重要，你是个很有成就的强奸犯怪人，我们想研究你。”格鲁辛是这样构思他的游说的。他向奥利里提议，也许他会愿意与FBI著名的行为分析组的侧写师谈谈？

奥利里在座位上动了动。“有很多事情可聊。”他说。

接下来，奥利里滔滔不绝地说了4个多小时，像一位学者独自为全神贯注的学生讲解强奸战术。格鲁辛会探身向前，时而在便签簿上匆忙记录，间或分享警察调查的小道消息。他不需要花太多心思就能引得奥利里继续讲下去。

“我就像刚吃完感恩节大餐一样。”他在谈到某次犯案时，姿态放松地坐在椅子上说。

他讲述每一起强奸案时，都会着重强调细节。多丽丝责备了他。“我离开她家的时间比通常的情况要提前，因为（她）说了几件事情，有点打击我。”他把自己与安珀之间关于狼与亡命徒的对话轻描淡写地说成是“废话”。“谈话什么的基本上只是为了填补侵犯之间的空白，”他说，“换种情形，如果换个场合见面，或许我们能相处得不错。”他对莎拉表示了最深的遗憾。他是在莉莉那里失手之后袭击了莎拉。“她在我最糟糕的时候遇见了我。”他说。

他很佩服莉莉瞬间作出逃跑的决定。“我当时有点生气。但同时我也欣赏她。聪明的女孩。她只有一次机会，而她抓住了。”奥利里给格鲁辛讲了一个故事，是在他袭击莉莉之前发生的事情，当时他还在监视她。有一天晚上，当他站在一张椅子上向她的窗户里偷看时，他听到一个声音。该死的什么声音？他想着，就抬起头向上看。他看见屋顶上，就在他正上方，有一只灰色的狐狸正盯着他。奥利里朝狐狸比划着想把它吓跑，但它不为所动。奥利里决定撤退。当他走向他的卡车时，那只狐狸一直尾随着他。它等着他上车，直到他开车离去才走开。他觉得莉莉可能真的有一个动物守护者。“这个世界比我们大多数人认识到的要深奥得多。”奥利里对格鲁辛如是说。

奥利里继续给执法部门上课。他坦陈了他采取的种种反侦查手段。他知道军队保留着他的DNA样本。他担心警察或许能得到那份记录并识别他的身份，所以他采取措施避免留下基因痕迹。他告诉格鲁辛，他知道，最终这是不可能完成的任务。“你无法战胜技术。”他说。

他提到格鲁辛与另一位警察上门发现他在家的那一刻。格鲁辛给了他一张假的盗窃嫌疑人肖像。奥利里原以为此举是为了收集他的指纹。但他还是拿起了那张纸。他自认为很安全。他总是戴着手套。“我不可能留下指纹”，他曾经这样想。

他意识到，警察部门之间经常互不沟通。所以他故意选择不同的辖区犯案。“你知道，基本上就是为了尽可能长时间地让你们发现不了我的踪迹。”这招在华盛顿州很管用。林伍德市的警察错过了他们的机会，他说。“如果华盛顿州多用心一点的话，我可能会更早被锁定为嫌疑人。”

他敦促警察追踪可疑人员报告中提及的地理位置。当强奸案发生后再去寻找歹徒已经太晚了，他会进入潜伏期。“和你们的规律几乎一样，只是一旦你们进入全面警戒状态，正是我潜伏起来表现得像个正常人一样的时候。”奥利里说。他靠在椅子上笑了起来。“基本上我们在时间的安排上是错位的。”

“对我们来说是错误的。”格鲁辛说。

“是啊。”奥利里表示同意。

然后，他开始直截了当地讲述他的“血泪史”。他一生都在独自挣扎。挣扎过，也迷失过。而且他不是唯一的，还有其他男性也是如此，他们用一生的时间在徒劳地战斗，企图摧毁他们内心的怪物。但一切都是徒劳。

“能阻止他们的唯一方法就是有个像你这样的警察出现在他们家门口，”他告诉格鲁辛，“从那时起，他们就只是一个标本。仅此而已。他们会被展示在媒体面前。他们的家庭生活被摧毁。他们会被锁在一个洞里，任何时候只要世界想摆弄他们，他们就会再被拉出来，”奥利里把双手举过头顶，“他们有各种此类狗屁节目，例如《犯罪心理》和《嗜血判官》以及《法律与秩序：特殊受害者》。只要事情不发生在自己身上，大家都津津乐道。只要火车失事不在附近，那么它就很吸引人，每个人都喜欢它。大家吃着人血馒头。还想出书大卖。”

奥利里突然停了下来。他盯着地板，似乎陷入了沉思。

“我们都有癖性，”格鲁辛说，“而你的癖性正是我当警察的原因。”

格鲁辛站起来要走。奥利里抬起头来。他指了指审讯室后面墙上的双向镜。

“那后面有一帮人，对吗？”他问。

“只有我们俩和史黛西·加尔布雷斯。”格鲁辛回答。

奥利里把头埋在双手里。“我就知道你会这么做。”他说。

奥利里直接看向镜子。在另一边，加尔布雷斯也在回望他。

“嗨，史黛西·加尔布雷斯，”奥利里轻哼道，“我敢打赌，你希望你能一枪毙了我。”

格鲁辛插嘴道：“反正我们不能带枪进来。”

“不，我是说当她出现在我家门口，用枪指着我的时候。”

格鲁辛摇了摇头。

“好吧，那会造成许多文书工作。”

在镜子的另一边，加尔布雷斯不禁感到阵阵发寒。那天晚上，自她接触案件以来，她头一次难以入眠。

尾声：十八轮大货车

2011年—

尽管受到极大震撼，梅森警司最终选择继续留在警队。“我决定，我不会让这件事来定义我是谁。我会从中吸取教训，成为一名更优秀的调查员。”

2015年12月，我们在林伍德市警察局见到了梅森；我们在7年前他询问玛丽的那个房间里采访了他——隔着同一张桌子。玛丽曾捶打着它，坚称自己被强奸了。梅森回忆了他产生怀疑的起源——“阶梯计划”的经理提到玛丽想换一间公寓，佩吉在事发后第二天表达怀疑。“他们远比我更了解她。”梅森说。

梅森并没有因为玛丽的案子而受到处分。在其后几年内，他的警察记录是值得称赞的。

“我想，任何一个人只要在这个岗位干了一段时间，他们在职业生涯中经历过的很多东西都会对他们产生影响。令人变得冷酷之类的。”梅森对我们说。他从玛丽一案中学到的是需要对无罪推定抱有更开放更不设限的心态。“没有人进入执法部门是为了最终进一步伤害别人。”梅森说。

我们问起梅森对佩吉的看法。“她在转达她认为重要的信息。”梅森说。她在尽她认为好市民该尽的责任。梅森很感激她打来电话。至于他如何解读她说的话是他的问题：“是我弄错了。”

我们也谈到了玛丽。我们告诉梅森，她想知道自己在这一切中的角色，是否有一些她可以避免的失误。

“她没有错误。错的是——我。所以事情——就是如此。”梅森说。

“试图说服我不是她的职责。事后来看，我的工作是要弄清事情的真相——但我没能做到。”

“当你回顾本案时，最让你耿耿于怀的是什么？”我们问。

“确实有好几个方面，”他叹了口气，“但最耿耿于怀的可能是……玛丽因报案而不得不承受的一切。是的……”

“你会常常想起她吗？”

5秒钟，10秒钟，15秒钟过去了，梅森一言不发。他把问题搁在一边，整理着自己的情绪。半分钟过去后，他才开口。

“我们能……？”

“当然可以。”

“我只想去拿些水。”

他离开了房间。

当梅森回来时，他说：“是的，我会。”他经常想起玛丽。“没什么规律，会随机地在不同的情形想起她。可能是某一天我去外地探亲时——看情况吧。当我想起玛丽时，更多的是想她现在过得怎么样。我希望她安好。”

2011年春天，法院删除了有关玛丽报假案的起诉记录。档案被封存，痕迹被消除。但玛丽知道，抹去历史并不能阻止历史重演。于是在2013年6月，她向美国地方法院提起针对林伍德市的民事诉讼。“也许他们可以改变做事的方式，这样就不会再有女性遭受我所经历的一切。”她说。

被告包括林伍德市、梅森与里特加恩两位警探、管理“阶梯计划”项目的非营利组织“茧蛹之家”（Cocoon House）以及“阶梯计划”经理亚娜和韦恩。诉讼声称，警方在审问玛丽时没有对她宣读她的权利；警察局没有为探员提供应对强奸受害者的适当培训；“茧蛹之家”与警方协同合作，没有帮玛丽请律师。辩方律师回应说，当警察开车带玛丽去问话时，她并没有被捕。玛丽是可以自由离开的，所以警探也可以自由跳过宣读米兰达警告的步骤。与此同时，“茧蛹之家”承认亚娜和韦恩没有帮助玛丽寻找律师。但律师说，他们没有义务这样做。

辩方有一个凌驾于其他之上的论点，一旦它成立了，几乎所有其他争议都会不攻自破——辩方律师认为，玛丽起诉的时间太晚了。他们说，联邦民事权利索赔的诉讼时效是3年，而玛丽的诉讼时效始于2008年8月，她被讯问并被指控报假警的时候。他们申请将她的诉讼驳回。

对玛丽而言，这个观点令她困惑。“你没法在他们不相信你的时候提起诉讼。”她说。难道指望她在奥利里被捕之前，即她的起诉依据得以被验证之前就起诉吗？尽管如此，申请驳回的动议还是给她的律师H.里士满·费舍尔（H. Richmond Fisher）带来了挑战。他把玛丽的情况比作一个多年后才知道手术过程中医生在她体内留下了一块纱布的病人。法律不会因为从做手术到发现纱布之间的时间而惩罚那个病人。同理，他认为，法律也不应该因为玛丽被起诉与奥利里被捕之间的时间而对她进行惩罚。

2013年12月，玛丽和林伍德市同意调解，希望在开庭前达成和解。双方事先都给调解员写了信。费舍尔说，玛丽想索赔500万美元。代表林伍德市的律师说，玛丽获得的赔偿不太可能“接近六位数的中间值，更别提七位数”。圣诞节前两周，调解员把双方召集起来面谈。警方和玛丽留在不同的房间里，由各自的律师出面。然后玛丽被传唤。她被要求向林伍德市警察局的两位高层讲述了自己所经历的一切。她请他们想象一下，如果他们的女儿受到和她一样的待遇是怎样的情形。两人向她道歉，承认了警局的错误，并保证会改进做法。

玛丽没有得到500万美元。她以15万美元与林伍德市和解。“这是一次风险管理决策。”林伍德市的代理律师之一告诉报社记者。此外，玛丽单独与“茧蛹之家”也达成了和解，金额不详。

她从来没有从里特加恩那里得到只言片语。这位曾威胁要把她送进监狱的警探后来搬去了南加州。但在玛丽起诉后，《西雅图时报》的一位记者通过电话联系到了他。“里特加恩……说他对诉讼一无所知，”该报报道称，“起初，他想不起这个案子，只是认为它涉及‘科罗拉多州那个家伙’。”

虽然林伍德市同意以15万美元和解，但其中大部分由该市的保险承担，林伍德市只需支付剩余款项。

最终，该市支付了2.5万美元。

“这是我们的重大失职。”林伍德市的史蒂夫·莱德警长对我们说。

他将之称为“一个严重的错误”，“一次现实检验……错误地转移方向……错误的假设……错误的决定”。

“知道她经历了那场残酷的性侵——然后我们却告诉她是她撒谎？”

面对余波，许多警察部门会采取这样的减损手段：犯错就掩盖起来。搞砸了一件大案子，他们会不遗余力地否认，更不用说道歉了。但事实证明，林伍德市警方是个例外。2011年，在马克·奥利里被捕后，该市警察局长两次下令进行审查——一次是内部审查，另一次是外部审查——以确定最初的调查会走偏的原因。林伍德市警察局选择承认自己的错误，并从中吸取教训。

内部审查由林伍德市一位警长与一位警司开展。两人都没有接触过最初的案件。他们在7页的审查报告中用词平淡——例如，说调查得出了一个“不正确的决定”——但他们的分析足够尖锐。侦办警探们对于玛丽陈述中的微小差异以及佩吉的怀疑过于重视。一旦产生怀疑，他们就对玛丽进行审问，而不是询问。玛丽一承认撒谎，他们“就自作主张地急于起诉”并结案。当玛丽试图收回她的供词时，里特加恩警探却报之以威胁。

外部审查涵盖的内容大同小异，但措辞却很激烈。这次同行审查是由斯诺霍米什县执法官格雷格·林塔（Gregg Rinta）完成的。与梅森不同，他在办理强奸案方面有着丰富的经验。5年来，他一直领导着一个特别调查组，每年处理多达700起涉及成人性犯罪和虐待儿童的案件。

“这起案件在大多数方面根本没有进行调查，”林塔在他长达14页的报告中写道，“出于我无法解释的原因，（玛丽的可信度）成了调查的焦点，而所有指向严重犯罪的有力证据都被完全忽视了。”林塔历数了第一天，在仅有一小时睡眠的状态下，玛丽讲述案发过程的全部次数。梅森随后提出的书面陈述的要求是毫无必要，甚至残忍的："你要求她做的是**第5次**讲述自己的遭遇。"多次陈述在手，梅森将"细小的不一致"——这在受创伤的受害者中很常见——上升为重大的差异。至于佩吉的疑虑，梅森甚至无权在报告中提及。在没有证据支持的情况下，某个人的观点"与调查完全无关"，林塔写道。

林塔在他的审查报告中明确表示，本案调查中出现的过失以及办案人员的错误心态都令他感到难以置信。他无法理解警探们为何对玛丽提到的创伤置之不理。他无法理解他们为何如此缺乏同情心。提及警官们第一次与玛丽对峙并指控她撒谎的那天，林塔写道：

> 梅森警司与里特加恩警探对待她的方式只能被称为欺凌和胁迫。读起来很痛苦，也很难理解，在一个专业的警察部门，有经验的警察怎么会做出此等行为。如果这些不是被他们记录在报告中，我都不敢相信这一切确实发生了。

林塔写道，以他们逼问玛丽的方式，难怪她尽管无辜，最后却会承认撒谎。

4天后发生的事情则更加恶劣——里特加恩威胁要把玛丽关进监狱，并建议取消她的住房补助。"这些言论都是胁迫性的、残忍的，并令人难以置信的不专业。我想不出**任何**发表如此言论的正当理由。"

林塔简单复述了之后发生的事情：警察陪着玛丽下楼，把她交给两位"阶梯计划"的经理；经理当着两位警察的面问玛丽是否遭到强奸；玛丽说没有。

“我只能推测，这一切都是为了给受害者施加压力，让她说出‘真相’而策划的。”林塔写道。

“可想而知受害者的感受是多么痛苦。”

莱德说，在林伍德市警察局，玛丽的案件导致了实践和文化方面的变革。警探们接受了有关强奸受害者和创伤的额外培训。他们学习了国际警察局长协会发布的方案——由乔安妮·阿尔尚博撰写的指南——与受害者建立信任，表现出尊重并保留判断力，让受害者对何时何地接受询问拥有发言权。强奸受害人在当地医疗中心能够立即得到律师的帮助。调查人员在怀疑强奸报案的真实性之前，必须掌握“确实的证据”证明当事人说谎。对报假案的指控现在必须经由上级审核。“我们吸取了很多教训，”莱德说，“我们不希望看到同样的情况再次发生在任何人身上。”

根据上报给FBI的统计数据，2008年，玛丽的案件是被林伍德市警察局视为“无稽”的4起案件之一。从2008年到2012年的5年中，该局接到的47起强奸报案中有10起被认定为“无稽的”，占总数的21.3%。同一时期内，全美覆盖相似人口规模的执法机构所报告“无稽的”强奸案的平均比例为4.3%。前者是后者的5倍。莱德说，自从玛丽案件之后，他们局对于给案件贴上“无稽的”标签变得更加谨慎。

“我敢说，我们调查案件比许多部门更积极，”他说，“现在我们格外小心，以确保能正确结案。”

“我们每个人，”莱德说，“都会永远记住这件案子。”

11月的一天，天气预报说的暴风雪并未如期而至，我们从丹佛市驱车前往科罗拉多州的右上角，靠近东北部内布拉斯加州的斯特林惩教所。这所监狱看起来和其他监狱差不多，又矮又长，配有蛇腹形铁丝网。我们被领着穿过三组在我们身后锁上的滑动门，沿着一条长长的走廊来到探视室。

马克·奥利里穿着绿色的监狱工作服，戴着一顶棒球帽。他的下巴布满胡茬。与他的入狱照片相比，他的脸看起来生出了双下巴。他痉挛地眨着眼睛，仿佛他的眼皮上挂着一个电机驱动装置。他的双手大部分时间都放在腿上，左手拇指在跳动。

“我读了很多书。”他向我们讲述他在监狱里的日子。哲学、科学、心理学，“我还会读一些形而上的东西，比如道教……最近我一直在冥想……我尽量不让我的思想带着我走……其实我还开始学习缝纫。”

他的家人每个月也许会来探望几次。他们不了解他——他的这一部分——直到他在宣判时发言的那一天。“我花了几十年，很长一段时间，学习如何隐藏这一点。所以我很擅长这个。”我们问他是否还犯有警方没有发现的其他罪行。“顶多就是私闯民宅了。”他说。我们问，你有没有做过正式的心理诊断？没有，他说。“法庭认为，因为我可以连贯地说话，而且我没有在什么笔记本上写下疯狂的东西，所以我一定是完全正常的。但如果四处侦察、闯入民宅、上演强暴戏码都不是精神病，那么我认为这种定义毫无意义。”

奥利里在想，如果当初有一个项目对有变态幻想的年轻男孩进行干预，是否就能在多年前阻止他犯罪。“对于一个在崩溃边缘的人，或者知道自己正走在错误道路上的人来说，没有一个安全的避风港可以真正去求助说，‘听着，我需要帮助’。”此类项目的成功取决于那些理解强奸冲动的咨询师——像他这样的人，奥利里说。“我不在乎你墙上是否挂着20个博士学位，或者是否是犯罪学、心理学或其他什么领域的专家——我不可能完全敞开心扉。”奥利里告诉我们，他“绝对有资格”为潜在的强奸犯提供咨询。

我们来这里最想问的问题之一是关于林伍德市案件的。当时他看到新闻——关于警方已经结束调查，结论是没有发生强奸案——他的反应如何？是不是目瞪口呆？

“我直到被捕后才知道，”奥利里说，“是我在科罗拉多州的公设辩护人告诉我的。”

他犯下一起强奸罪行后，既不看新闻，也不上网追踪调查的进展。他认为没有必要。

“我有时也想过，但我就是没有跟进。我当时——过着双面生活是很辛苦的——我失眠。我实际上一直过着双重生活，所以我没精力注意警方的动向。

“我就是以为警方正在搜捕罪犯。”

在为期几个月的报道中，我们花了很多时间采访强奸案专家们——检察官、警察、研究人员、律师等。乔安妮·阿尔尚博认为，玛丽的案子体现了警察的怀疑是如何成为自我实现预言[①]。这位曾编写过强奸指控调查指南的退休警官说，“不幸的是，审问受害者并质疑他们的矛盾之处，只会让他们闭口不谈或者导致他们撤销报案，而这却让执法部门更加相信此类报案中有许多是没有事实依据的。”

林伍德市警察不仅审问了玛丽，而且还运用了“里德技

① 又称“自证预言”，是美国社会学家罗伯特·金·莫顿（Robert King Merton）提出的一种社会心理学现象，指人们先入为主的判断无论正确与否，都将或多或少影响其行为，最终导致该判断成真。——编者

巧”，这种技巧通常是针对抢劫犯之类的嫌疑人。他们激怒她，欺骗她，研究她的身体反应。林塔警司在他的同行审查报告中写道，对玛丽使用这种策略是“不恰当的”。他补充说：“解读肢体语言是一门不精确的科学，不应该作为确定真相的决定性手段，除非有这方面的专业知识。梅森和里特加恩显然不具备这样的知识。”“里德技巧”已经受到广泛的审视，因为DNA检测技术暴露了大量无辜者向警察认罪的案件。2017年，警方咨询公司Wicklander-Zulawski & Associates宣布不再教授这种审讯技巧，原因是该技巧有获得假供认的风险。“这对我们来说是个大动作，但我们做出这个决定已经有一段时间了。”该公司总裁表示。“里德技巧”得名于约翰·里德，而他的名声部分建立在1955年内布拉斯加州的一起谋杀案上。在此案中，他从年轻护林员达雷尔·帕克（Darrel Parker）的嘴里问出了供词。然而23年后，一个名叫韦斯利·皮尔瑞（Wesley Peery）的死囚承认，他才是真凶。帕克已在2012年被正式无罪释放，也就是玛丽的犯罪记录被删除的第二年。

玛丽的案件在其他方面也是一堂实物教学课。阿尔尚博提醒称，一名强奸受害者的回忆可能是杂乱无章的，矛盾的，或者根本就是错误的。玛丽形容强奸犯的眼睛是蓝色的，而奥利里的眼睛是浅褐色的。玛丽说强奸犯身高在1米68至1米75之间，而奥利里身高1米88。

她的案件也展示了简化调查以及丢弃性侵取证套盒的危害。警察一怀疑玛丽撒谎，就立刻停止了调查。一旦断定她在撒谎，他们就销毁了她的性侵取证套盒。全美范围，类似被疏忽的案子比比皆是，只是规模更大。2007年，在玛丽遭受性侵的前一年，一个由州和县调查员组成的特别小组突击检查了伊利诺伊州哈维市警察局，发现了200份未经处理的性侵取证套盒。两年后在底特律，一位助理检察官在一个仓库里发现了11 341份未经检测的性侵取证套盒，“落满灰尘”。2015年，《今日美国》开展的一项调查在全美范围内统计到7万份未经检测的性侵取证套盒，并同时指出，该数字很可能只是冰山一角。同一年，白宫估计的积压数量为40万份。

“太可悲了。这真的是个悲剧。”苏珊·伊里恩说。她是1970年代末倡导采用性侵取证套盒的主要人物。

但是在某些方面——文化上和政治上——我们也看到了转变。当阿尔尚博还在警队时，她见过人们是如何规避讨论强奸，公众是如何希望警力资源被投入其他类型的犯罪中。但2015年，美国司法部与曼哈顿地区检察官办公室专门投入了将近8 000万美元，用以清理全国积压的性侵取证套盒。促成这项行动的一个重要合作伙伴是非营利组织“快乐之心基金会”（The Joyful Heart Foundation），它是由热门电视剧《法律与秩序：特殊受害者》中的女演员玛莉丝卡·哈吉塔（Mariska Hargitay）创建的。在2016年的奥斯卡颁奖典礼上，Lady Gaga献唱时身边围绕着一群性侵幸存者。当时的副总统乔·拜登（Joe Biden）介绍她时说：“让我们改变文化吧。”几个月后，强奸一名昏迷女性的前斯坦福大学游泳运动员布洛克·特纳（Brock Turner）仅仅被判入狱6个月，此事引起公众的强烈不满。超过100万人在网上签署请愿书，要求罢免此案的主审法官。

与此同时，侦办性犯罪案件的警察们已经变得更加愿意接受新的方法。许多警探接受了“创伤知情询问”的培训，从中了解到创伤会对强奸受害者的神经系统造成何种影响。他们学会询问受害人的感官记忆，这有助于回忆其他细节。(你记得听见什么声音吗？你闻到什么味道？)他们学会让受害者不受干扰地说话，并理解她们的描述可能会不流畅。他们学会提出开放式问题，同时避免任何关于审讯的暗示。

从林伍德市沿着5号州际公路一直向南就会到达俄勒冈州阿什兰市。当地一位名叫卡丽·赫尔(Carrie Hull)的警探于2013年创办了一个名为“你有选择”(You Have Options)的项目，旨在提高性侵受害者的报案率，从而增加识别连环强奸犯的机会。赫尔了解，很多受害者都希望保密，而且害怕不被他人相信，所以她的项目让受害者对于警方如何调查，甚至是否进行调查拥有发言权。受害者可以保持匿名。如果受害者不愿意起诉，警方会尊重其决定。在这个项目启动的第一年，阿什兰市警察局接到的性侵报案量就增加了106%。此后，弗吉尼亚州、密苏里州、科罗拉多州和华盛顿州也有十余家执法机构采用了该方案。

有些警察对这个项目的做法并不满意。他们认为，该项目是让他们不要调查犯罪。赫尔却不这么认为。受害者讲述的信息可能有助于解决今后其他的案件。就像格鲁辛得到的建议一样：让他们说出来。

我们从奥罗拉市、莱克伍德市、威斯敏斯特市以及戈尔登市警察局调出了奥利里案件的调查文档。卷宗数量庞大。它们讲述了一系列没有漏洞的案件——唯有一件例外。

在恢复了奥利里受害者们的照片后，约翰·埃文斯致力于最后一项任务：破解“可怜虫”文档。在落基山脉地区计算机取证实验室，他将办公桌上7台高性能计算机中的一台专门用于破解这个75GB的加密文件，里面藏着奥利里最隐私的秘密。每周7天，每天24小时，这台电脑上都在运行专门的黑客软件，不断向该文件输入密码尝试。有些密码是在搜查哈兰街65号时发现的奥利里的生活碎片。旧的密码，电子邮件地址，家人和朋友的名字，等等。但大多数情况下，这个软件就像一把大锤，运用强大的计算能力，向加密程序发送数以千计的单词和密码列表。可惜都是无用功。

“这让我很不爽，”埃文斯说，“我认为他有更多犯罪证据藏在里面。这是他不想让任何人看到的东西。”

在连续6个月的尝试无果之后，埃文斯决定他需要一个更强大的锤子。他把文件寄给了FBI的极客小队——行动技术部的密码逻辑分析电子组。作为FBI最神秘的部门之一，这个密码小组曾帮助美国国家安全局梳理过数百万封邮件，而且组内的科学家、特工和编码人员也曾帮助众多地方执法机构处理棘手的计算机案件。然而，即便是这些密码专家们也无法破解“可怜虫”。

埃文斯将装有原始文件的硬盘存放在戈尔登市警察局。这个不起眼的银色盒子被塞在证物柜的架子上，其型号为WD3200AAKS，序列号为WMAWF0029012，案件编号为1-11-000108。

有时候，当鲍勃·韦纳在高山上练习长跑时，他的思绪会不经意地飘回“可怜虫”身上。奥利里认罪后已经过了好几年。他要在监狱里度过余生。他从未透露过这个文档的密码。韦纳想知道它里面有什么。

“或许里面有谋杀的信息。我不知道，”韦纳说，“我的脑子会时不时地回到这个问题‘怎么回事，里面有什么？’”

“我还在想着这件事。”

玛丽被强奸后，人们预期她会歇斯底里或崩溃。但玛丽不想放弃正常生活，即使那意味着伪装。正常是她过去之渴望，也是她未来之向往。“我基本上装作什么都没发生，”她回想过去时说，“我彻底封闭了起来。”所以事发当天，她显得很冷漠。**就好似在告诉我她做了一个三明治**。第二天，她在草地上打滚。至于傻笑，那是她紧张时的表现。

我们第一次采访玛丽是在2015年春天，距离她被性侵已经过去将近7年。她当时正怀着第二个孩子。她的丈夫在上班。

玛丽在遇袭后的行为让其他人费解，而她将之归因于自己的过去。“我小时候和妈妈一起生活的时候，我从来没有告诉任何人在我身上发生的那些事情。”玛丽说。她从未告诉任何人小时候被性侵的事情。“我把一切都憋在心里。我不知道那个家伙是逃走了还是最后伤害了其他人。但我不希望这次也是如此。”这就是为什么她告诉了那么多人——她事后四处打电话的行为让香农和佩吉觉得莫名其妙。这也是不论警察询问多少次她都会一遍遍讲述的原因。大多数强奸受害者都不会站出来，玛丽却站了出来。“这样就不会有其他人受到伤害了。”她说，“他们就会去搜捕那个强奸了我的人。”

她仍然震惊于警方对证据的置之不理。“我手腕上的痕迹不是谎言，”她说，“第二天，即使有人想和我握手，手还是很疼。让我想哭。”就在同一天，佩吉给梅森打了电话，怀疑也随之而来，警方开始对玛丽讲述中的每一处不同抓住不放，这是另一件让她耿耿于怀的事。“小细节可能不一致，但在我的每一次讲述中都有一个人闯进我家，强奸了我。”

当警察告诉她，佩吉和乔丹都不相信她时，“这让我崩溃”，玛丽说。她开始怀疑自己，有时怀疑自己是否编造了这个故事：或许强奸**只是**一场梦。而当她承认自己撒谎之后呢？“我失去了一切。”她失去了自我。一起逝去的还有那个对独立生活满怀热切期待的18岁少女。抑郁症吞噬了她。

此后，她变得害怕出门。她呆在家里，长时间地看电视。夜晚是最糟糕的。“真的很糟糕，”她说，“有一天晚上，我试着自己走去商店，但我好像出现了幻觉，老觉得有人在跟踪我。这把我吓坏了。当时我离家还没走出800米呢，就逃了回去——一路跑回家——因为我觉得我看到有人在跟踪我。”她再也不在天黑后出门。在家里，在她的公寓里，她对卧室避之不及。她睡在沙发上，整夜开着灯。

得知奥利里被捕的那天，玛丽向林伍德警方询问他还伤害了多少其他女性。她忍不住想：如果我没有放弃指控，也许她们能够幸免于难。这是她要背负的另一个负担，尽管对她来说不公平。

对于华盛顿州的两起案件，奥利里都认了罪。当他被带到华盛顿州接受宣判时，玛丽没有出席。“我不想面对他，”她说，“那不是我能应付或者能做的事情。”

柯克兰市那位被侵犯的老妇人参加了奥利里的宣判。“亲眼确定是他，这对我来说非常重要，”她说，“这是对他的正义，也是对我的正义。”她在听证会上发了言，但避免叙述袭击的细节。“我不想让他重温一遍。”她说。她不想给他这种满足感。遭到侵犯后，她患上了创伤后应激障碍。她的心跳加速。她一直紧闭百叶窗。她对一切动静都保持高度警惕。她说，夜晚很难熬。洗澡时尤其艰难，因为她听不见任何其他声音，只能靠想象力来填补空白。

奥利里因为在柯克兰市的罪行被判处40年徒刑，因为强奸玛丽获刑28年半。

当初，玛丽按照法院的命令接受心理咨询时，她曾向咨询师倾诉事件的真相。她说她的确被强奸了。奥利里在科罗拉多州被捕后，玛丽想给那位咨询师打电话，告诉她，在我告诉你我被强奸的时候，我说的是实话。但她没能找到她。玛丽知道并非所有人都知道她的故事的结局。“阶梯计划”中她的同龄人——那天围在一起听她承认自己撒了谎的青少年们——他们现在知道真相了吗？伊丽莎白知道。她就是坐在玛丽右手边的那个女孩，玛丽当时感受到了她的同情。她们后来成了朋友。玛丽得知伊丽莎白也曾被性侵犯，但伊丽莎白什么也没说，因为害怕人们不相信她。至于那个圈子里的其他人，他们不太可能都知道后续。人们带着误解，继续前进。

在网上，由一名伦敦男子编撰的“不实强奸指控国际年表”仍然将林伍德市玛丽的案件包括在内。她仍然是展现编者观点的例证之一。真相尚未追及谎言。

我们请玛丽向我们讲述从她得知奥利里被捕之后发生的事情。

她用那天收到的500美元买了一部新手机，因为她的旧手机坏了。她买了衣服。她还给了一个朋友一些钱。

在香农的帮助下，玛丽拿到了驾照。在她通过考试的那天，她又报了一个名，她报名学习如何成为一名卡车司机。在路上的生活对她很有吸引力。离开华盛顿州对她也很有吸引力。此外，一份能证明她不会被过去定义的工作也很吸引她：“我只是不想憎恨生活，并生活在恐惧中。”

她的商业驾照考试一次通过。驾照到手的那天，她坐上飞机，飞往东部参加工作面试。她成功得到了那份工作，她不仅要开车，还需要穿着工作服、戴着护目镜和安全帽挥舞4公斤重的锤子。她的下一份工作只要求她开车：她开车将淡水运到水力压裂现场，然后再将管道拖到钻井平台上。

她在网上结识了一位男性，第一次收到他的短信时她正坐在卡车上等着卸下一车管道。“第一次见面的时候，我觉得与他交谈很容易。”对玛丽来说，她也很容易信任他。“他是第一个请我吃饭的男人。”她说。他们结婚了，还生了一个孩子。在我们第一次采访玛丽的几个月后，他们又迎来第二个孩子。一家人现在住在中部某地。

2016年秋天，玛丽在路上打了一个电话。她当时在宾夕法尼亚州，正在去缅因州送货的路上。当史黛西·加尔布雷斯接听时，玛丽作了自我介绍。她报上了自己的全名。她告诉加尔布雷斯她是谁——照片中的那个女人。我想感谢你为我所做的一切，玛丽对女警探说，说着说着她开始哽咽。加尔布雷斯问起玛丽的近况。玛丽说她已经结婚，有两个孩子。加尔布雷斯说她自己也有两个孩子。她们没有聊很久，也许15分钟，玛丽只是想让对方明白她的工作对于自己曾意味着什么。在奥利里被捕之前，玛丽一直被困住，甚至无法拿到驾照。

“她让我能够继续前进。”玛丽说。

玛丽驾驶着她的十八轮大货车离开宾夕法尼亚州，前往新英格兰，结束最后800公里的旅程。当她抵达美国的东北角，她卸下货物，装上一车新的货物，向西驶向加利福尼亚州。

作者后记

我们——也就是T.克里斯汀·米勒与肯·阿姆斯特朗——从不同渠道接触到这个故事，然后在调查过程中偶然相遇。

米勒在一家专注于独立调查报道的新闻机构ProPublica工作。2015年，他正在撰写一系列关于警方在强奸案调查中所犯失误的报道。他写到了FBI建立的数据库ViCAP，以及它在建成后几乎被忽略的事实。他还报道了警方未能阻止达伦·夏普（Darren Sharper），这位前职业橄榄球明星最终被证明在4个州强奸或企图强奸9名女性。在报道这些故事的同时，他听说另一名连环强奸犯马克·奥利里在科罗拉多州被抓获，这归功于各机构跨辖区的出色合作。为了介绍这项完成出色的调查，米勒开始在丹佛市郊区进行报道。

与此同时，阿姆斯特朗住在西雅图，并任职于“马歇尔计划”（Marshall Project），一家从事刑事司法报道的非营利性新闻机构。当地报纸曾报道过玛丽的诉讼案，他由此得知了她的案子。但玛丽从未同意接受媒体的采访。如同林塔警司一样，阿姆斯特朗也只能想象玛丽被指控撒谎时的感受。林塔就是对林伍德警方开展同行审查的那位性犯罪调查员。阿姆斯特朗主动联系玛丽，问她是否愿意分享自己的故事。经过7个月的邮件和电话沟通，玛丽终于同意了。从2015年春天开始，阿姆斯特朗和电台节目《美国生活》（*This American Life*）的制片人罗宾·塞米恩（Robyn Semien）一起采访了玛丽、佩吉、香农、梅森警司等人。阿姆斯特朗还收集了林伍德市警方的记录，以复盘一项出了错的调查。

2015年夏天，米勒开始报道奥利里案的华盛顿州篇，并联系了玛丽的律师H.里士满·费舍尔。费舍尔告诉他一件记者都不愿意听到的事情：已有另一位同行也在报道此事。新闻行业比警察部门更有地盘意识，所以这个发现引起了我们两人雇主的一些不满。但我们俩选择合作。我们将各自写的两半编织成一篇完整的报道——将出了错的调查与正确完成的调查联系在一起。2015年12月，我们发表了12 000字的长篇报道《一桩难以置信的强奸案》（*An Unbelievable Story of Rape*），对比了华盛顿州与科罗拉多州警方所做的调查，并描写了玛丽因此受到的情感创伤。2016年2月，《美国生活》播出了“疑惑剖析”节目（*Anatomy of Doubt*），探讨针对玛丽的怀疑是如何开始并传播的。正如艾拉·格拉斯（Ira Glass）在开场白中所说：“人们发挥了同理心，却弄错了。”然而，在完成了这两篇报道之后，我们依然觉得还有更多内容要讲。我们想追寻强奸受害者经常面对的怀疑论的历史根源，以及导致一些警探误入歧途的错误假设。我们想剖析马克·奥利里并介绍在他落网背后的一系列执法人员。我们想把玛丽的案子放在全国的背景下，说明如此可怕的遭遇并非玛丽独有，还有其他受害者也有相似的经历。

因此，才有了本书。

在报道的过程中，我们对于那些愿意和我们谈论如此痛苦经历的人们产生了钦佩，佩服他们的坚定意志。玛丽同意接受采访，因为她相信，她的经历越为人所知就越不可能重演。佩吉和香农同意接受采访，是希望别人能从她们的错误中吸取教训。林伍德市警方的各位也是如此，包括莱德警长、孔海姆警司，以及负责侦办此案的梅森警司。

我们也试图采访前林伍德市警探杰里·里特加恩，但没有成功。他在一封电子邮件中回复说，对于林伍德警方被描写成欺凌玛丽（林塔警司的报告中使用了“欺凌”一词）他感到不安，他说任何这样的描述都“与事实相去甚远。当受害者向警察撒谎，然后通过媒体撰写的带有偏见的故事来寻求关注时，你们就会将案件写得耸人听闻，而不是说出完整的真相。如果你们想要我提供关于事情经过的完整的真实的讲述，包括询问、取证等，必须和我签订有偿支付合约”。我们告诉他，我们不会付钱给受访者。

在撰写强奸案时，我们经常发现自己要在各种相互抵触的客观目标之间寻找平衡。例如，描述攻击行为时，我们试图用足够的细节来表达奥利里令其受害者们遭受的恐怖。但同时，我们也希望避免无谓的描写。在写到奥利里的受害人时，我们努力隐瞒那些能够帮助辨别她们身份的细节。（所以我们提到莎拉在教堂唱诗班唱歌，却没有透露是哪座教堂。）然而与此同时，对我们来说，重要的是把被他侵犯的女性写成真实的、可辨认的人，而非漫画人物；这就要求提供一定程度的细节。另一个挑战涉及措辞。在本段和书中其他地方，我们用“受害者”这个词来指代玛丽和其他被奥利里袭击的女性。有些受到伤害的人——但绝非全部——更喜欢“幸存者”或“胜利者”这样的称谓。我们选择使用“受害者”这个最常见的词语作为一般描述。但我们知道，有一位被奥利里侵犯的女性并不认同这个词，所以我们避免使用这个词来具体地、单独地提及她。在描述奥利里的攻击行为时，我们还试图避免任何让人联想到双方自愿性行为的用词——例如，将“抚弄”一词改为“猥亵”。

按照保护性侵受害者匿名性的通常做法，我们在本书中对人物姓名做了一些改动。我们指名而不道姓地称呼玛丽生活中的人——她的朋友、家人和其他人。对于受害人以及后来被洗脱罪名的嫌疑人，我们一般选择使用化名，或者在玛丽案中选择她（不使用的）真实的中间名。如果受害者选择公开身份，我们会披露她的真实姓名。对于警察、检察官、法官和其他公职人员，当然还有罪犯马克·奥利里，我们引用的是他们的全名。

在本书的写作和报道过程中，我们始终尝试注意潜在的盲点。本项目中最大的一个潜在盲点也许是性别问题：虽然绝大多数性侵受害人是女性，但我们（两位作者）都是男性。幸运的是，我们能够求助于参与本项目的以及我们生活中的诸位女性。瑞秋·克莱曼（Rachel Klayman）和艾玛·贝瑞（Emma Berry）是我们的编辑。皇冠出版社的负责人是莫莉·斯特恩（Molly Stern）。我们还找了其他女性读者（包括我们的妻子）来审稿，并提供意见。我们也联系了创伤和性暴力领域的专家。这些真诚地为我们提供反馈的专家包括：达特新闻与创伤中心（Dart Center for Journalism and Trauma）行政主任布鲁斯·夏皮洛（Bruce Shapiro），“制止暴力侵害妇女国际组织”首席执行官乔安妮·阿尔尚博，以及密歇根州立大学心理学教授兼性侵犯研究领军人物丽贝卡·坎贝尔。

最后，玛丽也同意帮助我们检查文稿的准确性，并知会我们是否有段落或细节弄错了，以及有没有在不必要的情况下加重了她所受到的伤害。玛丽具备非凡的韧性。她的慷慨精神和她对善行的理解也是如此。她充分理解让人们了解她的故事并加以传播所能产生的积极影响。我们希望我们已经公正地讲述了她的故事，如有任何遗留的错误都是我们的责任。

注　释

本书建立在访谈、文件和数据的基础之上。

为撰写本书中华盛顿州这条线，我们采访的人物包括：玛丽；她的养母佩吉和香农；她的朋友乔丹；詹姆斯·费尔德曼，玛丽面临报假警指控时的公设辩护人；H.里士满·费舍尔，针对林伍德市提起民事诉讼时玛丽的代理律师；林伍德市警察局的杰弗里·梅森警司、罗德尼·孔海姆警司和史蒂夫·莱德警长；柯克兰市警察局的杰克·基西警士和奥德拉·韦伯警探；以及被性侵的柯克兰市老妇人。

在科罗拉多州这条线，我们采访的人物包括：戈尔登市警察局的史黛西·加尔布雷斯警探和计算机分析师约翰·埃文斯；威斯敏斯特市警察局的埃德娜·亨德肖特警探、大卫·加尔布雷斯警官、特雷弗·马特拉索警司、犯罪分析员劳拉·卡罗尔、犯罪现场调查员凯瑟琳·埃利斯，以及受害者权益代言人艾米·克里斯坦森（Amy Christensen）；莱克伍德市警察局的亚伦·哈塞尔警探、犯罪分析员达内尔·迪吉奥西奥以及刑侦专家岛本雪莉；奥罗拉市警察局的斯科特·伯吉斯警探和犯罪分析员道恩·陶勒克森；杰斐逊县地区检察官办公室的首席副检察官罗伯特·韦纳与公共信息官帕姆·拉塞尔（Pam Russell）；FBI特工乔纳森·格鲁辛与公共事务专员黛博拉·谢尔曼（Deborah Sherman）；那位注意到停在街对面的白色皮卡的邻居莎朗·韦兰；以及马克·奥利里的哲学教授梅琳达·怀尔丁。

其中一部分采访是作者们撰写《一桩难以置信的强奸案》时进行的，这篇报道已由ProPublica和“马歇尔计划”于2015年12月16日发表。

为了深入了解对性侵犯罪行的调查，我们采访了一批现任以及前任警官、警探、检察官、受害者权益代言人和学者，其中包括亚利桑那州立大学犯罪学和刑事司法学院院长卡西亚·斯庞（Cassia Spohn）；密歇根州立大学教授兼研究员丽贝卡·坎贝尔；关注暴力侵害妇女问题的检察官组织“公正女神”（AEquitas）的首席执行官詹妮弗·金泰尔·朗（Jennifer Gentile Long）；亚利桑那州凤凰城警察局前警长吉姆·马基（Jim Markey）与犯罪分析员杰夫·詹森（Jeff Jensen）；佛罗里达州希尔斯伯勒县治安官办公室的特别调查处处长J.R.伯顿（J. R. Burton）少校；国际执法情报分析师协会前主席里奇·马丁内斯；丹佛地区检察官办公室的顾问与前检察官安妮·蒙克（Anne Munch）；俄勒冈州阿什兰市警察局的卡丽·赫尔警探；得克萨斯州奥斯汀市警察局的丽兹·多纳根（Liz Donegan）警司；以及阿肯色大学法学教授丽萨·阿瓦洛斯。

我们去科罗拉多州的斯特林惩教所采访了马克·奥利里。

我们还采访了在强奸案调查方面具有专业知识或在调查工

具的发展中发挥历史作用的人，例如乔安妮·阿尔尚博、金伯利·朗思威（Kimberly Lonsway）和苏珊·伊里恩。

为了报道FBI的ViCAP项目，我们采访了该项目的前主任阿特·麦斯特；代理主任蒂莫西·伯克（Timothy Burke）；犯罪分析员内森·格拉汉姆（Nathan Graham）；特工督察兼首席法律顾问肯尼斯·格罗斯（Kenneth Gross）；犯罪分析员主管凯文·菲茨西蒙斯（Kevin Fitzsimmons）；以及助理科长马克·A.尼克尔斯（Mark A. Nichols）。为了了解ViCAP的情况，我们还采访了小说家帕特丽夏·康薇尔（Patricia Cornwell）。

我们向诸多机构提交了公共记录申请，从而收到一万多页文件。这些机构包括：华盛顿州林伍德市与柯克兰市警察局，科罗拉多州戈尔登市、威斯敏斯特市、奥罗拉市和莱克伍德市的警察局，华盛顿州斯诺霍米什县和金县的检察官办公室，科罗拉多州杰斐逊县检察官办公室，林伍德市政府以及FBI。

这些文件（以及在市级、县级和联邦法院发现的其他记录）包括犯罪现场照片；执法机构收集的监控录像；医疗和心理记录；FBI对奥利里进行的录像访谈；奥利里的军方记录；警方人事档案；"阶梯计划"的个案记录；警方对受害者和证人的询问，既有摘要也有笔录；奥利里的借记卡消费记录；以及针对林伍德市警察局侦办玛丽一案的内部与外部审查报告。有些还是为我们特别制作的文件，例如，我们要求的科罗拉多州的奥利里宣判听证会的抄本。

在"马歇尔计划"与ProPublica的帮助下，我们对FBI《统一犯罪报告》（*Uniform Crime Reporting*）的数据进行了自己的分析，使我们能够将林伍德市归为“无稽”的强奸报案数量纳入全国范围内衡量。

第一章：桥

文件：由里特加恩、梅森等人提交的林伍德市警方报告；2008年8月18日的“阶梯计划”个案笔记；玛丽向警方提供的书面陈述；关于玛丽撤案的新闻报道的文字记录，以及2008年8月15日KING 5频道的新闻播报视频。

“华盛顿州西部的一位女性已经承认” *Northwest Cable News*, Aug. 16, 2008, 10:30 a.m. and 4:30 p.m. newscasts.

“林伍德市警方目前表示” *KING 5 News*, Aug. 15, 2008, 6:30 p.m. newscast.

“没完没了的虚假强奸指控如今又添一例” “Another Motiveless False Rape Claim Exposed,” Community of the Wrongly Accused, Aug. 21, 2008, falserapesociety.blogspot.com/2008/08/another-motiveless-false-rape-claim.html.

之前两条分别关于一名佐治亚州青少年 “An International Timeline of False Rape Allegations 1674–2015: Compiled and Annotated by Alexander Baron,” accessed on Feb. 5, 2017, infotextmanuscripts.org/falserape/a-false-rape-timeline.html.

“从这个数据库中可以看出” Alexander Baron, “An International Timeline of False Rape Allegations 1674–2015: Introduction,” accessed on Feb. 5, 2017, infotextmanuscripts.org/falserape/a-false-rape-timeline-intro.html.

婊子和妓女。“Anatomy of Doubt,” This American Life, episode 581, Feb. 26, 2016.

第二章：狩猎者

文件：来自戈尔登市、威斯敏斯特市和奥罗拉市警察局以及FBI的公共记录。读者如有兴趣了解更多警方性侵调查的信息，可以查阅这些资料："制止暴力侵害妇女国际组织"的培训模块，那是一个最佳操作的综合集锦；John O. Savino和Brent E. Turvey合编之*Rape Investigation Handbook*, 2nd ed.(San Diego: Elsevier Science, 2011)；Cassia Spohn与Katharine Tellis合著之*Policing and Prosecuting Sexual Assault: Inside the Criminal Justice System*（Boulder: Lynne Rienner Publishers, 2014）；以及Rebecca Campbell、Hannah Feeney、Giannina Fehler-Cabral、Jessica Shaw和Sheena Horsford共同撰写的*The National Problem of Untested Sexual Assault Kits (SAKs): Scope, Causes, and Future Directions for Research, Policy, and Practice*，发表于学术期刊*Trauma, Violence & Abuse* (Dec. 23, 2015): 1–14。

一项全美政府调查显示 Jennifer L. Truman and Lynn Langton, "Criminal Victimization, 2014," published by the US Department of Justice, Bureau of Justice Statistics.

"并非每次性侵指控都站得住脚" Savino and Turvey, *Rape Investigation Handbook*, p. 25.

其口号即为"从相信开始" "Start by Believing: Ending the Cycle of Silence in Sexual Assault," End Violence Against Women International, accessed Feb. 22, 2017, startbybelieving.org/home.

戈尔登市最出名的是 "Coors Brewery Tour," MillerCoors, accessed April 22, 2017, millercoors.com/breweries/coors-brewing-company/tours.

现有大约1.9万人口 "Golden History," City of Golden, accessed

April 22, 2017, cityofgolden.net/live/golden-history/.

加尔布雷斯的首次出警 "CDOT Encourages Public to Comment on I-70 East Supplemental Draft Environmental Impact Statement," Colorado Department of Transportation, Aug. 27, 2014, codot.gov/projects/i70east/assets/sdeis-i-70-release-082614. CDOT describes the average daily traffic as up to 205,000 vehicles per day, which works out to 8,541 per hour.

第三章：海浪与山峰

文件：作为诉讼证据提交的*Disclosure of Expert Opinion*为乔恩·R. 康特博士对玛丽的评估，日期为2013年10月18日；梅森提交的林伍德市警方报告；以及斯诺霍米什县关于"阶梯计划"的拨款文件。

该计划……减少无家可归现象 "Homeless Grant Assistance Program (HGAP) 2007 Project Summary," a three-page Snohomish County document generated in October 2007.

"金融知识" "Homeless Grant Assistance Program (HGAP) 2006–7 Project Documentation," a four-page Snohomish County document that provides context, anticipated outcomes, and a timeline for the project.

"首尾相接……" Judith M. Broom, Lynnwood: The Land, the People, the City (Seattle: Peanut Butter Publishing, 1990), p. 49.

第四章：一种强烈的神秘力量

文件：来自威斯敏斯特市和奥罗拉市警察局、博尔德县治安官办公室，以及FBI的公共记录。有关虚假性侵犯报案的详细讨论，请参见Cassia Spohn与Katharine Tellis合著之*Policing and*

Prosecuting Sexual Assault: Inside the Criminal Justice System (Boulder: Lynne Rienner Publishers, 2014)。

她的童年是在10万人口的阿瓦达市度过 "Fun Facts about Arvada," City of Arvada, accessed April 22, 2017, arvada.org/about/our-community/arvada-fun-facts.

英国的一名警队外科医生 Philip N. S. Rumney, "False Allegations of Rape," Cambridge Law Journal 65 (March 2006): 125–58.

女权主义者苏珊·布朗米勒 Susan Brownmiller, *Against Our Will: Men, Women and Rape* (New York: Fawcett Columbine, 1975), p. 387.

专门研究性侵犯的学者们 Kimberly Lonsway, Joanne Archambault, and David Lisak, "False Reports: Moving Beyond the Issue to Successfully Investigate and Prosecute Non-Stranger Sexual Assault," *The Voice*, published by the National Center for the Prosecution of Violence Against Women, 2009.

她把判定报假案的标准定得很严。 Edna Hendershot, Alverd C. Stutson, and Thomas W. Adair, "A Case of Extreme Sexual Self-Mutilation," *Journal of Forensic Sciences* 55 (Jan. 2010): 245–47.

许多人无法再按时间顺序回忆事件。 Rebecca Campbell, "The Neurobiology of Sexual Assault," a Dec. 3, 2012, seminar presentation sponsored by the National Institute of Justice, transcript accessed on June 13, 2017, nij.gov/ multimedia/presenter/presenter-campbell/Pages/presenter-campbell-transcript.aspx. Some scholars have questioned whether women's advocates are overstating trauma's effects on the brain in an effort to reduce investigators' skepticism about rape victims' memories. See, for instance, Emily Yoffe, "The Bad Science Behind Campus Response to Sexual Assault," *The Atlantic*, Sept. 8, 2017.

心理学家们已经在文献中阐述了 Dorthe Berntsen, "Tunnel Memories for Autobiographical Events: Central Details Are Remembered More Frequently from Shocking Than from Happy Experiences," *Memory & Cognition* 30, no. 7 (Oct. 2002): 1010–20.

第五章：一场败仗

文件：戈尔登市警察局、FBI，以及杰斐逊县（科罗拉多州）、斯诺霍米什县（华盛顿州）和金县（华盛顿州）检察官办公室提供的公共记录。

他是A等。"Understanding the ASVAB Test," US Army, accessed April 22, 2017, goarmy.com/learn/understanding-the-asvab.html.

这个诨号得自 "9th Infantry Regiment (United States)," *Wikipedia*, accessed April 22, 2017, en.wikipedia.org/wiki/9th_Infantry_Regiment_(United_States).

这些夜店中最臭名昭著的一家 Jon Rabiroff and Hwang Hae-Rym, "'Juicy Bars' Said to Be Havens for Prostitution Aimed at US Military," *Stars and Stripes*, Sept. 9, 2009.

第六章：白人男性，蓝眼睛，灰色卫衣

文件：林伍德市警察局的麦尔斯、尼尔森、凯尔西、梅森和里特加恩等警官撰写的报告；梅森在林伍德市警察局的人事档案；里特加恩在领英网上的个人资料；麦尔斯拍摄的犯罪现场照片；以及玛丽被强奸后在医院接受检查的记录，作为证物附在她对林伍德市的诉讼中。对玛蒂·戈达德的引述以及关于最早的性侵取证套盒的许多细节，来自阿克伦大学记录的口述历史；以及戈达德于2003年2月26日在加州萨克拉门托接受的

采访。文本可参阅vroh.uakron.edu/transcripts/Goddard.php。在研究性侵取证套盒的历史时，其他有帮助的资料来源包括：Bonita Brodt所写*Vitullo Kit Helps Police Build Case Against Rapists*，发表于*Chicago Tribune*，1980年7月31日；Jessica Ravitz的*The Story Behind the First Rape Kit*，CNN，2015年11月21日 更 新；Chris Fusco的文章*Crime Lab Expert Developed Rape Kits*，见于*Chicago Sun-Times*，2006年1月12日。

芝加哥令他很紧张 Ravitz, "The Story Behind the First Rape Kit."

芝加哥地区有26家医院 Brodt, "Vitullo Kit Helps Police."

"我记得……我做了一些奇怪的事情" Ann Wolbert Burgess and Lynda Lytle Holmstrom, Rape: Crisis and Recovery (West Newton, MA: Awab, 1979), p. 36.

"我的肋下很痛" Burgess and Holmstrom, *Rape: Crisis and Recovery,* p. 36.

伊利诺伊州已有215家医院 Brodt, "Vitullo Kit Helps Police."

制作了一门综合在线课程 Kimberly A. Lonsway, Joanne Archambault, and Alan Berkowitz, "False Reports: Moving Beyond the Issue to Successfully Investigate and Prosecute Non-Stranger Sexual Assault," End Violence Against Women International, May 2007.

在调查虐待儿童案件时 Joanne Archambault, T. Christian Miller, and Ken Armstrong, "How Not to Handle a Rape Investigation," *Digg*, Dec. 17, 2015, digg.com/dialog/how-not-to-handle-a-rape-investigation#comments.

公众希望警方 Archambault et al., "How Not to Handle a Rape Investigation."

培训期间，她播放了一段报警录音 Ronnie Garrett, "A New Look

at Sexual Violence," a Q&A with Joanne Archambault, *Law Enforcement Technology,* Sept. 2005.

"研究表明，越是亲密" Garrett, "A New Look at Sexual Violence."

"受害者对性侵犯创伤的反应" "Investigating Sexual Assaults," Model Policy, IACP National Law Enforcement Policy Center, May 2005.

第七章：姐妹

文件：来自戈尔登市、威斯敏斯特市和奥罗拉市警察局以及FBI的公开记录。有兴趣进一步了解ViCAP项目的读者可以参阅Richard H. Walton所著*Cold Case Homicides: Practical Investigative Techniques*）(Boca Raton, FL: CRC/Taylor & Francis, 2006)；以及Don DeNevi与John H. Campbell合著的*Into the Minds of Madmen: How the FBI's Behavioral Science Unit Revolutionized Crime Investigation* (Amherst, NY: Prometheus Books, 2004)。有一套基于ViCAP的犯罪小说系列，第一本是Michael Newton的*Blood Sport* (Clinton, MT: Wolfpack Publishing, 1990)。

FBI管理着 "Frequently Asked Questions on CODIS and NDIS," Federal Bureau of Investigation, accessed April 22, 2017, fbi.gov/services/laboratory/biometric-analysis/codis/codis-and-ndis-fact-sheet.

付出的艰辛努力而闻名于世 Matt Sebastian, "JonBenét Investigation the CBI's Largest Ever," *Daily Camera*, Feb. 3, 1999.

刘易斯被迫使用 Joanne Archambault, Kimberly A. Lonsway, Patrick O'Donnell, and Lauren Ware, "Laboratory Analysis of Biological Evidence and the Role of DNA in Sexual Assault Investigations," End Violence Against Women International, Nov. 2015.

女性警察的发展 "Alice Stebbins Wells," International Association of Women Police, accessed April 22, 2017, iawp.org/history/wells/alice_stebbins_wells.htm.

威尔斯认为女性为警察工作Penny E. Harrington, *Recruiting & Retaining Women: A Self-Assessment Guide for Law Enforcement,* National Center for Women & Policing, a Division of the Feminist Majority Foundation, 2000.

1985年的一项研究发现 Robert J. Homant and Daniel B. Kennedy, "Police Perceptions of Spouse Abuse: A Comparison of Male and Female Officers," *Journal of Criminal Justice* 13 (Dec. 1985): 29–47.

1998年一项对全美147个警察局的代表性样本 Carole Kennedy Chaney and Grace Hall Saltzstein, "Democratic Control and Bureaucratic Responsiveness: The Police and Domestic Violence," *American Journal of Political Science* 42, no. 3 (July 1998): 745–68.

而2006年针对……的研究 Kenneth J. Meier and Jill Nicholson-Crotty, "Gender, Representative Bureaucracy, and Law Enforcement: The Case of Sexual Assault," *Public Administration Review* 66, no. 6 (Nov.–Dec. 2006): 850–60.

"有一点是绝对清楚的……" Joanne Archambault and Kimberly A. Lonsway, "Training Bulletin: Should Sexual Assault Victims Be Interviewed by Female Officers and Detectives?" End Violence Against Women International, Feb. 2015.

尽管性别多样化带来益处Harrington, *Recruiting & Retaining Women.*

结果就是，美国没有任何警察局 Lynn Langton, "Women in Law Enforcement, 1987–2008," Crime Data Brief, Bureau of Justice Statistics, June 2010.

1950年代末，布鲁克斯United States Congress, "Serial Murders: Hearing Before the Subcommittee on Juvenile Justice of the Committee on the Judiciary, United States Senate, Ninety-Eighth Congress, First Session, on Patterns of Murders Committed by One Person, in Large Numbers with No Apparent Rhyme, Reason, or Motivation," July 12, 1983.

布鲁克斯在参议院司法委员会向聚精会神的听众们讲述了United States Congress, "Serial Murders: Hearing Before the Subcommittee on Juvenile Justice of the Committee on the Judiciary."

他们把这个……奇葩集合称为Don DeNevi and John H. Campbell, *Into the Minds of Madmen*.

地下室阴暗发霉Stanley A. Pimentel, "Interview of Former Special Agent of the FBI Roger L. Depue (1968–1989)," Society of Former Special Agents of the FBI, nleomf.org/assets/pdfs/nlem/oral-histories/FBI_Depue_interview.pdf.

研究表明，强奸犯Robert J. Morton, ed., "Serial Murder: Multi-disciplinary Perspectives for Investigators," Federal Bureau of Investigation (Behavioral Analysis Unit–2, National Center for the Analysis of Violent Crime), fbi.gov/stats-services/publications/serial-murder.

研究还发现，有四分之一至Kevin M. Swartout, Mary P. Koss, Jacquelyn W. White, Martie P. Thompson, Antonia Abbey, and Alexandra L. Bellis, "Trajectory Analysis of the Campus Serial Rapist Assumption," *JAMA Pediatrics* 169, no. 12 (Dec. 2015): 1148–54.

三分之二的强奸犯David Lisak and Paul M. Miller, "Repeat Rape and Multiple Offending Among Undetected Rapists," *Violence and Victims* 17, no. 1 (2002): 73–84.

只有大约1%的谋杀犯 Morton, "Serial Murder: Multi-disciplinary Perspectives for Investigators."

该数据库是一个悲剧性的没有实现的承诺。T. Christian Miller, "The FBI Built a Database That Can Catch Rapists—Almost Nobody Uses It," ProPublica, July 30, 2015.

第八章:"她说话的方式"

文件：梅森和里特加恩提交至林伍德市警察局的报告；玛丽的书面陈述，8月13日上交的一份以及8月14日上交的两份；梅森的人事档案；里特加恩的领英网简介；对林伍德警方调查的外部与内部审查；8月15日和8月18日的"阶梯计划"个案笔记；以及林伍德市警察局与州"犯罪受害者补偿计划"之间的通信。梅森和里特加恩的报告详细记录了在8月14日和8月18日的询问过程中，他们与玛丽之间发生的拉锯。关于玛丽受到的怀疑来自乔丹和佩吉这一说法出自我们对玛丽的采访。（乔丹也说，玛丽后来给他打电话说，警察告诉她是他不相信她。）以下资料对研究"里德技巧"会有帮助：Fred E. Inbau、John E. Reid、Joseph P. Buckley与Brian C. Jayne合著之*Criminal Interrogation and Confessions, 5th ed.* (Burlington, MA: Jones & Bartlett Learning, 2013)；Fred E. Inbau、John E. Reid、Joseph P. Buckley与Brian C. Jayne合著之*Essentials of the Reid Technique: Criminal Interrogation and Confessions*, 2nd ed. (Burlington, MA: Jones & Bartlett Learning, 2015)；Douglas Starr的"The Interview"，见*New Yorker*，2013年12月9日；Robert Kolker, "A Severed Head, Two Cops, and the Radical Future of Interrogation," *Wired*，2016年5月24日（与"马歇尔计划"合作发表）；Robert Kolker的文章"'I Did It,'"，*New York*

发表于2010年10月3日。

“席卷美国、加拿大、墨西哥” Inbau, *Essentials of the Reid Technique*, p. viii.

“一种强大的民间智慧” Kolker, “A Severed Head, Two Cops, and the Radical Future of Interrogation.”

“永远不要让他们有机会否认” Starr, “The Interview.”

“调查人员才会进行审讯。” Inbau, *Essentials of the Reid Technique*, p. 5.

“说谎的嫌疑人一般” Ibid., p. 83.

“在这种情况下，嫌疑人” Ibid., p. 83.

“有罪的嫌疑人越是否认” Ibid., p. 138.

“从心理学角度来说” Ibid., p. 21.

第九章：内心阴影

文件：来自戈尔登市、威斯敏斯特市和奥罗拉市警察局以及FBI的公开记录。关于荣格提出的阴影概念的讨论，请参阅Stephen A. Diamond所写的“Essential Secrets of Psychotherapy: What Is the‘Shadow’?”，发表于*Psychology Today*，2012年4月20日。

荣格……描述了“阴影” C. G. Jung, *Psychology and Religion: West and East (The Collected Works of C.G. Jung, Volume 11)*, 2nd ed. (Princeton, NJ: Princeton University Press, 1975), p. 76.

例如“Tic Tac糖”套路 Neil Strauss, *The Game: Penetrating the Secret Society of Pickup Artists* (New York: HarperCollins, 2005), p. 80.

女性是“目标” Mystery and Chris Odom, *The Mystery Method: How to Get Beautiful Women into Bed* (New York: St. Martin’s Press, 2007), p. 96.

有一天在浏览OkCupid "Marc O'Leary's Ex-Girlfriend: 'Something Was Off Between Us,' " *48 Hours*, Nov. 19, 2016. This segment extra can be found online at cbsnews.com/news/marc-patrick-oleary-48-hours-hunted-the-search-colorado-serial-rapist/.

第十章：好邻居

文件：戈尔登市、威斯敏斯特市、奥罗拉市与莱克伍德市警察局，以及华盛顿州金县检察官办公室和FBI提供的公共记录；科罗拉多州杰斐逊县地区法院案件编号：11CR430。

他念的是……锡达维尔学院 "Why Cedarville," Cedarville University, accessed May 3, 2017, cedarville.edu/About.aspx.

安提奥克学院是典型的 "About" page, Antioch College, accessed May 3, 2017, antiochcollege.edu/about.

"严重的心理和情感问题" KimberlyLonsway, Joanne Archambault, and David Lisak, "False Reports: Moving Beyond the Issue to Successfully Investigate and Prosecute Non-Stranger Sexual Assault," *The Voice*, published by the National Center for the Prosecution of Violence Against Women, 2009.

第十一章：一项严重行为不检

文件：寄给玛丽的报假警传票；该案在林伍德市法院的案卷摘要（案卷本身已被封存，但摘要被保存并被作为诉讼证据提交）；林伍德市警方的报告；FBI《统一犯罪报告》数据；柯克兰市警方关于2008年10月6日性侵报案的记录，包括基西警士对受害者的询问笔录；华盛顿州2008年度有限管辖权法院案件量报告。有关报假案如何被起诉的更多信息，请参见：Lisa Avalo，"Prosecuting Rape Victims While Rapists Run Free: The Consequences of Police Failure to Investigate Sex Crimes in Britain and the United States," *Michigan Journal of Gender and Law* 23, no. 1 (2016): 1–64。另请参阅：Lisa R. Avalos，"Policing Rape Complainants: When Reporting Rape Becomes a Crime," *The Journal of Gender, Race & Justice* 20, no. 3 (2017): 459–508。

尽管包括华盛顿州在内的42个州 Lisa Avalos, Alexandra Filippova, Cynthia Reed, and Matthew Siegel, "False Reports of Sexual Assault: Findings on Police Practices, Laws, and Advocacy Options," draft report of an advocacy paper prepared for Women Against Rape, Sept. 23, 2013, p. 9. This report can be found online at womenagainstrape.net/sites/default/files/final_paper_for _war_9–23.pdf.

在那里，报假案属于"妨碍司法公正"Avalos, "False Reports of Sexual Assault," pp. 8, 57–58. Avalos's research did not turn up any instances of the Crown levying the maximum, but she tallied thirteen women in the United Kingdom who had received two or three years for falsely claiming to have been raped.

一家新闻学院将其评为Craig Silverman, "The Year in Media Errors and Corrections 2014," Poynter Institute, Dec. 18, 2014, poynter.org/2014/the-year-in-media-errors-and-corrections-2014/306801/.

被该兄弟会和……告上法庭T. Rees Shapiro, "Fraternity Chapter at U-Va. to Settle Suit Against *Rolling Stone* for $1.65 Million," *Washington Post*, June 13, 2017.

将她刻画成"机构冷漠的面孔"T. Rees Shapiro and Emma Brown, "*Rolling Stone* Settles with Former U-Va. Dean in Defamation Case," *Washington Post*, April 11, 2017.

被判入狱8天 Peyton Whitely, "Woman Pleads Guilty to False Rape Report," *Seattle Times,* March 19, 2008.

第十二章：印记

文件：戈尔登市、威斯敏斯特市、奥罗拉市和莱克伍德市警察局以及FBI提供的公共记录。关于"被遗弃DNA"争论的更多信息，请参阅Elizabeth E. Joh, "Reclaiming 'Abandoned' DNA: The Fourth Amendment and Genetic Privacy," *Northwestern University Law Review* 100, no. 2 (2006): 857–84；以及美国最高法院2013年6月3日对"马里兰州诉金"一案做出的裁决，案卷号12–207。

这样的遗留物被称为"被遗弃DNA" Kevin Hartnett, "The DNA in Your Garbage: Up for Grabs," *Boston Globe*, May 12, 2013, bostonglobe.com/ideas/2013/05/11/the-dna-your-garbage-for-grabs/sU12MtVLkoypL1qu2iF6IL/story.html.

第十三章：观察鱼缸

文件：FBI讯问奥利里的录像；芒特莱克泰勒斯警察局2007年4月3日将奥利里作为可疑人员拦下盘问的现场记录；戈尔登市以及科罗拉多州其他执法机构的警方报告；奥利里在美国陆军现役和后备役的服役记录；以及林伍德市警方记录。执法机构提供的记录包括奥利里的借记卡消费记录；它们显示了他在哪里购物和用餐，使我们能够重建他从华盛顿州转往科罗拉多州的行程。

第十四章：一张500美元的支票

文件：戈尔登市警察局与林伍德市警察局之间的沟通；戈

尔登市加尔布雷斯撰写的警方报告；柯克兰市警方报告；在金县高级法院提交的柯克兰市案件的法庭记录；2011年9月8日，加尔布雷斯与金县高级副检察官之间的电子邮件往来；梅森的人事档案，其中包括他的学业成绩单；林伍德市孔海姆提交的警方报告；以及“阶梯计划”个案笔记。

2004年，NCIS创立了 *Law Enforcement Information Exchange (LInX) Information Brief*, prepared by the Naval Criminal Investigative Service, Oct. 29, 2009.

“你从来没有去过那里……” Mika Brzezinski, “Child Who Was the Victim of a Kidnapping Is Further Victimized by Police Detective in Minnesota,” *CBS Evening News,* Feb. 23, 2004.

“欠这个社区一个道歉” Catie L’Heureux, “Police Thought This *Gone Girl*-Like Kidnapping Was a Hoax Because the Woman ‘Didn’t Act Like a Victim,’” *The Cut*, Aug. 3, 2016.

“你将……下地狱” Gabriella Paiella, “Woman Falsely Accused of Faking Her *Gone Girl*-Like Kidnapping in 2015 Says She’s Still Being Harassed Online,” *The Cut*, Jan. 4, 2017.

“我所做的一切只是为了活命” Paiella, “Woman Falsely Accused of Faking Her *Gone Girl*–Like Kidnapping in 2015 Says She’s Still Being Harassed Online.”

他谎称 Bill Lueders, *Cry Rape: The True Story of One Woman’s Harrowing Quest for Justice* (Madison, WI: Terrace Books, 2006), pp. 59–60, 123–25.

“她面对的是一个疯狂的世界” Lueders, *Cry Rape*, p. 126.

“我觉得他们对我的伤害” “Victim’s Vindication: Con Admits Raping Queens Girl,” *New York Daily News*, March 19, 2004.

“我为范茜……感到高兴” Scott Shifrel and Leo Standora, “Rape Strains Family Bond; Mom’s Doubts Scarred Teen,” *New York Daily News*, March 20, 2004.

“他问我的第一个问题就是” Natalie Elliott (Q&A with Sara Reedy), “I Was Raped—and the Police Told Me I Made It Up,” *VICE*, Jan. 8, 2013.

“他居然还说” Elliott, “I Was Raped—and the Police Told Me I Made It Up.”

“这样的记录不算太好吧。” Susan Brownmiller, *Against Our Will: Men, Women and Rape* (New York: Fawcett Columbine, 1975), pp. 365–66.

“一个不相信强奸罪行存在的警察” Brownmiller, *Against Our Will,* p. 366.

新媒体“BuzzFeed新闻”的一项调查发现 Alex Campbell and Katie J. M. Baker, “Unfounded: When Detectives Dismiss Rape Reports Before Investigating Them,” BuzzFeed News, Sept. 8, 2016.

密歇根州一位社会工作教授 Rachel M. Venema, “Police Officer Schema of Sexual Assault Reports: Real Rape, Ambiguous Cases, and False Reports,” *Journal of Interpersonal Violence* 31, no. 5 (2016): 872–99. This article was first published online in 2014.

在当地一家电视台的镜头前表示 Natalie Shaver, “Local Sheriff Reacts to Rape Kit Legislation,” *KIFI* (LocalNews8.com), posted March 17, 2016. See, too: Salvador Hernandez, “Idaho Sheriff Says ‘Majority’ of Rape Accusations in His County Are False,” *BuzzFeed News*, March 16, 2016.

第十五章：327年半

文件：来自戈尔登市、威斯敏斯特市、奥罗拉市、莱克伍德市警察局和FBI的公开记录；科罗拉多州杰斐逊县地区法院，案件编号11CR430。如果想深入研究在性侵案件中有哪些因素影响检察官起诉与否的决定，请参阅Cassia Spohn与David Holleran合作的文章“Prosecuting Sexual Assault: A Comparison of Charging Decisions in Sexual Assault Cases Involving Strangers, Acquaintances, and Intimate Partners,” National Criminal Justice Reference Service, 2004。有关贝德洛一案的引文来自一份审判记录，标题相当冗长："Report of the Trial of Henry Bedlow, for Committing a Rape on Lanah Sawyer: With the Arguments of the Counsel on Each Side: At a Court of Oyer and Terminer, and Gaol Delivery for the City and County of New-York, Held 8th October, 1793 / Impartially Taken by a Gentleman of the Profession"。这份记录可以在网上找到：tei.it.ox.ac.uk/tcp/Texts-HTML/free/N20/N20224.html

韦纳是FBI特工的儿子 “A Balance of Career, Fitness—on the Run,” *Denver Post*, April 30, 2007.

42岁时，他……跑完了 “Boston Marathon Race Results 2007,” Boston Marathon (plug the name Robert Weiner into the search box), accessed April 24, 2017, marathonguide.com/results / browse.cfm?MIDD=15070416.

研究人员称其为“顺流思维” Cassia Spohn and David Holleran, “Prosecuting Sexual Assault: A Comparison of Charging Decisions in Sexual Assault Cases Involving Strangers, Acquaintances, and Intimate Partners.”

“被男性珍视的假设” Susan Brownmiller, *Against Our Will: Men, Women and Rape* (New York: Fawcett Columbine, 1975), p. 369.

“迄今为止最有名望” Gilbert Geis and Ivan Bunn, *A Trial of Witches: A Seventeenth-Century Witchcraft Prosecution* (London: Routledge, 1997), p. 3.

“总而言之，他的种种” John Bickerton Williams, *Memoirs of the Life, Character, and Writings, of Sir Matthew Hale, Knight, Lord Chief Justice of England* (London: Jackson and Walford, 1835), p. viii.

“必须记住，这是一项” Sir Matthew Hale, *Historia Placitorum Coronae: The History of the Pleas of the Crown,* ed. Sollom Emlyn (London: Printed by E. and R. Nutt, and R. Gosling, assigns of Edward Sayer, Esq., 1736), vol. I, p. 635.

“过于激愤，以致” Hale, *Historia Placitorum Coronae*, p. 636.

“如果她不能让自己” Matthew Hale, *Letter of Advice to His Grand-Children, Matthew, Gabriel, Anne, Mary, and Frances Hale* (London: Taylor and Hessey, 1816), pp. 30–31.

“如果她保持敬畏之心” Hale, *Letter of Advice*, p. 31.

“因为它们会给她的心灵” Ibid., p. 30.

“这个王国的全体人民” Ibid., p. 15.

“将涂脂抹粉……当作自己的事业” Ibid., p. 116.

“大乌龟” Alan Cromartie, *Sir Matthew Hale 1609–1676: Law, Religion and Natural Philosophy* (Cambridge, England: Cambridge University Press, 1995), p. 5.

“家庭的毁灭者” Hale, *Letter of Advice*, p. 119.

“有……证据表明，马修·黑尔爵士” Geis, *A Trial of Witches,* p. 119.

"事实上……塞勒姆猎巫" Ibid., p. 7.

只能带着"巨大的痛苦" *The Papers of Thomas Jefferson*, vol. 10, Julian P. Boyd, ed. (Princeton, NJ: Princeton University Press, 1954), p. 602.

"因为女性会受到诱惑" Ibid., p. 604.

精通12种语言 William R. Roalfe, *John Henry Wigmore: Scholar and Reformer* (Evanston, IL: Northwestern University Press, 1977), p. ix.

"也许是最伟大的现代法律论文" George F. James, "The Contribution of Wigmore to the Law of Evidence," *University of Chicago Law Review* 8 (1940–41), p. 78.

"心理学最好的法律朋友" James M. Doyle, "Ready for the Psychologists: Learning from Eyewitness Errors," *Court Review: The Journal of the American Judges Association* 48, no. 1–2 (2012), p. 4.

"现代精神病学家对各种案件中" John Henry Wigmore, *Wigmore on Evidence*, 3d ed., rev. by James H. Chadbourn, vol. 3A (Boston: Little, Brown and Company, 1970), p. 736.

"任何法官都不应该将性犯罪" Wigmore, *Wigmore on Evidence*, p. 737.

"压迫和厌恶女性的立场" Leigh B. Bienen, "A Question of Credibility: John Henry Wigmore's Use of Scientific Authority in Section 924a of the Treatise on Evidence," *California Western Law Review* 19, no. 2 (1983): 236.

"如果说……只有一个来源的话" Bienen, "A Question of Credibility," 241.

"虽然这位女性从来没有说过'可以'" *People v. Hulse,*3 Hill

(NY), 316.

“男性强势的示好” Quoted in Peggy Reeves Sanday, *A Woman Scorned: Acquaintance Rape on Trial* (Berkeley: University of California Press, 1996), p. 158.

1670年，弗吉尼亚州的两个契约佣工 Estelle B. Freedman, *Redefining Rape: Sexual Violence in the Era of Suffrage and Segregation* (Cambridge, MA: Harvard University Press, 2013), p. 15.

有两名缅因州妇女Sharon Block, *Rape and Sexual Power in Early America* (Chapel Hill: University of North Carolina Press, 2006), pp. 38, 92.

“陈旧的厌女主义学说” Lisa Rein, “Comments on Rape Law Elicit Outrage,” *Washington Post*, April 6, 2007.

凯瑟琳·杜迈斯第9次试图 Catherine Rentz, “All-Male Panel Ruled on Rape Bill During Maryland’s Legislative Session,” *Baltimore Sun,* April 17, 2017.

在15年的法官生涯中 “First Judicial District—District Judge,” Colorado Office of Judicial Performance Evaluation, accessed April 24, 2017, coloradojudicialperformance.gov/retention.cfm?ret=987.

尾声：十八轮大货车

文件：玛丽在美国华盛顿州西区地方法院提起诉讼的法庭记录；H. 里士满·费舍尔与林伍德市代理律师向调解员提供的备忘录；玛丽诉讼的和解记录，包括保险公司开具的发票；对林伍德市警察局处理玛丽案件的内部审查；林塔警司对林伍德警方调查展开的同行审查；梅森的人事档案；林伍德警察局现在使用的培训材料；以及FBI的《统一犯罪报告》数据。关于“你有选择”项目的详情，请参见：Katie Van Syckle, “The Tiny Police Department in Southern Oregon That Plans to End Campus Rape,” *The Cut*, Nov. 9, 2014。

“这是一次风险管理决策” Diana Hefley, “Lynnwood Settles with Rape Victim for $150K,” *Daily Herald* (Everett, WA), Jan. 15, 2014.

“里特加恩……说他对诉讼一无所知” Mike Carter, “Woman Sues After Lynnwood Police Didn’t Believe She Was Raped,” *Seattle Times*, posted June 11, 2013.

“不幸的是，审问受害者并质疑他们” Joanne Archambault, T. Christian Miller, and Ken Armstrong, “How Not to Handle a Rape Investigation,” *Digg*, Dec. 17, 2015, digg.com/dialog/how-not-to-handle-a-rape-investigation #comments.

“这对我们来说是个大动作” Eli Hager, “The Seismic Change in Police Interrogations,” Marshall Project, March 7, 2017.

“里德技巧”得名于约翰·里德 Douglas Starr, “The Interview,” *New Yorker,* Dec. 9, 2013.

帕克已在2012年被正式无罪释放 Todd Henrichs and Peter Salter, “State Apologizes, Pays $500K to Man in 1955 Wrongful Conviction,” *Lincoln Journal Star,* Aug. 31, 2012.

“落满灰尘” Anna Clark, “11,341 Rape Kits Were Collected and Forgotten in Detroit. This Is the Story of One of Them,” *Elle*, June 23, 2016.

调查统计到7万份未经检测的性侵取证套盒 Steve Reilly, “70,000 Untested Rape Kits *USA Today* Found Is Fraction of Total,” USA Today, July 16, 2015.

投入了将近8 000万美元 Eliza Gray, “Authorities Invest $80

Million in Ending the Rape Kit Backlog," *Time*, Sept. 10, 2015.

赫尔了解，很多受害者 Avery Lill, "Oregon Detective Pioneers New Sexual Assault Reporting Program," NPR, Sept. 22, 2016.

致　谢

在出书的过程中，我们得到了许多人的帮助，我们想向他们表示最深切的感谢。首先是那些鼓励我们报道《一桩难以置信的强奸案》的编辑们。“马歇尔计划”的Bill Keller和Kirsten Danis；ProPublica的Stephen Engelberg、Robin Fields和Joseph Sexton；以及文字编辑Amy Zerba塑造了叙事方式，并对文字进行精加工。很幸运，在我们的原创报道中，有第三方合作伙伴《美国生活》。它代表着睿智、有思想的电台节目行业标准。我们也想感谢节目制作人Robyn Semien，以及节目主持人Ira Glass。

我们的经纪人Mollie Glick和她在创新艺人经纪公司（Creative Artists Agency）的同事Michelle Weiner，帮助我们将这篇报道变成了一个值得出书的项目。她们在每一步都支持着，鼓励着我们。

企鹅兰登书屋（Penguin Random House）旗下皇冠出版集团（Crown Publishing Group）的Molly Stern、Rachel Klayman、Emma Berry和Matthew Martin有远见，也有勇气

承担这个困难的主题。他们自始至终都在支持我们的努力，为我们校订书稿，并提供监督与明智的建议。Ayelet Waldman和Michael Chabon与我们相互磋商并交换意见。起标题是很困难的。

我们号召亲朋好友来阅读初期的草稿。我们要感谢Ruth Baldwin、Ramona Hattendorf、Lyn Heinman、Anna Ly、Leslie Miller、Maureen O'Hagan、Serene Quinn和Craig Welch允许我们如此烦扰他们，并感谢他们的宝贵反馈。

我们还要感谢华盛顿大学加拉赫法律图书馆（Gallagher Law Library）的管理员们，感谢他们信任我们，愿意将易碎的古籍出借给我们。他们是最棒的。

报道的成本不菲。调查性新闻基金会（Fund for Investigative Journalism，简称FIJ）慷慨地为我们提供了一笔资助，以承担创作本书的研究费用。该基金会在其成立的第一年就资助了Seymont Hersh对美莱村屠杀（My Lai massacre）的揭露报道。许多记者都欠FIJ一声感谢，也包括我们。

A FALSE REPORT: A TRUE STORY OF RAPE IN AMERICA

Original English edition published in the United States by Crown, an imprint of the Crown Publishing Group, a division of Penguin Random House LLC, New York.
crownpublishing. com
This translation published by arrangement with Crown, an imprint of Random House, a division of Penguin Random House LLC

图字：09－2021－052号

图书在版编目（CIP）数据

谎报／（美）T. 克里斯汀·米勒（T. Christian Miller），（美）肯·阿姆斯特朗（Ken Armstrong）著；邓南君译.
—上海：上海译文出版社，2022.4
（译文纪实）
书名原文：A False Report: A True Story of Rape in America
ISBN 978－7－5327－8946－7

Ⅰ.①谎… Ⅱ.①T… ②肯… ③邓… Ⅲ.①纪实文学—美国—现代 Ⅳ.①I712.55

中国版本图书馆CIP数据核字（2022）第042498号

谎报：一件发生在美国的真实性侵案

［美］T.克里斯汀·米勒 肯·阿姆斯特朗／著 邓南君／译
责任编辑／常剑心 装帧设计／邵旻 观止堂_未氓

上海译文出版社有限公司出版、发行
网址：www.yiwen.com.cn
201101 上海市闵行区号景路159弄B座
苏州市越洋印刷有限公司印刷

开本 890×1240 1/32 印张9.25 插页2 字数182,000
2022年6月第1版 2022年6月第1次印刷
印数：00,001－10,000册

ISBN 978－7－5327－8946－7/I·5548
定价：55.00元